Véronique Bizot **Die Heimsucher**

Véronique Bizot
Die Heimsucher

Aus dem Französischen
von Tobias Scheffel und Claudia Steinitz

Steidl/Erzählungen

für Christian

INHALT

DIE GÄRTNER | Seite 9

DAS HOCHHAUS | Seite 31

DAS HOTEL | Seite 57

AUF DEM LAND | Seite 77

DIE FRAU VON GEORGES | Seite 103

LAMIRAULT | Seite 123

SOPHOKLES | Seite 145

DAS BLINKLICHT | Seite 167

WALSER | Seite 185

DIE ELSÄSSERIN | Seite 209

PAULINE AM TELEFON | Seite 223

DANTON | Seite 241

DIE FISCHE | Seite 275

DER KONTRABASS | Seite 283

DIE GÄRTNER

Wenn die Gärtner dann weg sind, werde ich allein im Haus bleiben. Oder ich setze mich ganz hinten in den Park, ans Bassin, stumm wie die Karpfen. Karpfen wie Gärtner sind nicht aus eigenem Antrieb gekommen, sie wurden bestellt, alles hier ist bestellt, wie auch dieses Beet, hinter dem ich die gebeugten Gärtner sehe. Diese Gärtner stören mich. Ich rechne damit, dass sie Blumen pflanzen, die ich verabscheue, dieser Garten war perfekt, wie er immer gewesen ist, früher. Ich hasse dieses Wühlen in der Erde, wie der Garten in Unruhe gerät, diese ganze Unruhe. Die Gärtner tun erbarmungslos ihre Arbeit, sie ließen sich nicht wegschicken, sie würden gewalttätig, wir wissen, was wir zu tun haben, würden sie mir sagen und ihre Spaten, ihre Forken und ihr ganzes Mordwerkzeug schwenken. Ein paar Hiebe mit den Hacken in den Nacken, und sie müssten mich nur noch vergraben, an Stellen fehlte es ihnen nicht, auch nicht an Gartenerde, danach würden sie säen, ein paar Quadratmeter ganz dicht mit ihren Blumen, wer würde vermuten, das ich darunter liege, verscharrt unter dieser wunderbaren Rabatte? Die meisten Gärten sind voll mit Leichen, keine Frage.

Es gab eine Zeit, da schritt ich über Beton, da hatten meine Hände nur mit Metall Kontakt, da stammte alles, was mit meinem Körper in Berührung kam, aus Fabriken, gab es immer einen Knopf zu drücken, eine Richtung einzuschlagen, mir scheint, man wusste immer wohin gehen, was mit sich anfangen. Solche Orte existieren immer noch, sie vermehren sich sogar, das weiß ich wohl, besonders in Südamerika, da kennen sie nichts, die Südamerikaner. Aber hier will man Gärten. Mehr als alles andere will man Gärten, Ziergärten nennt man sie, wo Gärten doch nichts anderes sind als Fallen. Wir stürzen uns auf Gärten wie in die Höhle des Löwen, und wenn wir unseren Irrtum bemerken, sind wir den Gärtnern schon ausgeliefert.

Früher sah ich riesige Schiffe in Häfen einfahren, Frachter sich langsam ihren Weg durch den Beton der Reede bahnen. Dort sorgte sich auch niemand um einen Garten. Blumen wuchsen unkontrolliert, nach Belieben, niemand kümmerte sich um sie. Es gab Kisten zu entladen, Winden zu bedienen, niemand war glücklich oder unglücklich.

Wenn die Gärtner dann ihr Massaker beendet haben, werde ich die Betonierer kommen lassen, mit Betonierern kann man sich verständigen, gießen Sie mir das alles in Beton, werde ich ihnen sagen, ich will Beton bis zum Waldrand, eine ordentlich dicke Platte, nicht die kleinste Blume, keinen Grashalm mehr sehen.

Morgens ist das Haus angenehm kühl, das muss man ihm lassen, ich fühle die Kühle oben auf der Treppe, die Gärtner, in ihren Lieferwagen gezwängt, sind noch nicht eingetroffen, zu wievielt passen sie da rein? Wenn ich die Treppe – eine breite Treppe mit Bronzehandlauf – hinuntergehe, ist alles noch intakt und schwebend, auf dem Treppenabsatz halte ich inne, meine Hand streift den Handlauf, ich fasse etwas ins Auge, nichts Genaues, dann legt sich alles, erstarrt alles, und es bleibt nichts anderes übrig als hinunterzugehen, die Fensterläden zu öffnen und das Unheil zu betrachten.

Jahrelang weit weg von hier und eines Tages eine Art Ruhe, ganz plötzlich, eine Gleichgültigkeit, und nichts kam, die Leere zu füllen. Also bin ich zurückgekommen, und Alice war da, etwas kräftiger, die mich nicht mehr erwartete. Sie erwartete Landschaftsarchitekten, dieser Garten verkommt immer mehr zum Urwald, hat sie verkündet, man sieht überhaupt nicht mehr durch, höchste Zeit, sich darum zu kümmern, alles ist vorgesehen, die Landschaftsarchitekten werden jeden Tag eintreffen. Soweit ich gesehen habe, erscheinen die Landschaftsarchitekten eines schönen Morgens in einem Coupé Cabrio, mit angewiderten Mienen und Zahnpasta in den Mundwinkeln, durchmessen das Gelände im Laufschritt, fuchteln mit den Armen, während ihnen lateinische Wörter aus den Mündern quellen und alle möglichen kleinen spitzen Etiketten aus den Taschen, die sie hier und da wie zufällig einpflanzen, wonach sie sich wieder in ihr Cabrio setzen, mit dröhnendem Motor verschwinden, und man nur noch auf den Lieferwagen der Gärtner zu warten braucht.

Die Gärtner sind inzwischen da, und Alice ist weg. Jetzt bin ich dran mit reisen, hat sie gesagt, erwarte mich nicht so bald, nicht vor Monaten oder Jahren, es kann sogar sein, dass ich gar nicht wiederkomme, vergiss nicht, beim neuen Friedhof vorbeizugehen, und vor allem kümmere dich gut um die Gärtner, achte darauf, dass es ihnen an nichts fehlt, biete ihnen zu trinken an, kümmere dich nur darum, ihnen zu trinken anzubieten, ansonsten wissen sie, was sie zu tun haben, misch dich da nicht ein, bring sie nicht mit deinen Geschichten durcheinander.

Ich spreche die Gärtner nicht an. Wenn sie durstig sind, haben sie Pech, ich werde doch wohl nicht mit einem Tablett voll Erfrischungen zu ihnen gehen, während sie mit ihren Hacken alles zerstören, sollen sie doch am Wasserhahn trinken. Ich mag das Geräusch des Wassers und die Bewegung der Rasensprenger ganz gern; vor dem Nachhausegehen drehen die Gärtner die Sprenger natürlich ab, ich warte, bis ihr Lieferwagen durchs Tor gefahren ist, gehe raus, um die Hähne wieder aufzudrehen, und bleibe einen Gutteil der Nacht dort auf dem warmen Stein der Vortreppe sitzen, die Sprenger zirpen wie Grillen, ich setze den Garten unter Wasser. Am nächsten Morgen sehe ich die Gärtner, die herumwaten und sich am Kopf kratzen, sich gegenseitig beschuldigen, die Sprenger angelassen zu haben. Es gibt keinerlei Harmonie zwischen ihnen, das sind Rohlinge, bewaffnete Rohlinge, Forken, Spaten und Hacken wie im Mittelalter. Als ich Jacques anrufe, erfahre ich, dass er Witwer ist, zurückgezogen auf dem Lande, endgültig Gefangener des Gartens, den seine Frau Nicole auch wollte, zum Schluss. Dabei erinnere ich mich, dass sie in einem Hochhaus wohnte, ihre Tage in Cafés, Metros, Aufzügen verbrachte und auf die Stadt schwor. Aber dann wurde sie älter, ihre Lider begannen zu flattern, und sie wollte einen Garten. Jacques erzähle ich vom Garten, von Alice, von den Gärtnern. Alter Freund, sagt er. Und wir legen auf.

Etwas nimmt Gestalt an, dort, zur Linken. Eine Art Hügel in der Mitte des Wegs, um den sich die Gärtner zu schaffen machen, alle auf Knien in der Erde. In kaum einer Stunde sehe ich, wie sich dort etwas erhebt, was aussieht wie ein Kreisverkehr, einer dieser Kreisel, die neuerdings am Rand jeder Gemeinde aufblühen, wie ich bei meiner Rückkehr feststellen konnte. Die Gärtner treten mit zufriedenen Mienen zurück. Ich höre sie lachen. In der Nacht ruft Alice an, von einem Bahnhof oder Flughafen aus, das Leben, schreit sie, das Leben, dann werden wir unterbrochen. Am nächsten Morgen nehme ich meinen Stock und gehe bis zum neuen Friedhof und von dort zum Rathaus, wo ich für insgesamt sechzig Euro vier Grabstellen erwerbe. Der Preis einer Grabstelle ist auf fünfundzwanzig Euro festgesetzt, aber sobald Sie vier nehmen, fällt er auf fünfzehn Euro, das sind die Bedingungen, die der neue Friedhof Ihnen einräumt, ein Grab für fünfzehn Euro. Ich will keine Nachbarn, schreibe ich auf das Dokument, das mir ausgehändigt wurde, keinerlei direkte Nachbarn oder Bepflanzungen jedweder Art, ich datiere und unterzeichne. Als ich zurückkomme, sind die

Gärtner nicht mehr da, aber ich treffe auf einen Mann an der Vortreppe, mit einem kleinen Koffer zu seinen Füßen. Ein junger Kerl in Hemd und Krawatte, mit übertrieben blankgeputzten Schuhen, ein auffälliges Modell mit goldenen Schnallen auf senfgelbem Leder. Zweifellos einer dieser Vertreter, wie sie regelmäßig vorbeikommen. Was erhoffen Sie sich eigentlich, sage ich zu ihm, von solchen Schuhen, und ich richte meinen Stock auf seinen Oberkörper, zwinge ihn zurückzuweichen. Warten Sie nur, bis die Gärtner von ihrer Mittagspause zurückkommen und diese Schuhe sehen, sage ich zu ihm, dann sind Sie fällig. Diese Leute sind gefährlich, unkontrollierbar, in dem Moment, wo sie Ihre Schuhe sehen, machen sie Kleinholz aus Ihnen. Der junge Mann lächelt tapfer oder dümmlich, und ich stelle meinen Stock wieder auf den Boden. So viel Geld in solche Schuhe zu stecken, sage ich zu ihm, denn ohne jeden Zweifel haben Sie alles in dieses Paar Schuhe gesteckt, oder täusche ich mich? Nein, sage ich zu ihm, ich täusche mich nicht, dieses Paar Schuhe hat Sie ruiniert, und jetzt kommen Sie zu mir, um Geld von mir zu verlangen, denn Sie haben keinen Sou mehr, dieses Leder, diese Schnallen, die Politur und die Verarbeitung, nicht wahr, Ihre ganzen Ersparnisse sind dafür draufgegangen. Wozu brauchen Sie solche Schuhe, sage ich zu ihm, wo Sie doch wie ich dicke und breite Füße und höchstwahrscheinlich unglaublich große Zehen haben? Das Modell, das Sie tragen, ist überhaupt nicht geeignet für dicke Füße wie unsere, es verbietet sich geradezu. Wenn man, wie Sie und ich, dicke und breite Füße hat, begnügt man sich mit Tretern, einem Paar ordentlicher Treter, die nicht drücken und keinen Sou kosten. So, wie Sie meine Treter hier sehen, haben sie mich nur eine Handvoll Euro gekostet, ein unverwüstliches Modell, ich werde noch jahrelang mit diesen Tretern herumlaufen, und so bequem, das man nicht einmal das Gefühl hat, Schuhe zu tragen, man denkt abends kaum daran, sie zur Nacht auszuziehen. Während Ihre Füße zweifellos von Blasen übersät sind und Sie den ganzen Tag Höllenqualen leiden, nur auf den Moment warten, die Schuhe endlich ausziehen zu können, versuchen Sie nicht, das Gegenteil zu behaupten. Ich kannte mal einen Mann, der trug Schuhe, die haargenau wie Ihre aussahen, und stellen Sie sich vor, der Mann, von dem ich Ihnen erzähle, endete in einem See, der Unglückliche. Dahin führen solche Schuhe, in den See.

Abwechselnd überwacht der junge Mann, an die Hausfassade gepresst, die Bewegungen meines Stocks und starrt mich an, mit diesem schwachen, zögernden Lächeln. Ich bin im Begriff, ihn zu verabschieden, als er ein Tuch aus der Tasche zieht und sich die Stirn abtupft. Die Sonne brennt heute, sage ich zu ihm, bleiben wir nicht hier stehen, gehen wir ins Haus, bevor die Gärtner zurückkommen, ich nehme an, Sie haben nichts gegen ein Gläschen irgendwas, gehen wir rein eine Orangeade trinken oder was Sie wollen, an Getränken fehlt es nicht, Dutzende Flaschen, von meiner Schwester Alice hier gelagert, alle, können Sie sich das vorstellen, für die Gärtner bestimmt. Aber, auch wenn ich mehr oder weniger versprochen habe, sie nicht verdursten zu lassen, die Gärtner bekommen keinen Tropfen, nichts. Ich komme hierher zurück, nach Hause, nach einer halben Ewigkeit, und was finde ich vor? Unerbittliche Wesen, die von früh bis spät kommen und gehen, mit ihren Schaufeln und ihren Rechen, mit ihren stinkenden Düngern, Jauchen, Pottasche, Melasse, was weiß ich nicht alles. Einsamkeit und durstige Gärtner, das habe ich bei meiner Rückkehr vorgefunden. Nichts ist wiederzuerkennen. Bisher keine Blume, nichts als Gräben, aber warten Sie nur auf die Blumen, kistenweise Blumen werden sie bald aus ihrem Lieferwagen laden. Kein Garten ohne Blumen, leider.

So wenig Natur wie möglich und so viele Gärten wie möglich, genau das verlangen die Leute hier. Man muss, um endlich nicht mehr auf Gärten zu stoßen, so weit gehen wie ich, aber das riskiert niemand, wir sind sehr wenige, die sich so weit hinaus wagen. Dort triumphiert die Natur. Nicht, dass ich die Natur nicht fürchtete, sage ich zu ihm, die Natur, wie ich sie erlebt habe, ist furchterregend, sie umklammert einen und verschlingt einen, man richtet nichts aus gegen sie, aber trotzdem weniger furchterregend als diese Gärten, die einen auf Dauer nur stumpfsinnig machen. Ich glaube nicht, dass ein Garten irgendwie tröstlich wäre, sage ich, während ich ins Haus trete, es ist ein großer Fehler, das anzunehmen, allerdings merkt das niemand rechtzeitig, jeder versteift sich darauf, ein Garten sei das Heilmittel aller Übel, beim Graben, Harken und Pflanzen werde man inneren Frieden finden, dabei findet man beim Graben, Harken und Pflanzen nur Würmer und Maden.

Ich drehe mich um und stelle fest, dass mir der junge Mann nicht nach drinnen gefolgt ist, er ist auf der Schwelle stehengeblieben, also winke ich ihn heran, und wir betreten das Wohnzimmer. Ein kurzer Rundblick, dann kehren seine Augen zu mir zurück. Ich empfange niemanden, müssen Sie wissen, sage ich zu ihm, es ist absolut außergewöhnlich, dass ich jemanden hereinlasse. Im Übrigen kommt niemand mehr, abgesehen von den Gärtnern ist es wie ausgestorben. Es sind Leute gekommen, die ob der Art meines Empfangs sogleich die Beine in die Hand genommen haben, nichts langweilt mich mehr als Besuch. In den unzähligen Städten, in denen ich gewesen bin, wo ein unbeschreibliches Gedränge herrscht, ist es sehr einfach, Besuch zu vermeiden, man könnte geradezu meinen, alles sei dafür geschaffen. Aber hier, auf dem Land, tauchen alle Nase lang Leute auf, einfach so und ohne Entschuldigung, sagen: Wir kommen nur kurz vorbei, sitzen drei Stunden später immer noch da und schlürfen ihre Orangeade. Gleichwohl, sage ich zu dem jungen Mann, bin ich aus mir unerfindlichem Grund alles in allem nicht unzufrieden mit Ihrem Auftauchen, was auch immer der Betrag sein mag, den Sie verlangen werden, um Sie vor dem Bankrott zu retten, in den Sie der unkluge Kauf dieser Schuhe geführt hat, Sie sollen ihn haben. Erstmal setzen Sie sich dorthin, ich gehe uns eine Erfrischung holen.

Als ich in den Salon zurückkomme, steht der junge Mann am Fenster, und in dem Augenblick, da ich zu ihm trete, um ihm sein Glas zu reichen, zuckt er leicht zusammen, als risse ich ihn aus einer Träumerei. Ich bin, sage ich zu ihm, während ich die Orangeade eingieße, heute Morgen zum neuen Friedhof gegangen, wo ich ganz außer Atem angekommen bin. Der neue Friedhof wurde nämlich auf einer Erhebung platziert, im Gegensatz zum alten Friedhof, der sich in einer Senke befand, sodass er eines schönen Tages vom Wasser mitgerissen wurde, Kreuze, Grabsteine, Särge, die Schlammflut hat alles mitgerissen. Gewiss war es scharfsinnig, den neuen Friedhof auf dieser Erhebung zu errichten, wenn man es so sagen kann, eine Lage, die mir recht stark dem Wind ausgesetzt schien, aber schließlich hat er die Modernität, die von einem neuen Friedhof zu erwarten ist. Sie müssen, um ihn zu erreichen, den Schweinestall links liegen lassen und noch ein paar Dutzend Meter eine frisch geteerte Straße hinaufsteigen, dort steht eine hohe Betonmauer, um die Ausdünstungen des unterhalb liegenden Schweinestalls radikal zu stoppen. Es liegt noch niemand auf diesem neuen Friedhof. Wer wird der Erste sein, wer wird ihn einweihen, das ist die Preisfrage. Allerdings gibt es bereits heute kaum mehr verfügbare Plätze, die Leute sind aus allen Richtungen herbeigeströmt, um sich auf die Grabstellen zu stürzen, ich habe persönlich vier

Grabstellen für mich allein gekauft, meiner alleinigen Nutzung vorbehalten. Es ist befriedigend zu wissen, wo man, wenn es soweit ist, beigesetzt wird, auf jeden Fall befriedigender, als es nicht zu wissen. Und Sie, sage ich zu dem jungen Mann, der mich nicht aus den Augen lässt, haben Sie eine Vorstellung von dem Ort, an dem Sie beigesetzt werden, nein, ich wette, dass Sie sich nicht darum gesorgt haben, Sie fühlen sich jung, Sie wähnen sich jung und demzufolge unsterblich, das ist ganz verständlich. Es ist schon vorgekommen, dass auch ich mich unsterblich fühlte, sorglos gegenüber allem, was nicht Leben war. Ich habe es, wie man sagt, nie an einem Fleck ausgehalten, ich könnte Ihnen Orte beschreiben, von deren Existenz Sie nichts ahnen, Orte, die man nur zu Fuß erreicht, wo man manchmal einen ganzen Tag braucht, um allen möglichen Gefahren ausgeliefert zwei oder drei Meter voranzukommen, und heute stehe ich hier mit meinem Stock, kurzatmig, schlaflos, dem guten Willen der Gärtner ausgeliefert, was treiben die überhaupt, sie müssten schon zurück sein, für gewöhnlich sind sie nicht so lange weg. Niemand warnt Sie davor, junger Mann, ich meine, vor dem Alter, keine Vorzeichen, eines Tages ist es da, und nichts überrascht einen mehr, glauben Sie mir, egal, wie Sie gelebt haben, nichts verblüfft so wie das Alter, das mit einem Schlag da ist. Sie sind irgendwo, Ihr Finger zeigt auf einen noch unerforschten Punkt der Landkarte, und mit einem Mal, ohne dass es Ihnen überhaupt bewusst ist, rutscht Ihr Finger langsam ab und löst sich von der Karte, Ihre Hand fällt auf Ihr Bein zurück, Sie sehen ein Pferd vorbeiziehen, ein Zebra, eine Robbe oder sogar einen Hund, Sie sehen sie vorbeiziehen, Sie verlangen ein Glas Wasser, ein Bengel kommt und weist Sie darauf hin, dass Ihr Hosenstall nicht zugeknöpft ist, und es ist vorbei.

Mein Besucher hat seine Orangeade getrunken, deren leeres Glas er in der Hand behält, da er offensichtlich nicht weiß, wohin damit. Ich befreie ihn davon und setze mich in den Sessel am Fenster, um nach der Rückkehr der Gärtner Ausschau zu halten. Der junge Mann in der Mitte des Zimmers nutzt die Gelegenheit, um die Augen von meinem Gesicht zu lösen und sich umzuschauen. Denken Sie vielleicht daran, mich zu bestehlen?, frage ich ihn. Es gibt in der Tat einen ganzen Haufen Dinge, derer Sie sich bemächtigen könnten und zwar vor meinen Augen, wenn es Ihnen Spaß macht. Nicht, dass ich nicht in der Lage wäre, Sie daran zu hindern, ich bin durchaus in der Lage, Sie auf die Bretter zu schicken, ganz abgesehen davon, dass ich nur dieses Fenster öffnen und pfeifen müsste, damit die Gärtner herbeigerannt kämen. Die Gärtner würden Sie im Handumdrehen unschädlich machen, Sie mit einem einzigen Forkenstich aufspießen und in einen ihrer Gräben schleudern oder in diesen Kreisel, den sie mir da hingebaut haben. Nicht die kleinste Kreuzung, soviel ich weiß, an dieser Stelle des Gartens, nicht das kleinste Vorfahrtsproblem, und dennoch taucht da plötzlich auf, was man wohl einen Kreisverkehr nennen muss. Der Weg ist jetzt hin, keine Chance, diesen Weg zu nehmen, ohne um diesen Kreisel zu müssen. Ehrlich gesagt befürchte ich das baldige Erscheinen einer Gloriette an dieser Stelle, nach den Anweisungen, die zweifellos die Landschaftsarchitekten den Gärtnern gegeben haben, ja, dieser Kreisel wird wahrscheinlich bald von einer Gloriette gekrönt, die vermutlich eine Perspektive schaffen soll. Es war, wenn ich mich recht erinnere, häufig die Rede von Perspektive aus den Mündern der Landschaftsarchitekten. Es ist angebracht, haben die Landschaftsarchitekten unablässig wiederholt, diesem Garten eine Perspektive zu geben. Vordergrund, Hintergrund, haben die Landschaftsarchitekten nachdrücklich erklärt. Transversale. Und so weiter. Alice hat allem zugestimmt. Es gibt in diesem Zimmer nichts, woran mir liegt, sage ich zu dem jungen Mann, da können Sie auch gleich alles mitnehmen. Allein für dieses kleine Bild dort würden Sie genug bekommen, um hundert Schuhschränke zu füllen. Und in dieser Vitrine, sage ich, mit meinem Stock darauf zeigend, dieses Durcheinander von Nippes, ehrlich gesagt, täten Sie mir einen Gefallen, wenn Sie mich von diesem Nippesdurcheinander befreiten. Da ist vor allem ein Kännchen, das Napoleon täglich benutzt haben soll, dieses historische Kännchen, mit dem Napoleon jeden Tag seine Ohren gespült haben soll, hat ihn angeblich bis nach Russland und zurück begleitet, nehmen Sie es ruhig, Sie müssten einen guten Preis dafür erzielen.

Aber der junge Mann, der mich immer noch nicht aus den Augen lässt, interessiert sich anscheinend nicht für die Vitrine, also zeige ich ihm mit der Stockspitze einen Stuhl, auf dem er schüchtern Platz nimmt, die Pobacken am Polsterrand, der Rücken aufrecht und immer noch dieses schwebende, unergründliche Lächeln. Ah, sage ich, und wende den Kopf von diesem Lächeln ab, da sind die Gärtner wieder, sehen Sie nur, wie sie aus ihrem Lieferwagen springen, schwankend, wahrscheinlich betrunken.

Tatsächlich legen die Gärtner ein ungewöhnliches Verhalten an den Tag, die sich, anstatt die Arbeit wieder aufzunehmen, aufs Gras setzen, manche strecken sich sogar aus. Eine Schachtel Zigaretten geht von Hand zu Hand, und ich höre ihr grobes Lachen, dann herrscht Stille. Sie halten ein Schläfchen, sage ich dem jungen Mann, der zum ersten Mal nickt. Die Gärtner haben heute wohl im Gasthaus gegessen, mittags ist das Gasthaus voll, man serviert dort in einem kleinen Nebenraum das, was sie hier das Arbeitermenü nennen, um Längen besser, sage ich Ihnen, als das, was auf der Karte steht, und überaus deftig. Rindfleisch mit Karotten, Frikassee, Bœuf Bourguignon, solche Gerichte, alles mit einer sämigen Soße nach Art des Hauses übergossen, niemals Fertigsoße beim Arbeitermenü. Wohingegen, wenn Sie die Dummheit begehen, ein Gericht à la carte zu nehmen, die Ente mit Orange zum Beispiel oder auch nur ein einfaches Steak mit Schalotten, schon beim ersten Bissen besteht kein Zweifel, dass die Soße direkt aus der Dose kommt. Natürlich wird das Arbeitermenü nicht im großen Saal serviert, wenn Sie sich in den großen Saal setzen, wird man Ihnen niemals das Arbeitermenü anbieten, es steht übrigens nicht auf der Karte. Hingegen ist es keineswegs zwingend, Arbeiter zu sein, um in den Genuss des Arbeitermenüs zu kommen, sage ich dem jungen Mann, niemand belästigt Sie damit, Sie können genauso gut in Limousine und Dreiteiler statt Blaumann ankommen, um das Arbeitermenü zu genießen, müssen Sie sich nur in den kleinen Nebenraum setzen, deutlich angenehmer als der große Saal, besser geheizt im Winter und deutlich frischer im Sommer, mit Fenstern zu einem netten kleinen Hof, und in dem Sie sicher sein können, schnell bedient zu werden, deutlich schneller, das ist unbestreitbar, als die Gäste im großen Saal, wo sich das Ganze endlos hinziehen kann. Im Nebenraum ist es übrigens erlaubt zu rauchen, während es im vorderen Saal strikt verboten ist, abgesehen von dem Tisch direkt vor den Toiletten, berüchtigt wegen der Zugluft. Unter diesen Bedingungen ist es verwunderlich, dass so viele Gäste nicht einmal daran denken, sich in den Nebenraum zu setzen, die sich weiterhin spontan in den vorderen Saal setzen, während ihnen ständig der köstliche Duft des Arbeitermenüs in die Nase steigt, das auf randvollen Tellern flink in den kleinen Raum getragen wird, während man Ihnen noch nicht einmal den Brotkorb gebracht, ja auch nur einen Blick geschenkt hat. Wenn man weiß, dass es Tote im großen Vordersaal gab, der von der Nationalstraße nur durch ein schmales Trottoir getrennt ist, sodass die Autos förmlich die Mauern streifen und jeder vorbeifahrende Lastwagen die Scheiben zittern lässt. Und es war genau einer dieser Lastwagen, der an einem Tag mit Glatteis geradewegs in den großen Saal gerast ist, mit rund fünfzig Sachen, und auf einen Schlag vierzehn Personen getötet hat, die dort eine Erstkommunion feierten. Nur die Erstkommunikantin hat überlebt, weil sie gerade Pipi machen gegangen war, der Priester wurde sauber enthauptet, die anderen in Brei verwandelt, alle auf dem alten Friedhof begraben, von wo sie, keinen Monat später, die Schlammflut weggetragen hat. Sie können sich wohl vorstellen, sage ich zu dem jungen Mann, der immer noch sehr aufrecht sitzt und, wenngleich schweigend, ganz Ohr zu sein scheint, Sie können sich wohl vorstellen, dass jedes Mal, wenn die Gärtner zum Mittagessen ins Gasthaus gehen, ich mir wünsche, ein Lastwagen möge vorbeikommen, der mich endgültig ihrer entledigen würde. Ich würde mit Vergnügen zum Begräbnis der Gärtner gehen, sage ich. Aber die Gärtner setzen sich höchstwahrscheinlich im Nebenraum zu Tisch, wo man, dieses Drama hat es bewiesen, keinesfalls riskiert, einen Lastwagen auftauchen zu sehen. Niemals, seit sie hier sind, haben die Gärtner das kleinste Schläfchen gehalten, sage ich dem jungen Mann. Und was Sie angeht, sage ich zu ihm und stehe auf, auch wenn Sie mir außerordentlich aufmerksam vorkommen, haben Sie mir immer noch nicht gesagt, weshalb Sie gekommen sind, ist das nicht seltsam?

Ich trete zum Fenster und stelle fest, dass sich die Gärtner endlich entschließen, sich zu rühren. Da strecken sie sich und stehen auf, sage ich, während ich sie beobachte, jetzt, wo sie ihren Rausch ausgeschlafen haben, werden sie ihre Verwüstung fortsetzen. Man meint die Dinge zu verbessern, aber man verschlimmert sie nur, sage ich und kehre zu meinem Sessel zurück, man bildet sich ein zu erschaffen und zerstört doch nur. Hier war vor der Ankunft der Gärtner alles grün, sage ich zu dem jungen Mann, nichts als ein Durcheinander von Grün, an das ich fortwährend gedacht habe, in all den Jahren, die ich fort war. Ich dachte, ich müsse den Planeten durchstreifen, ich war so alt wie Sie, sage ich zu ihm, und ich habe tatsächlich den Planeten durchstreift. Aber was ich ständig vor Augen hatte, war dieses Grün, von dem ich jede Nuance und jede Beschaffenheit kannte, ich wusste genau, wie dieses Blattwerk zitterte und jene Zweige sich neigten, wo immer ich war, ich musste nur die Augen schließen, um in Gedanken das zu erreichen, was niemand einen Garten zu nennen gewagt hätte, nur eine Fläche voll ungezähmtem, verwurzeltem Grün. Die Gärtner zu bestellen, sage ich dem jungen Mann, war die Strafe meiner Schwester Alice, die Strafe, die sie wegen meiner allzu langen Abwesenheit gegen mich verhängt hat. Kaum hat Alice von meiner Rückkehr erfahren, hat sie die Landschaftsarchitekten bestellt, wonach die Gärtner eingetroffen sind. Alice hat all die Zeit, die ich weg war, über das Grün gewacht, sage ich zu dem jungen Mann, sie hat darüber gewacht, dass alles unverändert bleibt, wie ich es verlassen hatte und wiederzufinden dachte, und in der letzten Minute hat sie dieses Gemetzel angeordnet und mich, ohne auch nur eine Spur ihrer früheren Sanftheit, der Unerbittlichkeit der Gärtner ebenso wie der Einsamkeit ausgeliefert. Sie müssen, sage ich dem jungen Mann, der junge Gehörlose aus der Einrichtung sein, dessen Ankunft man mir in der Tat, jetzt fällt es mir ein, angekündigt hat. Der junge Mann nickt lebhaft, wie erleichtert. Nun, sage ich, Sie überrumpeln mich etwas, ich hatte Ihre Ankunft völlig vergessen, noch so eine Idee von Alice natürlich, als wäre ich nicht imstande, allein zurechtzukommen. Ich gestehe, dass ich nicht so recht weiß, womit ich Sie beschäftigen soll. Die Stirn des jungen Mannes legt sich leicht in Falten, aber sein Blick bleibt klar, von Erwartung erfüllt, keineswegs ungeduldig. Da wären natürlich, sage ich nach kurzem Schweigen zu ihm, all diese Bücher, die Sie mir helfen könnten zu sortieren, ich hatte nicht den Mut, mich daran zu machen, allein würde ich Monate brauchen. Und einige andere Aufgaben dieser Art, für die Sie mir, nehme ich an, nützlich sein könnten. Sie sehen mir wie ein intelligenter Junge aus, intelligent und aufmerksam. Aber denken Sie bloß nicht daran, mit den Gärtnern zu paktieren, sage ich zu ihm, wenn ich auch nur sehe, dass Sie sich den Gärtnern nähern, schicke ich Sie auf der Stelle in die Einrichtung zurück. Und jetzt holen Sie Ihr Gepäck, dann zeige ich Ihnen Ihr Zimmer.

DAS HOCHHAUS

Mein Freund Saez wird nur eine knappe Stunde seines Lebens in Gesellschaft seines Schwiegervaters verbracht haben, die Zeit, ihn am Flughafen abzuholen und in die Wohnung im sechsundzwanzigsten Stock zu bringen, die er mit seiner Frau Marie bewohnt. Kaum hatte er die Wohnung betreten, lief der Schwiegervater, der bis dahin noch nie aus den Bergen des armenischen Kaukasus herausgekommen war, geradewegs auf die Fensterfront zu, beugte sich vor, um vermutlich das Panorama zu betrachten, und verflüchtigte sich auf der Stelle. Saez erklärte mir später, er habe in dem Moment den Koffer seines Schwiegervaters aus dem Fahrstuhl geschleppt, sodass er nichts hörte, keinen Schrei, keinen Fluch irgendeiner Art. Um genau zu sein, war es Saez, der fluchte, als er den Griff ohne den gewaltigen Koffer in der Hand behielt, während die Fahrstuhltüren sich plötzlich um seine Schultern schlossen, und nachdem er endlich den Koffer über die gesamte Länge des Flurs bis in die Wohnung geschoben hatte, war sein Schwiegervater verschwunden. Er dachte, er fände ihn im Schlafzimmer oder im Bad, kehrte ins menschenleere Wohnzimmer zurück, dann rief er ihn – es war das erste Mal, dass er seinen Schwiegervater sah, das erste Mal, dass er seinen Namen aussprach. Daraufhin dachte er, der alte Mann, der seit dem Flughafen nichts geäußert hatte, hätte sich vielleicht wieder nach unten begeben, aber der leere Fahrstuhl hatte das Stockwerk nicht verlassen, daher lief er die Treppe bis zum Erdgeschoss hinunter mit dem Gedanken, ihn in irgendeinem Winkel kauernd zu finden, nichts. Er fuhr wieder in die Wohnung hinauf, öffnete den Kleiderschrank, dann Wandschränke, suchte unter dem Bett, ging sogar so weit, ein oder zwei Schubladen aufzuziehen, und blieb schließlich mitten im Wohnzimmer stehen, langsam erfüllt von einem zunächst unbestimmten Gedanken, der gleichwohl konkreter wurde, bis er ihn einen seltsamen Laut ausstoßen ließ, eine Art heiseres Glucksen, wonach er ein Kribbeln in den Händen bemerkte und ein leichtes, unkontrollierbares Wiegen seines Kopfes. Mit verkrampftem Kiefer näherte er sich der Fensterfront und blickte nach vorn, als könnte sein Schwiegervater gerade durch die Lüfte fliegen oder auf der Spitze eines anderen Hochhauses landen. Der Himmel war leer. Dieses Himmels wegen hatten Saez und Marie die Wohnung genommen, wie auch wegen des, wenngleich sehr eingeschränkten, Blicks auf die Basilika Saint-Denis. Wenn man am äußersten rechten Rand der Fensterfront steht, den Oberkörper hinauslehnt und den Hals reckt, ist tatsächlich auf der linken Seite ein Stück der Basilika zu sehen, die jahrhundertealten Steine, die Glasfenster sowie die angrenzende kleine Grünfläche, nur das, erklärte mir Saez, hatte seinen Schwiegervater in Bann schlagen können, wie ein unbestimmt vertrautes Bild in dieser ihm unbekannten, sicher beunruhigenden Stadtlandschaft, auf die er übrigens, präzisierte Saez, seit dem Flughafen kaum einen Blick geworfen hatte, sehr aufrecht auf dem Beifahrersitz, die Augen aufs Handschuhfach gerichtet.

Die nächsten Stunden verliefen, wie man es sich vorstellt. Der Leichnam wurde am Fuße des Hochhauses aufgesammelt, in einen Plastiksack gestopft und in die Leichenhalle transportiert, wonach Saez an mein Fenster klopfte. Ich wohne, ein paar Straßen von ihm entfernt, in einer Erdgeschosswohnung ohne die geringste Aussicht, was er immer für absurd gehalten hatte, diesmal aber offenbar nicht. Kaum eingetreten, verlangte er einen Schnaps, den er in einem Zug trank, trat ans Fenster und musterte den grob zementierten Boden des kleinen Hofs, die vor der Ziegelmauer aufgereihten Mülltonnen, und enthielt sich des Kommentars, mit dem er mich gewöhnlich bedenkt. Er schien nervös, nun ist Saez aber – ich kenne ihn seit mehr als zwanzig Jahren – ein ruhiger Junge, im Gegensatz zu Marie, seiner Frau, mit der ich vor ihm zusammengelebt habe. Ein ruhiger und bedächtiger Junge, selten außer Fassung, dekoriert wie ich mit trockenen Diplomen, von denen zu guter Letzt keiner von uns beiden Gebrauch gemacht hat, da Marie unverzüglich verfügt hatte, diese Diplome versprächen ein erbärmliches Leben, das uns geradewegs in die Depression führen würde. Wir müssten unverzüglich, so hatte Marie gleich bei unserer Begegnung erklärt, unsere beiden Gehirne entprogrammieren, sie vollständig von den Dummheiten leeren, die wir dort sich hatten anhäufen lassen wie Laub, wir würden reisen, ein Jahr, zwei Jahre, so lange, bis sich etwas abzeichne, etwas, von dem wir noch keine Vorstellung hätten, was aber unweigerlich am Ende aufkeimen und uns, so zumindest interpretierten wir, Maries würdig machen würde. Und wenn sich nichts abzeichnet?, hatte ich damals Saez zu bedenken gegeben. Wenn nichts aufkeimt? Was beweist uns, dass wir nicht gerade für ein erbärmliches Leben geschaffen sind? Saez hatte keine Ahnung, trotzdem hatte er die Nacht damit verbracht, unsere Lebensläufe und Bewerbungsschreiben zu verbrennen, bis hin zu unseren Métro-Monatskarten, wonach wir aufbrachen, das heißt wir beide brachen auf, ohne Marie, die eben ihre erste Rolle beim Film ergattert hatte und gerade noch die Zeit fand, uns samt unserer Taschen am Flughafen abzusetzen, sie würde so bald wie möglich nachkommen, was sie niemals tat. Von da an waren wir an diversen, immer dreckigeren und abgewrackteren Orten der Welt anzutreffen, bis hin zu jenem kleinen Restaurant in Krakau, wo Saez auf dem Papiertischtuch und in der Verlängerung eines Fettflecks gedankenlos seinen ersten Bleistiftstrich zog, eine Art Skizze von uns beiden, die wir mit erstaunten Mienen betrachteten. Saez hatte uns als das struppige und verschlafene Hochschullehrerpaar gezeichnet, das wir, ohne Marie, wahrscheinlich geworden wären, dennoch konnte das, so schien uns, ein ausgezeichnetes Selbstporträt sein, dem ich, in dem Fettfleck, der so etwas wie eine Blase bildete, mit Kuli einen Kommentar hinzufügte, den ersten Kommentar, der mir in den Sinn kam. Saez riss das Stück Papiertischtuch ab, und einen Monat Arbeit später verließen wir Krakau, um in der Haut der beiden Comic-Autoren, zu denen wir geworden waren, zu Marie zurückzukehren. Das hatte ich nicht erwartet, begnügte Marie sich zu erklären, als sie unsere Blätter betrachtete. Dann zog sie für einige Zeit zu mir.

Zwanzig Jahre später bin ich für meinen Teil nicht sicher, gänzlich der Depression entgangen zu sein, die, wie mir manchmal scheint, mit zunehmendem Alter auch meine Umgebung zu ergreifen scheint, außer Marie, aber Marie ist eine Frau voller Fröhlichkeit und überzeugend, sie hat mich in Fröhlichkeit verlassen, um Saez zu heiraten, und hat mich überzeugt, daraus kein Drama zu machen, und tatsächlich habe ich kein Drama daraus gemacht, ich habe nichts daraus gemacht, ich bin der Freund von Saez geblieben, der gerade mit einem zweiten Glas Rum in meinem Sofa versank und mir berichtete, dass sein Schwiegervater aus dem Fenster gestürzt sei und wie er ihn in der ganzen Wohnung gesucht und schließlich auf dem Rasen geborgen habe, sechsundzwanzig Stockwerke tiefer. Autsch, sagte ich. Aus dem Fenster gestürzt, wiederholte Saez mit einem kurzen, wahrscheinlich dem Rum zuzuschreibenden Lachen. Er ist geradewegs auf die Fensterfront zugelaufen und pffff, niemand mehr da. Und Marie, fragte ich. Unmöglich, sie zu erreichen, sagte Saez. Sie dreht irgendwo auf dem platten Land, was weiß denn ich wo, ich habe ihr eine Nachricht hinterlassen. Was für eine Nachricht?, fragte ich. Hm?, fragte Saez, der sich offenkundig nicht mehr erinnerte.

Drei Tage später befanden wir beide uns auf der Autobahn zum Flughafen, hinten in einem Leichenwagen, den Sarg zwischen uns, Marie immer noch unerreichbar. Der Sarg war klein wie sein Insasse, ein Überführungsmodell, entwickelt für den Flugzeugtransport, das Innere mit Zink ausgekleidet und mit einem Druckluftfilter ausgestattet, ohne den, so hatte man uns versichert, das Ganze beim Flug platzen würde. Von der Fluggesellschaft wurde Saez' Schwiegervater nunmehr als Ware angesehen, Rückführung im Laderaum, Reisekosten nach Gewicht. Am Flughafen kam sein Sarg auf einen Karren und verschwand, von dem mit allen Zollformalitäten betrauten Angestellten des Beerdigungsinstituts eskortiert, hinter einer Doppelflügeltür. Saez und ich gingen mit dem Koffer des Toten, den wir nicht einmal geöffnet hatten, zum Check-in für Eriwan. Der Koffer verschwand seinerseits hinter Gummistreifen, und man händigte uns unsere Bordkarten aus. Saez wirkte erschöpft, gleichwohl hörte er nicht auf zu lächeln, ein Lächeln, das sich an niemanden richtete und das ich eher beunruhigend fand. Wir hatten uns seit drei Tagen praktisch nicht getrennt und beide versucht,

Marie zu erreichen, was immer eine ziemliche Herausforderung ist. Obwohl Marie keinerlei Lust gezeigt hatte, ihren Vater wiederzusehen, an den sie nur eine sehr vage Erinnerung bewahrte, war vereinbart worden, dass Saez sich um ihn kümmern würde, bis sie wieder zurück wäre. Niemand wusste, was den Mann verleitet hatte, sein Dorf im Kaukasus zu verlassen, um nach Paris zu kommen, auch nicht, wie lange er zu bleiben gedachte. Der gewaltige Koffer, mit dem er angereist war, hatte Saez ein wenig schockiert, wie auch seine Magerkeit, dennoch empfing Saez ihn mit einem Lächeln, das sein Schwiegervater nicht erwiderte. Als sie im Auto saßen und Saez feststellte, dass sie sich in keiner Sprache verständigen konnten, begnügte er sich mit ein paar kurzen, von Gesten begleiteten Bemerkungen über die Staus und die Hitze, auf die sein Gast nicht reagierte. Als sie am Parkplatz des Hochhauses angekommen waren, rührte der Schwiegervater sich nicht von seinem Sitz. Saez holte den Koffer aus dem Kofferraum, brachte ihn zum Fahrstuhl und kehrte dann zum Auto zurück. Hier wohnen wir, hatte er gesagt und sich erneut bemüht zu lächeln. Er hatte mit dem Finger auf die oberen Stockwerke des Hochhauses gewiesen, als ob ich, erklärte er mir später, dem Unglücklichen letztlich einen Ort anböte, wo er Schluss machen könnte.

Behindert durch den Sarg, der aus dem Flugzeug geladen und in einen kleinen Mietlaster gehievt wurde, hielten wir uns nicht länger in Eriwan auf. Uns standen etwa vier Stunden auf einer unbefestigten Straße Richtung Artashat bevor, bis wir das Dorf von Saez' Schwiegervater erreichen würden, wo sich schon jemand finden würde, so dachten wir, der sich um das Begräbnis kümmerte, an dem wir nicht unbedingt teilnehmen wollten. Saez umklammerte verbissen das Steuer, ich musste nach hinten in den Laderaum steigen und den Sarg möglichst daran hindern, herumzurutschen und an die Wände des Fahrzeugs zu schlagen, während ich dem Himmel dafür dankte, dass wir das Modell mit Sichtfenster abgelehnt hatten, das man uns mit dem Argument nahegelegt hatte, es ermögliche den Angehörigen des Toten einen letzten Blick in sein Gesicht. Nach dem Wenigen, was Saez am Fuß des Hochhauses von diesem Gesicht gesehen hatte, würde niemand einen solchen Anblick unbeschadet überstehen. Als die Landstraße, ein Haufen Schotter, deutlich anzusteigen begann, öffnete sich die hintere Tür des Lasters, und Saez war endlich bereit, langsamer zu fahren, dann anzuhalten, bis wir meine Ersatzhose aus der Tasche geholt und die Tür damit festgebunden hatten. Die Landschaft war ziemlich schön, angesichts derer wir die am Flughafen gekauften Sandwichs hätten vertilgen können, aber das war ein Vorschlag, den ich nicht riskierte. Saez hatte offenkundig die Absicht, den Sarg so schnell wie möglich loszuwerden, allein eine Art wütende Moral hinderte ihn daran, das Ding am Rand der verlassenen Landstraße abzuladen, die so schmal war, dass zwei Wagen nicht aneinander vorbeigekommen wären. Hinzu kam sicher das Bewusstsein, dass wir, einmal des Sarges entledigt, erst Kilometer später hätten wenden können und also unvermeidlich gezwungen gewesen wären, erneut an ihm vorbeizufahren, was durchaus eine kleine Herausforderung dargestellt hätte. Ich schlug Saez vor, das Steuer zu übernehmen, aber er lehnte ab, schien zu denken, es sei sein Toter, den wir transportierten, und außerdem, führte er als Argument an, bist du meines Wissens seit mindestens zehn Jahren nicht gefahren. Das war nicht ganz richtig, gleichwohl insistierte ich nicht, und wir nahmen unseren rumpelnden Anstieg wieder auf. Von meiner Position im hinteren Teil des Lasters aus, wo ich sehr unbequem saß, um mit den Füßen den Sarg festzuklemmen, sah ich den versteiften Nacken von Saez, seine großen, ums Lenkrad gekrallten Hände und im Rückspiegel seine buschigen, gerunzelten Brauen, unter denen seine Augen halb verschwanden, und obwohl wir uns natürlich nicht auf einer Vergnügungsreise befanden, begann ich mich über diese Quasi-Stummheit aufzuregen, in der er sich seit unserem Aufbruch eingemauert hatte, womit er den Eindruck vermittelte, mir böse zu sein oder mich auf jeden Fall für etwas völlig Unerhebliches zu halten, wo ich ihm doch bei der Überführung des Leichnams während aller Schritte beigestanden hatte und jetzt auf dem Blechboden des Lasters saß, hin- und hergeworfen wie ein Sack, aus reiner Freundschaft, wollte ich meinen. Erneut war ich versucht, ihm zu sagen, dass er in keiner Weise verantwortlich für diesen Tod sei, was Marie ebenfalls mühelos zugeben würde. Dass die Fenster in dem Augenblick, als sein Schwiegervater das Wohnzimmer betreten hatte, weit geöffnet waren, änderte nichts daran, schließlich war es Sommer, jeder ließ seine Fenster offen und deswegen stürzten sich die Leute nicht systematisch ins Leere, also was ist? Saez wandte kurz den Kopf in meine Richtung. Hinter seinem Profil sah ich unterhalb der Landstraße einen kleinen, sehr blauen See auftauchen, im Hintergrund einen zwischen zwei felsigen Hügeln gefangenen Weiler. Ist es dort?, fragte ich. Wahrscheinlich, antwortete Saez und bremste ein wenig ab. Die Landstraße wurde abschüssig, steil, der Sarg knallte gegen Saez' Rückenlehne, und da ich annahm, dass er sich dort nicht mehr wegbewegen würde, wechselte ich auf den Vordersitz. Der Motor unseres Lasters schien mir plötzlich außerordentlich laut in dieser rauen und vollkommen reglosen Umgebung, und als wir uns den Häusern näherten, bemerkte ich das offensichtliche Fehlen eines Friedhofs, wie übrigens jeglicher Spur von Leben. Jenseits des Weilers wurde die Landstraße noch schmaler, eher ein Weg, der sich in der Vegetation verlor. Hier also ist Marie geboren, dachte ich, und mir wurde die verblüffende Diskrepanz zwischen diesem Ort und dem Rahmen bewusst, in dem ich sie immer gekannt hatte, ich ermaß die Summe an Zufällen und Umständen, die einen Menschen von einem Punkt der Erde an einen anderen katapultieren, die sich so radikal unterscheiden, so wenig in Zusammenhang zu bringen sind, dass das Wort Schicksal einen streift, auch wenn man nie in solchen Begriffen denkt, kurz, Marie erschien mir plötzlich wie eine Fremde, jemand, der aus sehr weiter Ferne zu uns gekommen war. Das war ein Aspekt von Marie, an den ich bis dahin noch nicht im Geringsten gedacht hatte, den fortan wieder zu vergessen mir aber unmöglich schien. Saez schaltete den Motor aus, und wir verharrten ein paar Augenblicke, ohne uns zu rühren, in der Stille des Ortes gefangen, nahmen durch unsere offenen Scheiben die Klarheit der Luft, die Klarheit des Seewassers, die Reglosigkeit von allem wahr, bis Saez, unter leisem Türenquietschen, aus dem Laster stieg. Ich tat es ihm nach, und als wir uns vor der Kühlerhaube getroffen hatten, streckten wir uns, während wir uns umsahen. Wäre nicht unsere Ladung gewesen, wir hätten zwei Touristen darstellen können, die beabsichtigen, dort eine nette Rast einzulegen – übrigens begann ich mich zu fragen, wo wir heute Abend schlafen würden. Fünf kleine Häuser aus Natursteinen, manche mit einem kegelförmigen Dach, bildeten die Siedlung, der wir uns langsam näherten, in der Erwartung, jemanden herauskommen zu sehen, niemanden, nichts, nicht mal einen Hund. Das scheint mir ganz verlassen zu sein, bist du sicher, dass wir am richtigen Ort sind?, fragte ich Saez und dachte daran, wie wir uns, was die Rückführung der Leiche betraf, schließlich allein auf die in den Papieren seines Schwiegervaters angegebene Adresse verlassen hatten, die eine Internetrecherche uns zu lokalisieren erlaubt hatte, woraufhin wir der Straßenkarte vertrauten.

Saez, der zur Schwelle des ersten Hauses gegangen war, winkte mich herbei, und ich stellte beim Anblick einer Art Küche fest, dass dort Menschen lebten. Saez rief, aber niemand zeigte sich, daher schauten wir in die anderen Häuser, die unbewohnt schienen, zwei von ihnen teilweise eingestürzt. Was machen wir?, fragte ich. Ich dachte an die Sandwiches. Vielleicht könnten wir einstweilen etwas essen. Wenn du willst, antwortete Saez zerstreut. Er betrachtete den See, der von grellgrünem Gras umschlossen und auf einer Seite von zwei Felsen gesäumt war, deren schmale Ausläufer zusammenkamen, um einen Fluchtpunkt in Richtung Gebirge zu bilden. Herrlich, nicht?, sagte er. Sein Gesicht schien in Träumereien erstarrt. Schon, sagte ich ungeduldig, was ohne Wirkung blieb, denn Saez machte ein paar langsame Schritte in Richtung See, zog die Schuhe aus und krempelte die Hose hoch, um mit den Füßen ins Wasser einzutauchen. Ich sah zum Laster, dann zu Saez' sehr weißen und auf der Rückseite der Waden teilweise unbehaarten Beinen. Hör zu, sagte ich, man müsste den Laster in den Schatten stellen. Ich war jetzt deutlich verärgert und überdies besorgt bei der Vorstellung, es könnte jemand hier aufkreuzen und uns mit unserer Ladung antreffen, während Saez im Wasser herumwatete. Besorgt auch bei dem Gedanken, es könnte genauso gut tagelang niemand kommen, sofern wir auf ein Dorf von Schäfern gestoßen wären, die ihr Vieh kilometerweit entfernt weiden ließen. Ich ging zum Laster, parkte ihn unter der einzigen Baumgruppe, nahm die Sandwichtüte und setzte mich auf ein Mäuerchen im Schatten eines der verfallenen Häuser. Saez verließ schließlich das Wasser und kam, die Schuhe in der Hand, zu mir. Sowas von klar, dieses Wasser, sagte er, als er sich neben mich setzte. Seine Füße waren blau, und ich reichte ihm die Tüte mit Sandwiches, die wir aßen, beide in Gedanken versunken, die mich für meinen Teil wieder zu Marie führten, zu dem kleinen Mädchen, das Marie an diesem Ort gewesen war, und ich versuchte mich zu erinnern, was sie mir über diese Kindheit wohl erzählt hatte, nichts als sehr flüchtige Dinge. Hat Marie jemals von diesem See gesprochen?, fragte ich Saez. Marie?, sagte er und sah mich an, als verstünde er nicht recht, von wem die Rede sei. Im Grunde, sagte ich, wissen wir fast nichts über sie. Saez runzelte leicht die Stirn, vertrieb eine Fliege von seinem Sandwich, und wir blieben eine ganze Weile dort auf dem Mäuerchen, den Laster in unserem Blickfeld. Später am Nachmittag zeigte uns eine rasche Erkundung der Umgebung jenseits des Weilers eine weite wogende Landschaft, eine Fläche von Wülsten und Falten, die an die Haut eines gewaltigen, auf der Seite liegenden Elefanten erinnerte, in der Ferne umschlossen von verschneiten Bergen. Die Vögel, sehr schwarz und vereinzelt, flogen hoch, die einzigen belebten Formen in dieser verlassenen Szenerie, durch die nicht einmal der Wind fuhr.

Der Tag neigte sich, ohne dass wir jemanden gesehen hätten. Es wurde plötzlich kalt, sodass wir wieder in den Laster stiegen, um Pullover überzuziehen und festzustellen, dass keiner von uns beiden Strümpfe mitgenommen hatte. Saez schlug vor, die Nacht dort zu verbringen, vorne auf den Sitzen oder besser, überlegte er mit einem Blick nach hinten, ausgestreckt neben dem Sarg. Ich sagte, das komme nicht infrage und ich würde, wenn es nach mir ginge, ein Loch graben, solange es noch hell sei, damit wir unverzüglich zurückfahren, ein Hotel in der Stadt finden und das erste Flugzeug nach Frankreich erwischen könnten. Beim See, sagte ich, dürfte die Erde weniger trocken sein. Saez erwiderte, es sei undenkbar, einen Toten in der Nähe des Wassers zu begraben, was wüssten wir vom Verhalten dieses Sees bei starkem Regen, und übrigens, weshalb hätte ich es so eilig, den Ort zu verlassen? Was erwarte uns denn so Spannendes zu Hause? Marie, sagte ich, du hast Marie. Was wird sie denken, wenn sie die leere Wohnung sieht? Es wird immer noch weniger schlimm sein als die Wahrheit, erklärte Saez. Sie wird sich Sorgen machen, sagte ich. Wird sie nicht, sagte Saez, ich habe ihr ein paar Zeilen hinterlassen. Ein paar Zeilen, sagte ich, mit ein paar Zeilen hast du sie über diese Situation informiert? Natürlich nicht, sagte Saez, natürlich nicht. Ich habe einfach eine Programmänderung erwähnt. Da ihr Vater am Ende davon abgesehen habe, nach Frankreich zu kommen, seien du und ich ein paar Tage verreist, das habe ich ihr geschrieben. Etwas fragwürdig, gebe ich zu, aber das habe ich gemacht. Ich verstehe, sagte ich. Jetzt schlage ich vor, fuhr Saez fort, dass wir zumindest bis morgen Früh warten, bevor wir uns um den Sarg kümmern. Wenn sich bis morgen Früh niemand gezeigt hat, begraben wir ihn und fahren ab.

Wir nahmen unsere Taschen, stiegen aus dem Laster, dessen Türen wir abschlossen, und gingen dann zu dem kleinen Steinhaus. Es bestand aus zwei Räumen, der Küche und einem Schlafzimmer, ausgestattet mit einem niedrigen Fenster und einem breiten Bett, auf dem ein geblümtes Federbett lag. Die Küche war derart vollgestopft mit Möbeln, Gegenständen, Flugblättern und verschiedenen Vorräten, die in Lattenkisten verteilt waren, dass man sich dort praktisch nur noch zwischen dem Tisch in der Mitte und dem steinernen Spülbecken bewegen konnte, und es war dort sehr dunkel. Im hinteren Teil war ein Vorhang vor einen Alkoven gezogen, der den Blick auf ein ebenfalls mit einem geblümten Federbett bedecktes Einzelbett und auf eine sorgfältig auf einem Stuhl zusammengelegte Männerhose aus grobem Leinen freigab, vielleicht die Hose, die der Schwiegervater ausgezogen hatte, bevor er den Ort verließ. Saez ging wieder hinaus, um den Generator zu überprüfen, den er hinter dem Haus entdeckt hatte, wie er erklärte, und ich setzte mich auf einen Schemel, während ich in dem Raum nach etwas suchte, das geeignet wäre, das Gefühl des Schwebens zu neutralisieren, das ich jetzt empfand – das ich in Wahrheit jedes Mal empfinde, wenn ich mich aus Großstädten hinaus wage und es Nacht wird –, nach etwas ausreichend Vertrautem, um mich in der

Wirklichkeit zu halten. Schließlich konzentrierte ich meine Aufmerksamkeit auf ein blaues Abtropfsieb aus Plastik, das an der Wand hing, identisch mit dem, welches sich in meiner eigenen Küche befindet, und während ich mich darauf konzentrierte, sah ich mich vor meiner Spüle meine Nudeln abtropfen lassen, in der Ruhe meiner Wohnung, die ich im Geiste durchstreifte, bis ich ihre Existenz spürte und damit auch meine, was mich ein wenig beruhigte. Draußen war ein Motorengeräusch zu hören, ein paar Glühbirnen flackerten im Raum, verloschen, flackerten erneut, dann herrschte Stille, und Saez erschien auf der Schwelle, verkündete recht fröhlich, dass wir uns mit den Kerzen begnügen müssten, die in beeindruckender Anzahl vorhanden waren und von denen er ein gutes Dutzend mit offenkundiger Befriedigung anzündete, dabei vor sich hin pfeifend, wofür ich plötzlich kurz davor war, ihn zu hassen. Wir kochten Reis in einem alten Topf, brachen einen Ziegenkäse an, den Saez hervorragend fand, sowie eine Flasche Wein, woraufhin sich die Frage stellte, den Türriegel vorzuschieben oder nicht, den Saez offen lassen wollte, wohingegen ich mich schlecht sah, wie ich von den Bewohnern des Hauses in ihrem Bett überrascht wurde, die immerhin bewaffnet sein konnten, wandte ich ein. Da mein Schlaf ist, wie er ist, werde ich sie hereinkommen hören, erklärte Saez, aber als wir Seite an Seite unter dem geblümten Federbett lagen, schlief er auf der Stelle ein, mit unverhofft dezenter Atmung, und nur ich allein lauerte, in absoluter Dunkelheit auf die Geräusche und vertrieb den Gedanken an den Toten, der ein paar Meter entfernt im Laster ebenfalls ausgestreckt lag und in einem kaum wahrnehmbaren Zischen einen schwachen, herbsüßen Geruch verbreitete, den ich die ganze Nacht einzuatmen glaubte.

Saez lag nicht mehr im Bett, als ich erwachte, und er hatte Kaffee gemacht, den ich aufwärmen musste. Ich sah ihn durchs Fenster, wie er aus dem See kam, den Kopf vorbeugte und sich schüttelte wie ein Hund, dann in kleinen Sätzen zum Haus stürmte, das er betrat, völlig nackt, sich dann mit einem Geschirrtuch kräftig trockenrieb und mich vergnügt fragte, ob ich gut geschlafen hätte, wodurch ich den Eindruck hatte, ich wäre eine Art frisch eingetroffener Gast, der noch nicht ganz dazupasste. Mir kam der Gedanke, dass ich ihn seit unseren Jugendjahren nicht nackt gesehen hatte, wonach unsre Vertrautheit sich auf unsere gemeinsame Arbeit beschränkt hatte, während sein Körper Veränderungen und Entstellungen durchmachte, die mir verborgen geblieben waren und sich mir jetzt in ganz unbekanntem Licht enthüllten, als hätte ich nicht mehr jenes vertraute Wesen vor mir, das ich Saez nannte, das seit so langer Zeit allein durch diese Benennung definiert wurde, sondern jemanden, den ich plötzlich als von mir verschieden wahrnahm, unberechenbar und gegensätzlich, insbesondere fähig, die Reize eines Ortes auszukosten, den ich als albtraumhaft empfand. Ich wartete, bis er etwas angezogen hatte, um ihn an die Abmachung des Vorabends zu erinnern, woraufhin er mir vorschlug, draußen bei den Bäumen nachzusehen, wo sich zeigte, dass die Dinge bereits ziemlich fortgeschritten waren. Saez hatte eine Schaufel aufgetrieben, mit der er die Hälfte der Arbeit erledigt hatte, bevor er auf ein Schotterbett gestoßen war, das wir eine gute Stunde lang abtrugen, woraufhin wir abwechselnd und mehr oder weniger nach Augenmaß gruben.

Wir gruben schweigend, methodisch und entschlossen. Danach holten wir den Sarg aus dem Laster und schleppten ihn bis zum Loch, wo uns offenkundig die Ausrüstung fehlte, um ihn behutsam hinabzulassen. Ein Brett, meinte Saez, über die Grube gebeugt, wir brauchen ein Brett, und er entfernte sich mit ruckartigem Gang in Richtung der Häuser. Ich setzte mich, den Rücken an den Sarg gelehnt, und musterte das schmerzende Innere meiner Hände, deren Finger ich kaum beugen konnte. Ich war erschöpft. Saez kam zurück, ohne Brett, aber er schleppte zwei lange Äste, die wir schräg hineinstellten, parallel wie Schienen, und an denen wir mehr schlecht als recht den Sarg entlanggleiten ließen, der unten angekommen geneigt verharrte, wie zögernd, bis wir beide in derselben heftigen Bewegung die Äste wegzogen und er endlich mit einem leisen Geräusch zu Boden sank, dem unmittelbar ein leichtes Knacken folgte, das unsere Köpfe herumschnellen ließ. Ein Mann und eine Frau standen unter den Bäumen, wenige Meter von uns entfernt, nebeneinander und vollkommen reglos, mit hängenden Armen und nichts in den Händen, keinerlei Waffe, und die sich damit begnügten, unsere Gesichter anzustarren, ohne auch nur einen Blick für das Grab. Wir ließen beide die Äste zu unseren Füßen fallen, woraufhin ich Saez in einer friedfertigen Geste die Arme heben sah, begleitet vom Anflug eines Lächelns, und ich tat es ihm nach, dabei bemerkte ich, wie klein die Frau in einem blauen Kleid war, das etwas von einem Kittel hatte, ihr spitzes, altersloses Gesicht, und bei dem Mann dieselben eingesunkenen Augen, denselben schmalen Mund, nichts, was an Maries Züge erinnerte. Keiner von beiden rührte sich, als Saez einen Schritt in ihre Richtung tat, dann zwei, kurz davor schien, ihnen die Hand zu reichen und schließlich, mit einem Zeichen, sich zu gedulden, auf den Laster zeigte, zu dem er rasch ging. Ich blieb allein mit ihnen, bemüht, mein Lächeln zu behalten, auf das sie überhaupt nicht reagierten, sie beschränkten sich darauf, mich mit derselben rätselhaften Miene anzustarren, Bitte schön, sagte Saez, als er wieder zu ihnen trat, und hielt ihnen den Reisepass seines Schwiegervaters vor die Nase, aufgeschlagen auf der Seite mit dem Foto, das sie betrachteten, ohne zu reagieren. Ich Mann von Marie, erklärte Saez und klopfte sich auf die Brust. Marie kleines Mädchen hier, sagte er und hielt seine Hand auf Höhe eines Kinderkopfes. Und er, fügte er hinzu und winkte mich näher heran, er mein Freund. Freund von Marie. Ich nickte. Flugzeug Frankreich, sagte Saez und hob den Reisepass zum Himmel, während er mit dem freien Arm einen Flügel nachahmte. Und dann Unfall, sagte er stirnrunzelnd. Die Frau hüstelte. Wir hier zurückkommen mit dem Toten, sagte Saez, beide Hände wie auf ein Lenkrad gelegt. Diese Nacht hier schlafen, sagte er und deutete auf die Häuser, dann legte er die Hände zusammen und gegen seine geneigte Wange. Auf Sie warten, sagte er und klopfte mit dem Finger auf seine Uhr. Und heute Morgen graben, fügte er hinzu und ließ den Reisepass einen Bogen in Richtung Grab beschreiben, auf das die Augen des Paares sich nun endlich richteten. Mit drei großen Schritten stand Saez am Rand des Grabes, wo er blieb und nichts mehr sagte, den Kopf geneigt, die Arme verschränkt. Der Mann und die Frau wechselten einen Blick und setzten sich gleichen Schrittes in Bewegung, um sich dem Loch zu nähern und dort angekommen nicht nur den Inhalt, sondern auch den Erdhügel und den Haufen Steine zu betrachten, die wir herausgeholt hatten. Alles ordnungsgemäß, versicherte Saez nach einem Augenblick und hielt den Reisepass dem Mann hin, der ihn nahm, von allen Seiten untersuchte und mit dem Kinn zur Schaufel wies, die zu Saez Füßen lag. Natürlich beenden, erklärte Saez sofort, und er bückte sich, um die Schaufel aufzuheben und sie mit Erde zu füllen, die er auf den Sarg warf. Bei der zweiten Schaufelladung nickte der Mann kurz, gab mir den Pass zurück, dann machten er und die Frau gleichzeitig auf dem Absatz kehrt und bewegten sich auf die Häuser zu. Gut, gut, gut, sagte Saez, der einen Schlammstreifen auf der Stirn hatte. Du hast Schlamm auf der Stirn, sagte ich. Ich stopfte den Reisepass in die Tasche, kniete mich hin, und wir schoben mit bloßen Händen die Erde zurück ins Loch, ebenso die Steine, ebneten alles mit Hilfe der Schaufel und legten, so gut wir konnten, die wenigen verwendbaren Grassoden an Ort und Stelle. Dann nahm Saez die beiden Äste, die er senkrecht aufrichtete, und ließ den Blick einen Moment über die Landschaft schweifen. Er schien enttäuscht. Sie haben ihn anscheinend nicht erkannt, sagte ich. Vielleicht haben wir einen Fehler gemacht. Was für einen Fehler denn?, fragte Saez. Ich nahm die Schaufel, dann fiel mir der Koffer ein. Da wäre der Koffer, sagte ich, was machen wir mit diesem Koffer? Was sollen wir schon damit machen, erklärte Saez, den lassen wir den beiden natürlich da. Und wenn sie ihn nicht wollen?, sagte ich, beinahe sicher, dass sie ihn nicht würden haben wollen. Tatsächlich zeigten der Mann und die Frau, als sie den Koffer vor sich hatten, keinerlei Reaktion. Sie standen auf der Schwelle ihres Hauses, das Gesicht ausdruckslos. Saez bückte sich, öffnete den Koffer, und was wir auf den Kleidern sahen, war ein halbes Dutzend Geschenkpäckchen in allen Größen, ungeschickt in dasselbe grünliche, schillernde Papier gewickelt, sowie ein großer Metallwecker, der, als Saez ihn nahm und dem Paar vor der Nase schwenkte, klingelte. Ein kurzes leises Lachen entfuhr der Frau, die sich die Hand vor den Mund schlug und den Wecker anstarrte, bis er zu klingeln aufhörte. Koffer bleiben hier, sagte Saez daraufhin mit einer eindeutigen Geste. Der Mann schüttelte ablehnend den Kopf, ging zum Koffer, schloss ihn wieder und trug ihn zum Laster, lud ihn ein, dann kam er zu uns, griff nach der Schaufel und verschwand hinter dem Haus. Gehen wir, sagte ich Saez, der noch den Wecker hielt, und legte ihm die Hand auf die Schulter. Wir gingen zum Laster, packten den Wecker in den Koffer zurück, und Saez setzte sich ans Steuer, ließ den Motor an und legte einen Gang ein. Warte eine Minute, sagte ich. Im Außenspiegel sah ich die Frau mit beiden Armen fuchtelnd zum Laster rennen. Ich stieg aus, wartete, bis sie mich erreicht hatte, woraufhin sie, nachdem sie wieder zu Atem gekommen war, unter Stirnrunzeln ein paar Worte sagte und nachdrücklich ins Innere des Lasters deutete. Mein letztes Bild von dem Ort war das dieser Frau, die sich mit ihren Stummelbeinen auf dem Weg entfernte, in beiden Händen den Wecker.

DAS HOTEL

Ich glaube, Sie waren nicht da, als das junge Paar nach dem Abendessen im Hotelrestaurant in sein Zimmer hinaufgegangen ist, wo es dann dieses auseinanderstiebende halbe Dutzend Ratten antraf. Ein gutes halbes Dutzend riesiger Ratten, die quiekten, das sahen die beiden, als sie ihre Zimmertür öffneten. Wie es scheint, war die Frau bereits halb entkleidet, das heißt, ihr Gatte hatte ihr schon im Aufzug die meisten Kleidungsstücke ausgezogen, ich vermute, dass sie sich aufs Bett werfen wollten oder auf den Teppichboden, woran sie durch diese Ratten natürlich gehindert wurden. Ich weiß nicht, ob Sie den Schrei gehört haben, den die Frau, eine Engländerin, ausgestoßen hat, einen spitzen, durchdringenden Schrei, wie ihn nur Engländerinnen hervorbringen können. Ich habe diesen Schrei selbst gehört, von meinem Balkon aus, wo ich auf meinem Liegestuhl lag, die Liegestühle, die sie hier haben, sind schlichtweg Komfortmodelle. Aber vom Gatten nichts, kein Wort. Man horcht auf, wenn man eine Frau in einem Hotel schreien hört, vor allem in einem Hotel wie diesem, tadellos in jeder Hinsicht. Deshalb habe ich die Ohren gespitzt, ohne jedoch aufzustehen, was mich eine gewisse Zeit kostet, wie Sie vermutlich auch, nicht wahr, Sie springen genauso wenig wie ich noch mit einem Satz auf, die Zeit, da wir mit einem Satz aufsprangen, ist vorbei, längst vorbei, das versteht sich. Ich habe die Ohren gespitzt, aber es kam kein weiterer Schrei, zweifellos hatten sie die Tür ihres Zimmers sofort wieder geschlossen, um zum Empfang zu stürzen. Ratten, denken Sie nur. Das jedenfalls haben sie behauptet, wohlgemerkt, sie sind bis heute die Einzigen, die diese Ratten gesehen haben, weder die Direktion noch das Personal, auch kein einziges Mitglied der Rugbymannschaft, die wir hier haben, hat die kleinste Ratte gesichtet. Das Hotel wurde vollständig durchsucht, Matratzen umgedreht, man hat einen Mann an jedem Ausgang der Kanalisation postiert, alle Dachrinnen wurden inspiziert, nichts, die Ratten sind unauffindbar geblieben. Der Hoteldetektiv persönlich hat mir diese Tatsache bestätigt, allerdings, hat er gesagt, sind wir gehalten zu glauben, was unsere Gäste behaupten, wenn unsere Gäste behaupten, Ratten seien in ihr Zimmer eingedrungen oder selbst Alligatoren, hat er gesagt, können wir ihre Worte keinesfalls in Zweifel ziehen. Dieser Detektiv, Bonneau, ein exzellenter Detektiv, früherer französischer Polizist, er war Polizist im Calvados, ist zwar schon seit mehreren Jahren hier angestellt, aber er hat sich immer noch nicht an seinen Job gewöhnt, wie er mir eines Tages anvertraute, weder an diesen Job noch an dieses Land. Ich meinerseits liebe dieses Land, obwohl ich nichts über die Portugiesen weiß, ich komme jedes Frühjahr hierher, und von meiner Ankunft, von dem Augenblick an, da ich den Fuß auf den Boden des Flughafens setze, gelingt es mir, die Portugiesen vollständig beiseite zu lassen und mich voll und ganz auf die portugiesische Landschaft, den portugiesischen Himmel, die portugiesische Flora zu konzentrieren, von der sich schon vor meinem Balkon einige wundervolle Exemplare darbieten. Ihr Zimmer geht zum Gebirge, nicht wahr, zum Schiefergebirge, alleinstehende Herren entscheiden sich fast immer für den Blick auf das Schiefergebirge. Aber Sie sollten, wenn Sie eines Tages wiederkommen, ein Zimmer zum Fluss verlangen, diesen Vorschlag erlaube ich mir Ihnen zu unterbreiten, und wenn Sie erstmal auf Ihrem Balkon liegen, im Grunde beinahe eine Terrasse, auf einem dieser wunderbaren blauen Liegestühle, die sie hier haben, müssen Sie ihren Blick nur noch über den Fluss gleiten lassen und Sie werden meinen, die Karavellen all dieser Entdecker vorbeiziehen zu sehen, der Dias, Caminhos, Fernandez, mehr als dreißig berühmte Seefahrer hat dieses Land hervorgebracht, ohne Christoph Kolumbus mitzuzählen, der höchstwahrscheinlich ebenfalls Portugiese war, obwohl ihn die Italiener als Italiener beanspruchen, seit Jahrhunderten machen sich jetzt schon italienische Historiker und portugiesische Historiker den Unglücklichen streitig.

Jedes Jahr komme ich wieder in dieses Hotel, immer dasselbe Zimmer, Zimmer 44, Zimmer 44 wird mir sozusagen von einem Jahr aufs andere reserviert, gleich im März rufe ich den Direktor an, um ihn wissen zu lassen, dass ich immer noch nicht gestorben bin und dass ich komme, und jedes Mal antwortet mir der exzellente Direktor, dass mein Zimmer mich erwartet, Zimmer 44, ein anderes würde ich nicht mögen. Ein halbes Dutzend Ratten, nach allem, was dieses Paar behauptet, als hätte es sich Zeit genommen, sie zu zählen. Der Schrei der Engländerin hat mir wahrhaftig das Blut in den Adern gefrieren lassen. Stellen Sie sich vor, sie und ihr Gatte waren gerade angekommen, Hochzeitsreise, wie ich gehört habe, am selben Morgen getraut, und wie es scheint, ist die Frau auch jetzt noch schwer traumatisiert, obwohl das Ereignis immerhin vierundzwanzig Stunden zurückliegt. Natürlich kommt einem trotz allem der Gedanke in den Sinn, sie könnten diese Rattengeschichte erfunden haben, erfunden mit dem Ziel, sich ihre Hochzeitsreise offerieren zu lassen, sodass ihre Hochzeitsreise sie keinen Pfennig kostet, dieses Hotel ist schließlich sündhaft teuer, und die beiden sind sehr jung. Dennoch reich, hat mir der Hoteldetektiv erklärt, was nichts bedeuten will, es ist oft erstaunlich, wozu Reiche fähig sind, um einen Pfennig ihres riesigen Vermögens zu sparen, zu welchen Tricks sie imstande sind, reich sein bewahrt keineswegs vor Geiz, ich kannte mal eine Frau, die ihren Küchenschwamm nur einmal im Jahr wechselte, mit Schmuck behängt, aber einen zerfetzten Küchenschwamm. Wir haben alle unsere Schrullen. Die Hotelgäste, die sich gestern Abend in der Hotelhalle aufhielten, als das Paar aus seinem mit Ratten gespickten Zimmer gerannt kam, sagen, die Engländerin sei in Büstenhalter gewesen und ihr Kopf habe unaufhörlich von links nach rechts gependelt, rasend schnell, unmöglich, sie dazu zu bringen, den Kopf geradezuhalten, unmöglich diesen Kopf ruhigzustellen. Blond, natürlich. Er, deutlich gelassener, fast unerschütterlich, *I'm afraid we have undesirable animals in our bedroom*, hörte man ihn sagen, in einem Ton, als wäre eine Glühlampe durchgebrannt. *Rats,* hat die Engländerin gebrüllt. *Rats,* hat ihr Gatte nüchtern bestätigt. In dem

Moment kam die Rugbynationalmannschaft vollzählig aus dem Extraspeisesaal, wo ihre Mahlzeiten serviert werden, eine Schar Athleten, deren Auftauchen eine radikale Wirkung auf die Engländerin hatte, sie hat sich sogleich beruhigt und war endlich dazu zu bringen, ihre Bluse überzuziehen. Arme Kleine, was für eine Erinnerung wird sie an ihre Hochzeitsreise bewahren! Ein Hotel der Spitzenklasse, ein Hotel, wie es weltweit kaum noch ein Dutzend gibt. Weder Frisiersalon noch Vitrinen mit Halstüchern, wie Sie gewiss bemerkt haben, nicht der kleinste Swimmingpool. Unsichtbare Zimmermädchen, nie einer dieser abstoßenden Wagen mit schmutziger Wäsche im Flur. Keine Minibar in den Zimmern. Stellen Sie sich vor, erst vor zwei Jahren wurden die Zimmer mit Fernsehen ausgestattet, deren Ton so leise gestellt ist, dass man sowieso nichts hört, sie haben das Zugeständnis gemacht, Fernseher zu installieren, und den Ton so reguliert, dass man absolut entmutigt davon absieht, fernzusehen, wie mich der Hoteldirektor mit einem kleinen Lächeln hat wissen lassen. Die Gäste plagen sich mit der Fernbedienung, dann rufen sie beim Empfang an, um ein Tonproblem zu melden, und man schickt ihnen auf der Stelle den Hoteldirektor, der ihnen begreiflich macht, es gebe nicht das geringste Tonproblem. Wenn die Gäste auf dem Gegenteil beharren, informiert sie der Direktor in höflichstem Ton, dass er eine Liste von Häusern zu ihrer Verfügung halte, die gewiss geeigneter für sie seien als dieses. So ruft er seine Gäste zur Ordnung. Kein Fernsehen für mich, habe ich dem Hoteldirektor sogleich gesagt, und der Fernseher ist sofort aus meinem Zimmer verschwunden. Allerdings gibt es diese Ratten. Ich weiß nicht, wie es mit Ihnen ist, Monsieur, aber ich für meinen Teil bin geneigt, an die Existenz dieser Ratten zu glauben, die ich mir vorstelle, wie sie sich irgendwo im Hotel verkrochen haben, bereit, jederzeit aufzutauchen. Ja, ich glaube, dass wir jederzeit damit rechnen müssen, eine Horde riesiger, wahrscheinlich ausgehungerter Ratten auftauchen zu sehen, ziemlich schlau, da sie allen Verfolgungen entgangen sind. Ich denke, diese Ratten verhöhnen uns, die sich vom Flussufer herauf in den Garten gewagt, sich dann in das Hotel geschlichen und es dann geschafft haben müssen, auf irgendeine Weise die Etagen hinauf bis zum Zimmer der Engländer zu klettern. Dass die Ratten ausgerechnet dieses in jeder Hinsicht mustergültige Haus und dann das Zimmer der Engländer gewählt haben, das Zimmer eines jungen Paars auf Hochzeitsreise, das sein Leben lang die Hochzeitsnacht mit ihrem widerwärtigen Anblick verbinden wird, gibt natürlich zu denken.

Heute Morgen bin ich an Ihrem Zimmer vorbeigegangen, dessen Tür halboffen stand, und ich habe Sie im Pyjama gesehen, Sie hielten eine dieser grünen Plastikklatschen in der Hand, die mit dem Frühstückstablett ausgeteilt wurden, für den Fall, dass wir eine Ratte bekämpfen müssten. Ich hatte nicht die richtige Brille auf, aber es sah mir so aus, als hielten Sie Ihre Klatsche in der Hand, und Sie schienen nicht im Geringsten zu wissen, worum es sich handelt, Sie schienen mir ratlos und desorientiert, Sie waren der Inbegriff der Ratlosigkeit und der Verwirrung, woraus ich schloss, dass Sie den Schrei der Engländerin gestern Abend nicht gehört hatten und deshalb nicht Bescheid wussten wegen der Ratten. Ich habe gezögert, an Ihre Tür zu klopfen, und just in dem Augenblick, da ich mich entschlossen hatte, an Ihre Tür zu klopfen, haben Sie angefangen, sich mit Ihrer Klatsche auf die Schenkel zu schlagen, dann auf die Wangen und wieder auf die Schenkel, danach haben Sie angefangen, auf alles einzuklatschen, die Vorhänge, das Bett, die Kissen, Vor- und Rückhand abwechselnd, bis zum Leuchter, den Sie haben klirren lassen. Die Bewegung, mit der Sie auf alles klatschten, war weit ausholend, verbissen und erinnerte mich an die besten Tennisspieler, hier haben wir einen Mann, sagte ich mir, der in seiner Jugend vielleicht ein exzellenter Tennisspieler war, womöglich gar ein Tennisprofi, also habe ich mir die Freiheit genommen, mich bei Detektiv Bonneau nach Ihnen zu erkundigen. Ich hoffe, Sie verzeihen mir diese kleine Indiskretion, umso mehr, als sich Bonneau sehr ausweichend über Sie äußerte, sich darauf beschränkte, mir zu sagen, Sie hätten seines Wissens nach absolut nichts mit einem ehemaligen Tennisprofi gemein, dann aber bereit war, mir Ihren Namen zu nennen, der mir natürlich, wie allen, nicht gänzlich unbekannt ist. Seit Langem schon machen Sie allerdings nicht mehr von sich reden, seit Jahren erwähnen die Zeitungen Ihren Namen nicht mehr, wo sind Sie denn in all den letzten Jahren abgeblieben, man hätte meinen können, Sie seien gestorben. Sie lächeln, aber es ist doch eine Tatsache, dass die Alten niemanden mehr interessieren, niemand will etwas von den Alten hören und sie erst recht nicht auf Fotos sehen, so deprimierend, das Alter ist eine Falle, wobei Sie die Öffentlichkeit nie gesucht haben, nicht wahr, Öffentlichkeit und Ehrungen immer gemieden haben, immer skeptisch waren bei Ehrungen und höchst zurückhaltend, nach dem, was man von Ihnen weiß, eigentlich sehr wenig. Das letzte Mal, dass ich Ihren Namen in einer Zeitung gesehen habe, liegt mindestens zwanzig Jahre zurück, dann nichts mehr, keine Zeile, ich habe Ihre Spur verloren. Heute Abend, als ich aus dem Aufzug stieg, um mich in den Speisesaal zu begeben, habe ich Sie durch die Hotelhalle und in Richtung der Gärten gehen sehen, und wenn mir Detektiv Bonneau nicht Ihren Namen genannt hätte, hätte ich Sie niemals erkannt, für mich waren Sie ganz einfach tot. Als ich Sie in Richtung der Gärten gehen sah, habe ich beschlossen, ebenfalls dort vor dem Essen eine Runde zu drehen, eine schöne Abenddämmerung, wo wir doch den ganzen Tag diese Wolken hatten, also bin wieder hochgefahren, um aus meinem Zimmer eine Stola zu holen, und als ich wieder herunterkam, fand ich mich im Aufzug mit der Engländerin. Stellen Sie sich vor, die sind immer noch im Hotel, man hat natürlich ihr Zimmer gesperrt, das jetzt mit Rattengift vollgestopft sein dürfte, und nun sind sie, wie die Engländerin mir sagte, im Flügel der Rugbyspieler untergebracht, sie selbst hat darum gebeten, und auch wenn dieser Flügel vollständig für die Rugbyspieler reserviert ist, hat man selbstverständlich sofort ein Zimmer in diesem Gebäude für sie gefunden, wo sie sich, wie es scheint, halbwegs sicher fühlt. Ein Einzelzimmer, hat sie präzisiert, der Schock war so heftig, dass sie darum gebeten hat, ein paar Nächte allein zu sein, ihr Mann wurde am anderen Ende des Flures untergebracht. Die Ehe ist eine schreckliche Sache, hat die Engländerin noch gesagt, als wir das Erdgeschoss erreichten, wo ihr Gatte sie erwartete. Zumindest meine ich das verstanden zu haben, denn sie hat sich, um mir das zu sagen, in sehr schlechtem Französisch ausgedrückt und gelächelt, weshalb ich vielleicht falsch verstanden habe, wobei ich mich erinnere, dass ich am Ende meiner eigenen Hochzeitsreise – ich war zwanzig – haargenau das Gleiche dachte, am Ende meiner Hochzeitsreise war ich ganz verstört von der Ehe, so sehr, dass ich, kaum wieder in Frankreich, die Scheidung eingereicht und nie wieder geheiratet habe, für mich kam Ehe nie mehr infrage. Ich war damals sehr hässlich, ich war immer hässlich, aber mit zwanzig war meine Hässlichkeit auf dem Höhepunkt. Als ich den Aufzug verließ, habe ich den Gatten der Engländerin gegrüßt, er erschien mir, nebenbei gesagt, ziemlich ... nun ja, ich weiß nicht, ich weiß nicht, welches Wort angemessen ist, um den Eindruck zu beschreiben, den der Engländer auf mich machte, als er mich mit seiner Gattin aus dem Aufzug kommen sah, bei einem Engländer weiß man sowieso nie, was man denken soll, die Erfahrung hat mich gelehrt, dass es zwecklos ist, was Engländer betrifft, einem ersten Eindruck zu trauen, ebenso wenig einem zweiten, immer gegensätzlichen, und so geht es weiter, bis man sich einbildet, sie zu durchschauen, was sich in Wirklichkeit als absolut unmöglich herausstellt, der Engländer lässt sich von niemandem durchschauen, im Endeffckt ein absolut unergründliches Wesen. Ich hätte beinahe, nachdem ich diesen beim Verlassen des Aufzugs gegrüßt hatte, die Ratten erwähnt, diese Geschichte mit den Ratten, aber in letzter Sekunde wurde ich davon abgebracht, etwas in seiner Haltung hat mich davon abgebracht. Er hat den Arm seiner Frau genommen und sie zum Speisesaal gezogen, wo sie jetzt wohl gerade zu Abend essen. Wir haben einen neuen Koch in diesem Jahr, und ich habe nicht die geringste Ahnung vom Menü heute Abend, obwohl uns dieses Menü heute Morgen mit den Zeitungen ins Zimmer gebracht wurde, noch so eine Neuerung, bis zum letzten Jahr war das Menü auf dem Pult in der Hotelhalle einsehbar. Ich gestehe, ich schätze ihre neue

Art nicht besonders, uns jeden Tag das Menü zu bringen, als wären wir im Krankenhaus, als wollten sie uns erinnern – aber das ist wahrscheinlich nicht ihre Absicht –, dass wir ins Krankenhaus gehören oder binnen Kurzem dort sein werden, wobei wir doch hierher gekommen, hierher gereist sind, was in unserem Alter immerhin eine beträchtliche Anstrengung verlangt, weil das Krankenhaus eben nicht auf unserem Programm steht, wir begnügen uns nicht damit, zu Hause auf den Moment zu warten, wo man uns dorthin transportiert, wir warten nicht darauf, bis wir so tief gefallen sind, dass nichts anderes mehr infrage kommt als Krankenhaus. Jedes Jahr komme ich mit einem ganzen Stapel von Rezepten und einem Berg von Medikamenten hier an, jedes Jahr mehr Rezepte und Medikamente. Der Hoteldirektor rechnet natürlich mehr oder weniger damit, dass ich hier in seinem Hotel sterbe, das ist auf jeden Fall eine Hypothese, die er nicht außer Acht lassen kann, wie er gleichermaßen nicht ausschließt, dass Sie in seinem Hotel sterben könnten, wenigstens hat er die Eleganz, uns nicht zu bitten, die Rechnung im Voraus zu begleichen. Ein neuer Koch am Herd, den aufzutreiben sie größte Mühe hatten, schließlich ist das Hotel berühmt für seine

Küche. Ich esse jetzt nicht mehr viel, alles hat sozusagen den gleichen Geschmack oder gleichermaßen keinen Geschmack, ich begnüge mich damit, meinen Teller zu bewundern, ich picke ein oder zwei Stücke Gemüse auf, ein Stückchen Fisch, alles ekelt mich sehr schnell an, obwohl ich früher so viel gegessen habe, so gern gegessen habe, ohne je ein Gramm zuzunehmen, immer entsetzlich mager. Ich habe oft gedacht, wenn ich verheiratet geblieben wäre, hätte ich zugenommen, alle verheirateten Frauen nehmen zu, die Ehe ist ein Segen für die Mageren, aber die Ehe interessierte mich überhaupt nicht mehr, ich hätte alles auf der Welt getan, um zuzunehmen, außer wieder zu heiraten. Ich war im Leben drei Wochen verheiratet, drei ebenso wunderbare wie unerträgliche Wochen, danach habe ich die Scheidung eingereicht und mich auf die Archäologie gestürzt, ich habe mich auf den Zweig der Archäologie spezialisiert, der sich mit Gerätschaften beschäftigt. Weder Monumente noch Vasen, weder Münzen noch menschliche Knochen, nur Gerätschaften, für die ich eine so große Expertin geworden bin, dass man in allen Ecken der Welt nach mir gerufen hat, keine zutage geförderte Gerätschaft, die nicht durch meine Hände gegangen wäre, meinem Urteil unterlag. Meinem

Gatten, den ich nach drei Wochen Ehe verließ, habe ich keinerlei Erklärung gegeben. Er hat in die Scheidung eingewilligt, für mich hätte er in alles eingewilligt. Seine Einwilligung hat mich vor dieser Ehe gerettet, die ich nicht ertragen hätte, so war ich eben, wissen Sie, dass ich an der Liebe, die ich damals für meinen Gatten empfand, nur leiden konnte, deren Verlust ich ständig vor mir sah, sodass ich keine andere Lösung wusste, als ihr ein jähes Ende zu bereiten. Seither habe ich jedes Gefühl ausgeklammert, ich habe ein rein geistiges Leben geführt. Die Archäologie hat mein Leben ausgefüllt, die Archäologie hat sich als faszinierend herausgestellt, die Archäologen als todlangweilige Menschen voller Macken und Manien, einige absolut skrupellos. Unter Archäologen gibt es die gleichen Rivalitäten wie überall, als Erster vor Ort sein, als Erster graben, nur das haben sie im Kopf. Durch Gerätschaften erfährt man sehr viel mehr als durch alle anderen Funde, dennoch vernachlässigen die Archäologen sie und stürzen sich auf Skelette und Ruinen, die meistens völlig uninteressant sind. Aber heute habe ich die Archäologie gänzlich aufgegeben, Archäologiezeitschriften, die mir weiterhin nach Hause geschickt werden, stapeln sich auf einem Tisch, ohne dass ich auch nur einen

Blick darauf werfe, und wenn man mich um Rat fragt, behaupte ich, nicht mehr gut genug zu sehen, um eine Gabel von einem Messer zu unterscheiden. Vorhin, als ich mit der Engländerin im Aufzug fuhr, streifte mich der Gedanke, dass sie vielleicht seelisch gestört ist. Vielleicht existieren die Ratten nur in ihrer Phantasie, habe ich mir gesagt, und ihr Gatte gibt nur vor, um sie nicht zu reizen, an die Realität dieser Ratten zu glauben, vielleicht ist sogar der Hoteldirektor über die seelische Störung der Engländerin informiert und hat aus diesem Grund ihren Wunsch erfüllt, ein Zimmer im Flügel der Rugbyspieler zu bekommen. Aber die Engländerin erschien mir im Licht des Aufzugs so charmant, so sanft und so von dem Wunsch erfüllt, sich so schnell wie möglich von diesem Trauma zu erholen, für das sie sich geradezu entschuldigte, dass ich den Gedanken an eine seelische Störung verworfen habe. Dennoch eine schlechte Werbung für das Hotel. Es ist eine Tatsache, dass Rugbyspieler außerordentlich beruhigend sind, wie alle Sportler, Sportler und erst recht Profisportler sind für ängstliche Menschen ein exzellenter Umgang, frei von jener Form der Vorstellungskraft, aus der die Angst erwächst, legen sie in Notfällen außerordentliche Kaltblütigkeit an den Tag.

Wenn die Rugbyspieler auf Ratten gestoßen wären, hätten sie die Situation sofort unter Kontrolle gehabt, der Anblick der Ratten hätte ihnen nichts anderes vor Augen geführt als die unmittelbare Notwendigkeit, sie zu vernichten, sie hätten sogleich nach allem möglichen gegriffen, um sie zu vernichten, und hätten sie dafür auch die Gardinenstangen herunterreißen müssen.

Die Ratten haben sich darin übrigens nicht getäuscht und die Zimmer der Rugbyspieler gemieden. Beim Anblick dieser Ratten hat anscheinend auch der Engländer Kaltblütigkeit bewiesen, aber seine Kaltblütigkeit hatte keinerlei Wirkung auf seine Frau, seine Frau hat offensichtlich die ganz andere Kaltblütigkeit der Rugbyspieler entschieden vorgezogen. Und nun ist er trotz seiner Kaltblütigkeit gezwungen, seine Hochzeitsnacht auszusetzen, nun ist er ans andere Ende des Flures verbannt, durch den Reigen der Rugbyspieler von seiner Frau getrennt. In Wahrheit kam mir der Engländer beim Verlassen des Aufzugs eisig vor, diese Art, wie er nach dem Arm seiner Frau griff und sie zum Speisesaal zog. Aber vielleicht hat er nur bei meinem Anblick ein Gespräch über die Ratten gefürchtet, womit er nicht Unrecht hatte, die Neugier einer alten Frau und ihre

Altfrauenerwägungen über Ratten im Hotel gefürchtet etc. Es passiert mir gelegentlich, dass ich vergesse, wie alt ich geworden bin, wie alt Sie geworden sind, ein sehr alter Herr, alt zu werden hat uns so wenig Zeit gekostet, nicht wahr, das ist kaum zu glauben, und da sitzen wir nun, Sie und ich, in diesem portugiesischen Garten, müde, aber noch am Leben, noch imstande, die portugiesischen Blumen und die portugiesischen Bäume zu würdigen, auch auf unseren Balkonen die außerordentliche Bequemlichkeit der Liegestühle, auf denen sich unsere Muskeln augenblicklich entspannen, von denen wir nie wissen, ob wir uns nicht zum letzten Mal auf sie legen, mit dem Gedanken, dass der Detektiv Bonneau, vom Etagenservice alarmiert, vielleicht unsere Zimmertür aufbrechen muss, um uns tot auf unserem Balkon zu finden, weshalb ich, darauf bedacht, Bonneau diese Mühe zu ersparen, meine Zimmertür niemals abschließe. Sehen Sie, ich weiß, wie es heute um uns steht, so schnell sind wir weit jenseits dessen gelandet, womit wir gerechnet hatten, Sie und ich, auch wenn wir natürlich damit gerechnet hatten. Heute Morgen, als ich Sie im Pyjama in Ihrem Zimmer sah, lag es an Ihrem Lächeln, an Ihrem Pyjama, es war, als sähe ich ihn, ich meine meinen Gatten, sechzig Jahre später, etwas Flüchtiges, das ich trotzdem sofort wieder verjagen musste. Es ist also noch da, nach all den Jahren, habe ich mir gesagt. Was soll's, heute Abend spreche ich mit Ihnen, und uns verbindet die Zeit, hier, in diesem Garten, es gibt nur noch die Zeit für Sie und für mich, so ist es. Aber wir sollten jetzt essen gehen, der Speisesaal schließt. Morgen, so sagte mir Detektiv Bonneau, morgen gleich in der Früh kommen die Kammerjäger.

AUF DEM LAND

Wir wohnen jetzt alle drei auf dem Land, und für diejenigen, die uns früher kannten, sind wir im Prinzip unauffindbar. Es kommt gelegentlich vor, dass uns ein Brief erreicht, das ist zumindest eine Möglichkeit, die sich nicht gänzlich ausschließen lässt und an der wir, abgesehen von der Hartnäckigkeit der Post, die Energie ermessen können, die manche darauf verwenden, einen wiederzufinden, auch wenn man ganz offensichtlich mit ihnen abgeschlossen hat. Der Umschlag, der uns erreicht, ist von so abstoßendem Aussehen, übersät mit Streichungen und diversen Vermerken, dass wir ihn geradewegs in den Papierkorb werfen, worauf wir unsere Tätigkeit wieder aufnehmen und uns zur Ruhe zwingen. Es ist notwendig, dass jeder von uns Ruhe bewahrt, unter allen Umständen, deswegen konzentrieren wir jetzt unsere Anstrengungen auf dieses große, urbar zu machende Feld, die zu reparierenden Mauern und das wenige Vieh, bei dem wir noch nicht recht wissen, wie wir es anpacken sollen, da es darum geht, aus ihm unsere Nahrung zu gewinnen. Obwohl wir bisher der Versuchung widerstanden haben, den Tieren Namen zu geben, können wir nicht umhin, sie mit einer gewissen Wertschätzung zu betrachten, wie sie da ein paar Meter von uns entfernt weiden und picken und fett werden, noch ihnen eine Liebenswürdigkeit zuzuschreiben, die dazu angetan ist, unser Projekt zu behindern, sie am Ende verzehrfertig in der nagelneuen 400-Liter-Tiefkühltruhe zu lagern, die uns geliefert wurde. Offensichtlich werden wir es zu nichts bringen, wenn wir in dieser Haltung verharren.

Wir sind ruiniert, der Ruin hat uns hierher geführt. Das ist ein Gedanke, mit dem ich persönlich mich zu arrangieren geneigt bin, nicht aber Léo, Léo verbringt viel Zeit damit, die umliegenden Felder mit den Augen abzusuchen, er sieht aus, als rechnete er damit, dass sich dort plötzlich ein Pokertisch materialisiere. Pokern, genauer gesagt, Léo beim Pokern, hat den Prozess der Verarmung vollendet, den unsere Familie vor zwei Generationen eingeleitet hat. Dass ich selbst hier und da Casinos aufgesucht habe, spielt überhaupt keine Rolle, gemessen an dem, was Léo beim Pokern gelassen hat. Liz und ich haben seine Karten beschlagnahmt und lassen ihn nicht bis zum Nachbardorf gehen, wo es ein Café gibt, in dem man, wie es scheint, nur Dart spielt, aber wir kennen Léo. Nachts hören wir ihn aufstehen und durch die Zimmer streifen, wir sind überzeugt, ihn seiner Nächte beraubt zu haben, wir wissen nicht, wie lange das so gehen wird, bis er wieder schläft. Es ist ein völlig unbekanntes Leben, das uns alle drei an diesem Ort erwartet, den wir nur ein einziges Mal zuvor als Kinder durch die Scheibe eines Autos gesehen haben, das unser Vater fuhr, ohne dass sich auch nur die Frage gestellt hätte, dort anzuhalten: ein großer quadratischer Hof, an der Seite ein langes, baufälliges Gebäude – das wir heute bewohnen –, an das sich einige einsturzgefährdete Nebengebäude anschließen, darunter ein Gewächshaus und an der Rückseite das, was vom einstigen Gut geblieben ist, ein riesiges Feld, zum Teil von noch recht schönen Bäumen gesäumt, die einen Wald bilden. Die Existenz all dessen hatten wir vollständig vergessen, und wenn Liz nicht zufällig und im entscheidenden Moment die Eigentumsurkunde in unseren Familienunterlagen entdeckt hätte, wer weiß, unter welcher Brücke wir heute schlafen würden?

Es genügt eine Viertelstunde in unserer Gesellschaft, um festzustellen, dass wir keine Ahnung von Landwirtschaft haben. Mit einundzwanzig (Liz und Léo zwanzig) entdecken wir voller Verblüffung, was die Natur an ständigem Kampf erfordert. Unser Kampf beginnt mit dem Aufwachen. Gegen die Kälte zunächst, die alles umklammert, gegen die Erde und gegen die Tiere, gegen unsere Naivität und natürlich gegen uns selbst. Wir lesen Bücher, die aufzuschlagen wir uns niemals ausgemalt hätten, mit dem einzigen Ziel, dem Boden ein bisschen Gemüse abzuringen, wir handhaben den ganzen Tag lang unverständliche Geräte, wir sind fortwährend in Bewegung, die meiste Zeit gebückt, denn die Erde kommt nicht zu dir, dieser Tatsache sind wir auf den Grund gekommen, nichts hier findet sich in Menschenhöhe oder genau in Reichweite, man muss sich ständig bücken oder strecken, und egal wohin wir auch den Blick richten, nichts als Arbeit, von der wir keine Ahnung haben und die uns schon im Vorhinein fertigmacht. Wir sind, sagt Liz, nicht wiederzuerkennen. Tatsächlich haben ein paar Wochen gereicht, um ihre Hände zu entstellen, ihr Haar ist strohig geworden, und durch ihren Blick geht ab und zu ein fanatisches Leuchten. Sie scheint überdies beunruhigende Pläne hinsichtlich dieses Ortes zu schmieden. Mal ist es ein Hotel, das sie sich vorstellt, mal sind es, etwas bescheidener, ein paar Gästezimmer, wir verfügen, behauptet sie, über ein unbestreitbares Potenzial, woraufhin sich Léo damit begnügt, einen Eimer voll Wasser zu leeren, das bei uns direkt aus der Decke kommt.

Die Leute von hier geben wahrscheinlich nicht viel auf uns. Alle, die vor unserer Tür standen, haben wir weggeschickt mit Ausnahme von Batz. Léo behauptet, es sei von niemandem Hilfe zu erwarten, zweifellos hat er vergessen, dass wir fast seine gesamten Schulden beglichen haben. Die Wohnung am Boulevard Haussmann, das Verscherbeln aller Möbel und Bilder sowie einer Handvoll Schmuck haben ihm, hoffen wir, eine Abrechnung erspart, danach haben wir unser Gepäck in den Kofferraum von Liz' winzigem Auto gestopft und sind hierher gefahren. Von demjenigen unserer Vorfahren, der dieses Gut gekauft hat, wissen wir nichts, wir erinnern uns lediglich, dass es zu Lebzeiten unserer Eltern, Tanten und Onkel verboten war, seinen Namen auszusprechen, einen ohnehin unaussprechlichen Namen, polnisch, ganz offensichtlich mit einem Skandal verbunden. Aber was immer dieser Mann auch getan haben mag, ihm verdanken wir es, so etwas wie ein Dach über dem Kopf zu haben, jetzt, da unsere ganze Familie gestorben ist und da uns vom Boulevard Haussmann, wo wir aufgewachsen sind, nur das Schlüsselbund geblieben ist.

Wenn wir nicht im Freien beschäftigt sind, halten wir uns meistens in der Küche auf, riesig und zweifellos der eisigste Raum des Hauses, in der aber der Strom noch funktioniert. Wir haben dort einige Möbel zusammengetragen, die wir vor Ort gefunden haben. Da wären ein Tisch und zwei Bänke, ein Büfet, ein Sessel und ein funktionierender Ofen. Am Anfang haben wir dort ständig Radio gehört, denn die hier herrschende Stille ist noch etwas, wogegen wir kämpfen müssen, dann haben wir es nicht mehr angemacht, sind der absoluten Gleichgültigkeit verfallen gegenüber allem, was nicht unser eigenes Überleben betrifft, nur noch imstande, uns umeinander zu sorgen. Léo ist besorgniserregend, Liz ist besorgniserregend, und ich nehme an, ich bin es auch. Manchmal lässt einer von uns sein Werkzeug fallen und beginnt zu lachen, ein Lachen über nichts. Wir können mehrere Tage verbringen, ohne mehr als ein paar Worte zu wechseln, mit dem Gefühl, wenn wir zu sprechen wagten, kämen Worte von Verrückten aus unseren Mündern. Wir können uns den Wahnsinn nicht leisten, deshalb stumpfen wir uns mit Arbeit ab, bis wir uns nur noch auf unsere Betten werfen können. Wir schlafen alle drei im selben Zimmer, wie in unserer Kindheit, aber ohne daraus den Trost von einst zu ziehen, und selbst wenn wir manchmal so tun, als amüsierten wir uns darüber, lässt uns die Reihe unserer Körper das Ausmaß unserer Niederlage ermessen. Wir waren zu nichts imstande, was Batz sicher nicht entgangen ist, dem Mann, dem wir das Vieh sowie unsere neue Tiefkühltruhe verdanken, die er uns aufgedrängt hat. Kaum in unserem Hof aufgetaucht, verbreitete Batz eine Art Unruhe, und die wenigen Worte, die er sagte, mit kaum hörbarer Stimme, aber alle Silben deutlich getrennt, sowie der scharfe Blick, mit dem er alles musterte, ließen uns, Léo und mich, erstarren, während Liz etwas atemlos ins Leere lächelte. Liz hat uns Batz gebracht. Von uns dreien ist Liz die Verständigste, schon zur Zeit am Boulevard Haussmann wusste man nie, wo sie abgeblieben war, aber sie kam selten mit leeren Händen zurück. Schallplatten, Whisky, Theaterkarten, Geldscheine für Léo, Schinken und so weiter. Hier hat sie Batz für uns aufgetrieben, einen Mann mit dem Auftreten eines Prälaten, er lebt zurückgezogen, wie wir später sehen sollten, in einem luxuriösen Anwesen in der Nähe, wunderbar geheizt. Offensichtlich hatte Batz nicht mehr als eine Sekunde gebraucht, um unsere Situation einzuschätzen. Er stand mitten auf dem an diesem Tag besonders schlammigen Hof, in eine Art Cape gehüllt, das Kinn in einem weißen Schal versteckt (hätte er ihn abgenommen, hätten wir entdeckt, dass dieses Kinn, wie im Hals versunken, kaum existiert), er ließ eine große, schlaffe Wangenfläche sehen, geteilt von zwei kurzen Lippen ungleicher Dicke und einer langen Nase, die er unter gewissen Zuckungen wie eine Antenne zu nutzen schien. Sein Interesse richtete sich sogleich auf Léo, den er mit nachdenklicher Miene beobachtete. Mein Zwillingsbruder Léo, sagte Liz, und das ist mein anderer Bruder, Simon, fügte sie hinzu und zeigte auf mich. Ich hatte meine Hacke in der Hand, absoluter Schund, ein Gamm-Vert-Sonderangebot, die sich schon von ihrem Stiel zu verabschieden drohte und die ich, aus mir unbekanntem Grund, schwenkte und nicht abstellte. Wir sind total verzweifelt, sagte Liz mit strahlendem Lächeln. Batz nickte kurz, zog einen seiner Lederhandschuhe aus, hob ganz langsam die Hand, als schickte er sich an, uns zu segnen oder uns Absolution zu erteilen, und glättete mit dem Zeigefinger seine rechte Braue, dann zog er seinen Handschuh wieder an. Gut, sagte Léo, machte grußlos auf dem Absatz kehrt und steuerte das Haus an. Batz folgte ihm mit den Augen, und ich fragte mich, was er von uns wusste, welches Detail unserer Geschichte ihn hinreichend interessiert oder neugierig gemacht hatte, um den Weg auf sich zu nehmen, sicher nicht aus Barmherzigkeit, niemand wirkt weniger barmherzig, weniger naiv. Die Tiefkühltruhe kam zwei Tage später bei uns an, und wir hatten größte Mühe, Léo davon zu überzeugen, sie nicht zurückzuschicken. Dann trafen die Tiere in unserem Hof ein, begleitet von zwei Apparaten, die uns als Melkmaschinen präsentiert wurden. Alles da, sagte der Pächter von Batz, um eine schöne kleine Amateurviehhaltung zu betreiben. Das soll wohl ein Witz sein, sagte Léo. Jede der vier Kühe, sagte der Pächter, ein gewisser Lemoine, am Hals tätowiert, gibt ungefähr dreißig Liter am Tag, die ich jeden Morgen abholen lasse und für die Sie bezahlt werden. Das Gleiche gilt für die Eier, hat er hinzugefügt und mit einer Kopfbewegung auf die Hühner gezeigt. Gâtinaises, gute Legehennen, Sie können mindestens mit fünfzig Eiern pro Woche rechnen. Und die Kaninchen bringe ich demnächst vorbei.

Als er weg war, standen wir eine Weile vor den Tieren, dann ging Léo auf die Kühe zu, Liz auf die Hühner, und ich grub weiter um. Mehrere Wochen zogen ins Land, ohne dass Batz auftauchte. Zwei oder drei Mal sahen wir ihn auf einem Pferd am nebligen Feldrain vorbeikommen, dann in dem Wald verschwinden, der ihm gehört und hinter dem sich sein Anwesen befindet.

Die Kühe sind brav, die Léo offenbar mit gewissem Geschick melkt, aber zur Frage der Hühner können wir uns noch nicht äußern. Zwei von ihnen fressen ihre Eier, sobald sie sie gelegt haben, ein drittes legt keine, wieder ein anderes verbringt seine Tage damit, mit vorgestrecktem Kopf diagonal durch die Einfriedung zu torkeln, dann bleibt es schwankend stehen und lässt sich langsam auf die Seite fallen, ohne sich zu rühren, sodass man es ständig wieder aufrichten muss. Ich war wieder bei Gamm Vert, um Drahtzaun zu kaufen, an der in einen Stall umfunktionierten Scheune haben Léo und ich ein Gehege für unsere sechs Kaninchen gebaut, woraufhin Léo das Ganze betrachtet und grinsend verkündet hat, dass wir nun gänzlich hier festsäßen.

In gewisser Weise ist Batz nunmehr als unser Arbeitgeber anzusehen, aber es ist gewiss kein Erbarmen von ihm zu erwarten, sodass wir uns manchmal fragen, welchen Preis wir für die Anwesenheit der Tiere und das Geld zu zahlen haben, das uns sein Pächter Lemoine jede Woche aushändigt, immer dieselbe Summe, unabhängig von der Zahl der Eier und der Menge Milch, die wir ihm im Austausch liefern.

Wir behalten den Überschuss, gerade genug, ehrlich gesagt, um satt zu werden und so unsere Kräfte zu erhalten, die Kühe, Kaninchen und Hühner zu versorgen, aus den Mauern gefallene Steine einzusetzen und zu zementieren, die Ziegel auf den Dächern zu verfugen, Türbretter zu verzapfen, Stämme zu zerlegen und so weiter, alles Dinge, die wir mechanisch verrichten und die uns erschöpft zurücklassen, nur noch imstande, am Tisch ein paar Worte zu wechseln, bevor wir nach oben ins Bett gehen und fast auf der Stelle einschlafen. Manchmal denke ich, dass uns Batz genau da haben will. Wir bewegen uns also ständig von draußen in die Küche und von der Küche nach draußen, treffen uns wieder und wieder, kommen und gehen zwischen den Tieren, deren Mägen wir füllen, damit wir ihnen etwas entlocken, um unsere zu füllen, und abends gehen wir hoch in unser Zimmer, überwältigt von einem Gefühl der Absurdität. Niemals setzen wir den Fuß in andere Räume des Hauses, vielleicht ein Dutzend großer, in feuchte Dunkelheit getauchter Räume, die ihrem Gerümpel verkrüppelter Möbel, verschimmelter Gemälde und zerfetzter Tapeten überlassen sind. Im Frühling, sagt Liz manchmal, holen wir das alles raus in den Hof, bestimmt ein paar schöne Sachen, aber bis dahin wird Liz vielleicht endgültig die sorglose Fröhlichkeit aufgegeben haben, die ihr zu Zeiten des Boulevard Haussmann eigen war und die jeden Tag ein bisschen an Intensität verliert. Léos leeres Gesicht ist unerträglich, aber wir wissen sehr wohl, gegen welche Krankheit er fortwährend kämpft, seine Spielsucht, seine Sucht nach Poker und allem, was zum Pokern dazugehört und hier nicht existiert. Wir lassen nicht nach in unserer Überwachung, denn wir wissen, dass ein einziger Schritt von Léo über die Grenzen dessen hinaus, was man jetzt unseren Hof nennen muss, ihn geradewegs an den erstbesten Spieltisch führen würde, und wäre es für eine Runde Belote, weshalb wir ihm die schwerste und abstumpfendste Arbeit aufhalsen. Auch Liz könnte durchaus eines schönen Morgens in ihrem kleinen Auto auf der Straße davonflitzen und, wie sie manchmal zu verstehen gibt, nicht mehr wiederkommen, deshalb haben Léo und ich sie im Auge und schonen sie, so gut wir können. Ihr nämlich verdanken wir die Illusion von einer Zukunft.

Außer dem Pächter Lemoine war seit Wochen niemand hier, und praktisch niemand ist auf der Straße jenseits des Feldes vorbeigefahren, sodass wir uns ausschließlich wie Gespenster in ständigem Nebel bewegt haben, mit nichts verbunden außer mit unseren Tieren. Batz hat allerdings nicht aufgehört, in unseren Köpfen zu existieren, das heißt, wir haben nicht aufgehört, nach ihm Ausschau zu halten, und als er sich endlich zum zweiten Mal in unserem Hof materialisierte, hätte ich mich ihm zu Füßen werfen und mich an den Saum seines Capes klammern können, so real wirkte er. Wie beim vorigen Mal war es Léo, der ihn interessierte, zumindest war es Léo, den er ansah, während er seine Einladung zum Abendessen aussprach, dann wandte er sich Liz zu, die ganz in seiner Nähe eine begeisterte Miene aufgesetzt hatte, ich hoffe, Sie sind frei an diesem Abend, sagte er mit seiner eintönigen Stimme. Frei?, fragte Liz mit nervösem Lachen. Batz legte ihr die Hand auf den Arm, zog sie dort wieder weg und ließ seinen Blick über den Hof schweifen. Das nimmt offenbar alles Gestalt an, stellte er fest, aber ich sehe Ihre Gänse nicht, wo sind denn die Gänse, fragte er mich. Ich weiß nicht, antwortete ich, genauer, wir haben keine Gänse. Eben das erstaunt mich, sagte Batz und runzelte die Stirn, ich hatte allerdings angewiesen, dass man Ihnen welche bringt. Hören Sie, sagte Léo und trat einen Schritt vor. Ja?, sagte Batz mit einem trägen, liebenswürdigen, irgendwie zerstreuten Lächeln.

Aber Léo zuckte nur kurz mit den Schultern und ging wortlos in Richtung Gewächshaus davon. Wir kommen alle drei, hat Liz sehr hastig verkündet, wir wissen zwar kaum noch, wie man eine Gabel hält, aber wir kommen mit Vergnügen.

Der Kamin, die Flammen in dem riesigen Kamin, der fast eine ganze Wand einnahm, waren das Erste, was wir sahen, als wir Batz' leeren Salon betraten, einen riesigen holzgetäfelten Raum voller Gemälde, mit einem Klavier, einem Billard, Beistelltischchen voller Lampen und Dinge, einer im Dunkel verschwindenden Kassettendecke und ungefähr zwanzig Sitzgelegenheiten, einige im Halbkreis vor einem Feuer von spektakulärer Stärke angeordnet, dem wir uns, nachdem sich der Mann, der uns hineingeführt, zurückgezogen hatte, langsam zuwandten, über eine endlose Reihe von Teppichen näherten, mit dem Gefühl, eine Zone bedrohlichen Komforts zu betreten, die ganze angestaute Anspannung unserer Muskeln im Begriff, sich mit einem Schlag zu lösen. Wir blieben einen Moment vor den Flammen stehen, zögerten, uns auf eins der Sofas fallen zu lassen, und Liz bemerkte mit leiser Stimme, sie würde nie mehr von ihnen aufstehen können, während sich Léo vor ein Fenster stellte, einen Zipfel des Vorhangs anhob, ihn wieder fallen ließ, seine Handflächen, wie er sich in jüngster Zeit angewöhnt hatte, aneinanderdrückte und mit den Fingergelenken knackte. Wir hörten Stimmen aus dem benachbarten Zimmer, dessen angelehnte Tür nicht weit genug offen stand, um in einem Lichtstrahl mehr als einen Hosenaufschlag und ein Paar Herrenschuhe zu erkennen, deren Anordnung auf übereinandergeschlagene Beine hindeutete, sowie Fetzen von dem aufzufangen, was ein Telefongespräch sein konnte, unterbrochen von flehenden Einwürfen, die von einer Frau zu kommen schienen, und plötzlich wurde mir bewusst, dass Batz natürlich eine Frau haben konnte, obwohl er sie nicht erwähnt hatte und, ich weiß nicht weshalb, wir ihn uns immer nur allein vorgestellt hatten – nicht einmal als Witwer oder geschieden. Plötzlich änderten die Schuhe ihre Stellung und verschwanden aus unserem Blickfeld, im selben Moment wurde die Tür geschlossen und die Stimmen erreichten uns nur noch gedämpft, obwohl deren Lautstärke offenkundig zunahm. Ich sah auf die Uhr in der Annahme, wir seien etwas früh gekommen, und irgendwie besorgt wegen Léo, der immer noch am Fenster stand, wie im Begriff zu gehen – Liz hatte sich schließlich auf eine Lehne gesetzt und hörte nicht auf, ihren Anschein von Frisur zu ordnen –, als am Ende des Salons zwei Gestalten auftauchten, eigentlich drei, doch die letzte war anfänglich ganz von den beiden ersten verdeckt und nur von der Größe eines Jockeys. Drei Männer, die offensichtlich nicht zum ersten Mal hierher kamen und die, anscheinend ohne unsere Anwesenheit zu bemerken, rasch durch den Raum gingen, um etwa in der Mitte zu einem Tisch voller Getränke und Gläser abzubiegen, die sie zu füllen begannen. Für mich ist dieser Carpeaux kein Mörder, hörten wir. Garpeaux, korrigierte einer der drei, der ein kariertes Sakko trug. Von mir aus Garpeaux, erwiderte der andere und nahm einen ordentlichen Schluck aus seinem Glas, zwei Tote, gut, aber in diesem Fall hätte der Präfekt persönlich ... Was erzählst du da, sagte der Erste, der Unfall des Präfekten hat nichts damit zu tun. Zwischen Mézières und Saint-Avit ist die Straße schnurgerade. Wenn der Mais hoch steht, sag' ich ja nichts, aber so, wirklich, perfekte Sicht, kein Glatteis und gar nichts. Was halten Sie davon, fragte er den Jockey, der mit gerecktem Hals zu ihnen aufsah, weshalb er vielleicht etwas aufmerksamer als nötig wirkte. Nichts Besonderes, vermutlich, fügte er mit einem kurzen Lachen hinzu, Sie haben natürlich an Besseres zu denken.

Der Jockey stammelte irgendwas und schwenkte sein Glas so heftig, dass etwas Flüssigkeit herausspritzte, die alle drei hastig einen Schritt zurückweichen ließ, und da sahen sie uns. Ah, sagte der Mann mit dem karierten Sakko, der als Erster auf uns zukam, und wir stellten fest, dass ein bläulicher Fleck die linke Hälfte seines Gesichts einnahm. Sein Blick blieb an Liz hängen, die er, vermute ich, gerade begrüßen wollte, als die Tür hinter ihm aufging und Batz hereinkam. Gut, sagte Batz, ich sehe, alle sind da, entschuldigen Sie meine Verspätung, Sie haben sich schon bekannt gemacht, nehme ich an, aber Sie haben gar nichts zu trinken, bemerkte er an uns gewandt, trinken Sie nicht, trinkt niemand von Ihnen? Er schien deswegen gereizt, und das überraschte mich nicht, Batz war mir von Anfang an leicht reizbar vorgekommen, und seine Gäste, mit Ausnahme des Jockeys, mussten ebenfalls leicht reizbare Leute sein, wobei Batz ganz sicher besser imstande war, seine Reizbarkeit zu zügeln, während man sich die beiden anderen, und vor allem den, der nicht das karierte Sakko, sondern einen grünen Pullover über einer grünen Krawatte trug, absolut unkontrollierbar vorstellte, imstande zu schlimmster verbaler oder physischer Unflätigkeit. Wahrscheinlich Jäger, sagte ich mir, während wir uns die Hände drückten – Henri Fiévet, der Mann im karierten Sakko, Gaujard, der andere, dessen Vorname mir entging. Diese drei – ich wusste noch nicht, was ich von dem Jockey halten sollte, dessen Hand wir ebenfalls gedrückt hatten, feiner als die der anderen und von anderer Festigkeit –, diese drei mussten bei gemeinsamen Interessen eine gefährliche Allianz bilden, ganz bestimmt von Batz dominiert, der sich, nachdem er jedem von uns ungefragt ein Glas Champagner gegeben hatte, mit dem seinen auf einem der Sofas niedergelassen und Liz gebeten hatte, sich neben ihn zu setzen, unsere einzige Frau heute Abend, sagte er, denn ich fürchte sehr, dass Geneviève nicht auftauchen wird. Müde?, fragte Gaujard und klappte ein Zigarettenetui auf. Mehr als das, hat Batz geantwortet. Er wandte sich an Liz. Meine Frau ist kaum älter als Sie und ständig erschöpft, was sagen Sie dazu? Das Landleben erschöpfe sie, wie sie behauptet. Mich erschöpft es auch, sagte Liz lächelnd. Ach ja, wirklich?, fragte Batz. Garpeaux' Aktion hat nichts gebracht, fügte er an die beiden anderen gewandt hinzu. Wir sprachen gerade darüber, sagte Fiévet. Na gut, vergessen wir den Kerl für einen Moment, erwiderte Batz. Wie du willst, sagte Fiévet, wir haben uns nur gefragt, wann sie ihn laufen lassen. Sie sollen mit ihm machen, was sie wollen, sagte Batz, ich haue ihn da jedenfalls so bald nicht raus. Aber das alles interessiert unsere jungen Freunde überhaupt nicht, verkündete er, ebenso wenig wie den Professor, fügte er hinzu und zeigte auf den Jockey. Der Professor, der aus Dalmatien zu uns gekommen ist, hat ein paar Kilometer von hier ein kleines Haus gemietet, das mir gehört, erklärte er an uns gewandt, und er fühlt sich dort anscheinend so wohl, Tag und Nacht in seine geliebten, geheimnisvollen Papiere vertieft, dass es höchst mühselig ist, ihn da rauszulocken. Aber egal, sollte er es verlassen, dann um nach Stockholm zu eilen und seinen Nobelpreis abzuholen, nicht wahr, weshalb wir es als unschätzbare Ehre ansehen müssen, ihn heute Abend zum Essen bei uns zu haben. Der Professor zeigte ein einigermaßen verstörtes Lächeln, das von einem zum anderen wanderte und das Léo erwiderte, als ihre Blicke sich kreuzten, zweifellos Léos erstes Lächeln, seit wir hier waren, das in mir das Bedürfnis weckte, aufzustehen und ihn in die Arme zu nehmen. Ich dachte daran, wie unsere Eltern gestorben sind und wie Léo und ich sie gefunden haben, und während Batz uns nun durch eine in Halbdunkel getauchte Halle führte, an deren Ende sich das Esszimmer befand, sah ich das Lächeln vor mir, das unsere Eltern, nebeneinander ausgestreckt auf ihrem Bett, einander geschenkt hatten und das noch ihre Lippen umspielte, nachdem sie sich getötet hatten, sodass ich, als man uns eine sicherlich köstliche Suppe servierte, absolut keinen Hunger mehr hatte. Zu meiner Linken fing der Mann namens Gaujard an, von den Schweinen zu reden, die er in fast industriellem Maßstab züchte, aber sich hüte zu essen, wie er erklärte, nicht die kleinste Scheibe Schinken aus seiner eigenen Produktion komme ihm auf den Teller. Denn schon eine Scheibe Schinken von einem Schwein aus meiner Produktion runterzuschlucken, fügte er hinzu, heißt, sich mit Antibiotika, Anabolika und Anxiolytika zu vergiften, dem täglichen Cocktail des Industrieschweins, ganz zu schweigen vom Stress und der Niedergeschlagenheit des Tieres, kein Industrieschwein, behauptete Gaujard, das nicht schwer depressiv oder geradewegs verrückt und demzufolge ungenießbar wäre. Schwein zum Essen lässt Gaujard sich von einem kleinen Bauernhof liefern, Schwein, das inmitten von Hühnern und Kaninchen aufgewachsen ist, wie er selbst übrigens auch. Dann stellte sich heraus, dass Fiévet, der sein kariertes Sakko ausgezogen und über seine Stuhllehne gehängt hatte, ebenfalls auf einem Bauernhof, einem Bauernhof im Département Moselle, aufgewachsen, aber fortwährend weggelaufen war, ich habe den Hof mit elf Jahren verlassen, verkündete Fiévet, und nie wieder den Fuß hineingesetzt, ebenso wenig wie in die Schule und ins Département Moselle. Und so bin ich damit fertig geworden, schlussfolgerte er, indem ich mich so fern wie möglich von Bauernhöfen und der Schule und dem Département Moselle gehalten habe. Ja, ja, sagte Batz und goss Liz Wein ein, das haben wir schon hundertmal gehört. In diesem Augenblick gab es ein Geräusch über unseren Köpfen, wie von einem Möbelstück, das man bewegt und das plötzlich umkippt. Alle sahen Batz an, der langsam die Flasche auf dem Tisch abstellte, sich mit seiner Serviette den Mund abwischte und sich erhob. Entschuldigen Sie mich einen Moment, sagte er und verließ den Raum. Dieses Weib, stöhnte Gaujard, wenn es nach mir ginge. Fiévet zuckte mit den Schultern, und wir aßen schweigend das Dessert, dann schob Fiévet seinen Teller weg, lehnte sich auf seinem Stuhl zurück und legte die Hände flach auf das Tischtuch. Die Schützlinge von Batz, hat er gesagt und uns einen nach dem anderen gemustert, da sind sie also, seine jungen

Schützlinge. Seine berühmten Waisenkinder. Der Fleck auf seiner Wange schien sich vergrößert zu haben. Aber, aber, Henri, sagte Gaujard in versöhnlichem Ton. Fiévets Augen richteten sich auf mich, dann auf Léo. Wer von euch ist heute zum Spielen gekommen?, fragte er, während der Professor plötzlich von einem Hustenanfall geschüttelt wurde. Mit wiederholten Entschuldigungsgesten und pfeifendem Atem zog er hastig ein kleines Pumpspray aus der Tasche, dessen Inhalt er zweimal inhalierte und dessen Wirkung fast unverzüglich eintrat. Angewidert stand Fiévet auf, griff nach seinem Sakko, leerte sein Glas und verließ ebenfalls das Zimmer.

Dann, aber das ist Stunden später geschehen, lange, nachdem sich der Professor verabschiedet hatte und Batz wieder zu uns in den Salon gestoßen war, wo man uns Kaffee serviert hatte, lange, nachdem Liz und ich nach Hause gegangen waren, ohne Léo, der mich angeschnauzt hatte, ich solle ihn in Ruhe lassen, als ihm Gaujard ungerührt einen Schnaps gereicht und Batz, ebenfalls ungerührt, ein Kästchen mit Karten aus einem Bücherschrank geholt und auf den Filz des Tisches gestellt hatte, an dem Fiévet bereits saß, der langsam die Hemdsärmel aufkrempelte, das ist gegen Morgen geschehen, kurz bevor ich Léos leeres Bett sah und wegen der Kühe aufstand. Léo war in den Stall gekommen, als ich die Zitzenbecher anlegte, und hatte sich an die Wand gelehnt, blass und reglos, haargenau wie zu Zeiten des Boulevard Haussmann, wenn ich im Morgengrauen die Augen öffnete und ihn, ob er nun gewonnen oder verloren hatte, am Fußende meines Bettes stehen sah. Ich machte mit dem Melken weiter, ohne dass wir ein Wort wechselten, ich war mir meiner Ungeschicklichkeit im Umgang mit den Tieren bewusst, die auch schon unruhig wurden. Die Frau von Batz, sagte Léo schließlich. Dann verstummte er. Du solltest besser hochgehen und dich hinlegen, sagte ich, ohne ihn anzusehen. Wir haben ihre Schritte in der Halle gehört, setzte Léo wieder an, und ganz kurz, nachdem die Tür aufgegangen ist, war da ein Knallen im Salon, eine Art Knallen, und Batz – in dieser Sekunde hätte sich das Spiel zwischen Batz und mir entschieden – Batz, der mit dem Rücken zur Tür saß, hat auf seinem Stuhl nicht mal geschwankt, sodass ich nichts begriffen habe, bis ich sah, wie die Karten aus seinen Fingern gefallen sind und sein Oberkörper langsam zur Seite gesunken ist, und sich Fiévet und der andere auf die Frau stürzten, an der Tür des Salons. Sie war im Nachthemd, fuhr Léo fort, und sie hatte nichts in den Händen, überhaupt nichts, aber Fiévet hielt sie gepackt und schrie sie an, und der andere schrie sie auch an und suchte dabei eine Pistole oder was weiß ich was auf dem Boden neben ihr, und sie stand da, in ihrem halb durchsichtigen Nachthemd, ohne was zu begreifen und mit leeren Händen, hat sich von ihnen schütteln lassen, wodurch die beiden sich ganz plötzlich beruhigt und sie losgelassen, Batz auf den Boden gelegt und erklärt haben, er sei tot. Batz ist in dem Moment gestorben, als seine Frau den Salon betreten hat, erzählte mir Léo, das Einzige, was die Frau von Batz getan hat, war, in dem Moment den Salon zu betreten, als Batz gestorben ist, wie sie schließlich zugeben mussten. Das Knallen, das wir gehört hatten, war wahrscheinlich ein Holzscheit im Kamin. Hörst du mir zu?, fragte Léo. Ich drehte mich zu ihm um und nickte. Batz' Frau hat nicht gezuckt, als sie ihn für tot erklärt haben, fügte er hinzu, sie hat nur ihren auf dem Boden liegenden Mann angesehen, als wäre er ein Unbekannter oder irgend ein Tierchen, dann hat sie den Fuß auf seine Hüfte gestellt, als wollte sie ihn herumrollen, und hat mit langsamer Stimme und mit diesem Fuß auf Batz' Hüfte gesagt, wieder hochzugehen und sich hinzulegen, sei das Beste, was sie tun könne, denn sie habe eine ganze Menge Schlafmittel geschluckt, aber wer, hat sie gefragt, ohne den Blick von Batz' Körper zu lösen, wer wird sich jetzt um Garpeaux kümmern? Fiévet hat geantwortet, er werde sich um ihn kümmern, sie solle sich nicht sorgen und tatsächlich ein paar Stunden schlafen, und er hat sie zur Tür des Salons begleitet. Dann haben sie mich ausgezahlt, sagte Léo und schob einen Zipfel seiner Jacke über einem kleinen Bündel Geldscheine weg, sie haben mir gezahlt, was sie mir schuldeten und was Batz mir schuldete, sie haben mir gesagt, für uns sei jetzt auch Schluss, und haben mir geraten abzuhauen. Die beiden kannst du jetzt losbinden, hat er hinzugefügt und auf die ihm am nächsten stehenden Kühe gezeigt, die zurückwichen, sobald ich ihren Strick aufgeknotet hatte, und nacheinander den Stall verließen.

DIE FRAU VON GEORGES

Von meiner Terrasse aus kann ich Georges am Rand seines Schwimmbeckens sehen, etwa dreißig Meter weiter unten am Hügel. Uns trennt ein Gestrüpp, das einen Abhang aus roter und rissiger Erde bedeckt, auf beiden Seiten gesäumt von Natursteinmauern. Georges trägt eine Badehose und Sandalen sowie eine Sonnenbrille, die aus den Siebzigerjahren stammt und von der ich weiß, da wir sie gemeinsam gekauft haben, dass sie den oberen Teil seiner Wangen bedeckt, wie zwei dicke Wassertropfen, die kurz davor sind, sich zu lösen, und dass sie ihm nicht steht. Das Schwimmbecken von Georges stellt eine Art Bohne dar, die an die Form dieser Brillengläser erinnert, und obwohl er jeden Morgen den pH-Wert bestimmt und ausführlich einen Kescher an der Oberfläche entlangführt, mit dem er allen Dreck einsammelt, badet er nie darin, weder er, noch übrigens sonst jemand, außer den Wespen. Die Wespen machen Georges nervös, gegen deren Anwesenheit er in puncto Fallen ungefähr alles versucht hat und die sich am Rand seines Schwimmbeckens sammeln. Ich sehe ihn, wie er manchmal eine mit dem Fuß zerdrückt und dann die Sohle auf dem spärlichen Gras in seinem Garten abwischt. Er hebt nie mehr den Kopf in Richtung meiner Terrasse, sodass ich ihn, solange ich will, dabei beobachten kann, wie er sein Schwimmbecken pflegt – jeden Morgen dasselbe Ritual. Häufig schlafe ich unter meinem Sonnenschirm ein, bis Louis mir das Mittagessen bringt, zusammen mit der Post und zwei Zeitungen. Dann erledige ich rasch ein paar unpersönliche Telefonate. Georges hat sich zu dieser Zeit von seinem Schwimmbecken entfernt, ich vermute, um wieder ins Haus zu gehen, von dem ich nur eine Dachecke sehe. Auf dieser Seite meines Tableaus versperren mir recht hohe und dicht stehende Bäume die Sicht auf die Terrasse von Georges, eine hässliche Fläche geflammter Fliesen, überwölbt von einer orangegestreiften Markise mit grauen Fransen, unter der ich ihn mir vorstelle, sitzend und reglos wie ich. Möglicherweise hat er ein Hemd angezogen und sich irgendwas zu trinken eingeschenkt – ich weiß nicht, ob er mit dem Alkohol völlig aufgehört hat. Unsere beiden Häuser sind die untersten und die bescheidensten des Hügels, zwei Bauten aus den Fünfzigerjahren, einer wie der andere recht hässlich, wobei der von Georges besonders hässlich ist – all seine Verschönerungsversuche haben die Dinge nur verschlimmert, und es kommt nicht selten vor, dass verirrte Besucher bei ihm klingeln in der Überzeugung, sie klingelten an der Tür des Hausmeisters.

Unter der Mittagssonne bildet das Schwimmbecken von Georges einen glitzernden Fleck, der erst später am Tag wieder blau werden wird. In gleicher Weise glitzert das gewaltige rote Schild des Champion-Supermarktes, der inzwischen die einflussreichsten Anwohner des Hügels zu seinen Kunden zählt, genau jene, die zu Anfang kräftig für seinen unverzüglichen Abriss gewirkt haben. Nach allem, was ich so höre, ist das Fleisch von Champion, besonders das Kalb von Champion hervorragend, und der Fleischer von Champion weiß auf Anhieb, mit wem er es zu tun hat. Bei wem auch immer Sie hier eingeladen sind, man serviert Ihnen jetzt Kalb von Champion in allen Variationen, das derart im Mund zergehen soll, dass es so gut wie niemanden mehr gibt, der an dem Schild Anstoß nimmt, welches, Tag und Nacht erleuchtet, von allen Terrassen zu sehen ist, einschließlich der Terrasse der Klausens, der höchsten von allen und auf der ich, besiegt von Susi Klausens Hartnäckigkeit und ihren ständigen Anrufen seit Juni, gestern schließlich zu Abend gegessen habe. Gestern Abend, nachdem ich ihren Bitten mehr als einen Monat widerstanden habe, habe ich mir das Haus der Klausens, den Champagner der Klausens, das Gespräch der Klausens angetan, und während Louis mich zu ihnen fuhr, dachte ich daran, was mich erwartete, Rolf Klausen in seinem Skipperanzug, an seine Brüstung gelehnt wie an die Reling eines Ozeandampfers, Susi Klausen, die angeflitzt kommen, Louis mit einer Handbewegung entlassen, sich der Griffe meines Rollstuhls bemächtigen und ihn mit der Gewandtheit der Krankenschwester, die sie einst war, bevor sie sich Rolf Klausen schnappte, auf der Stelle in Richtung des für den Aperitif vorgesehenen Rasenstücks drehen würde. Dort befand sich, im Licht winziger Spots, die Mischung aus Pflanzenarten, Skulpturen und Gästen, die bezeugte, welchen Gebrauch Susi Klausen von Rolf Klausens Millionen macht, der unverändert liebenswürdig wie bei jedem Empfang eine aufgesetzte Gutmütigkeit an den Tag legte, während er auf den Moment wartete, schlafen gehen zu können. Und da schüttelte ich nun gestern Rolf Klausen die Hand, als schüttelte ich die Hand des heiteren braven Mannes, der er zu sein scheint, dabei war mir doch durchaus bewusst, dass ich die Hand eines Schurken schüttelte, und während ich Rolf Klausen und dann den Gästen die Hand schüttelte, hatte ich noch die Stimme von Georges im Ohr, die Stimme, die mir fehlt, wie sie bekräftigt, dass dieser ganze Hügel ein einziger Haufen profitgieriger Schurken sei. In jedem Haus dieses Hügels, sagte Georges, als wir noch Freunde waren, stößt man auf einen profitgierigen Mörder, der in aller Legalität sein gänzlich der Spekulation gewidmetes Mörderdasein fristet. Und das Geld, das ihm das eingebracht hat, das recycelt er in Kunststiftungen und Kunstgalerien und Museen der ganzen Welt, überall, wo es Kunst gibt, sagte Georges, gibt es einen Halunken, der sich mit der Kunst ein künstlerisches Gewissen kauft, selbst wenn er nichts von Kunst versteht, selbst wenn die Kunst ihm auf den Geist geht, hat er natürlich ermessen, welch Profit an Ehrenhaftigkeit aus der Kunst zu schlagen ist. Zu der Zeit, als die Klausens sich auf dem Hügel niedergelassen haben, war Georges Kunstkritiker, und als Kunstkritiker wurde er zum Abendessen bei den Klausens eingeladen, ein einziges Mal, wonach die Klausens nichts mehr von Georges hatten wissen wollen, sei es, dass er angesichts der Gemälde, mit denen die Klausens die Wände ihres neuen Hauses bedeckt haben, von seinem kritischen Geist Gebrauch gemacht hat, sei es, dass er sich damit begnügt hat, wortlos an ihnen vorüberzugehen, oder auch, dass er Susi Klausens Rock gelüpft hat, als sie ihm gerade einen Teller mit Aperitifhäppchen reichte, irgendwie hat Georges es hinbekommen, nie wieder eingeladen zu werden.

Und während Susi Klausen, die meinen Rollstuhl mit dem Rücken zu einem Bassin abgestellt hatte, dessen Feuchtigkeit mir ins Kreuz kroch, von dem Einbruch erzählte, dessen Opfer sie am selben Nachmittag geworden waren – eine kleine Renaissance-Bronze, die sich noch im Wohnzimmer befunden hatte, als sie genau um siebzehn Uhr dreißig vom Obergeschoss hinuntergegangen war, um sich in die Küche zu begeben, hatte sich nicht mehr dort befunden, als sie etwa zehn Minuten später wieder herausgekommen war –, dachte ich, dass ich nicht das Glück hatte, mir die Einladungen der Klausens vom Hals geschafft zu haben. Es wäre, sagte Susi Klausen, ebenso leicht gewesen, dieses oder jenes Gemälde von der Wohnzimmerwand zu nehmen, denn natürlich war die Alarmanlage, mit der jedes dieser Gemälde verbunden ist, tagsüber nicht aktiviert. Aber man hatte die Gemälde verschmäht und nur die kleine Renaissance-Bronze genommen, sowie ein Tischfeuerzeug, das sich daneben befand, weshalb die Gendarmen zu einem Amateureinbruch tendierten, ihrer Aussage nach der allererste der Saison. In dem Augenblick wird sich jeder der Gäste, die alle so taten, als interessierten sie sich für den Einbruch bei den Klausens, in Wirklichkeit um sein eigenes Haus und die Türen und Fenster gesorgt haben, die zu verriegeln er vielleicht versäumt hatte, ich hoffe, Sie haben alle Vorsorge getroffen, erklärte Susi Klausen da auch schon, na, na, sagte Rolf Klausen bedächtig, wir sind hier doch ziemlich gut geschützt, von wegen, gab Susi Klausen bitter zurück. Ob Sie es glauben oder nicht, fügte sie hinzu, am meisten vermisse ich mein Tischfeuerzeug, dieses Feuerzeug haben wir seit Jahren benutzt, ein Tischfeuerzeug, das länger als vierundzwanzig Stunden funktioniert, jeder weiß, dass das nicht mit Gold aufzuwiegen ist. Die Frau, die rechts von mir saß, wandte sich mir zu, musterte mich, neigte dabei leicht den Kopf, und ich musste wieder einmal feststellen, welch seltsame Anziehungskraft dieser Rollstuhl auf manche Personen ausübt, ohne den ich mich seit jetzt einem Jahr nicht mehr bewege, seitdem ich aus Georges' Wagen katapultiert worden bin. Die Frau hatte die Hand auf das Rollstuhlrad gelegt, das sie langsam mit dem Zeigefinger streichelte usw. Ihr Mann, zumindest der, den ich schließlich als ihren Mann ausmachte, war extrem alt. Es musste sich um den berühmten Genfer Philosophen handeln, dessen Anwesenheit Susi Klausen erwähnt hatte. Seine Frau, etwa dreißig Jahre jünger, hatte krauses, leicht rötliches Haar, ein Kleid mit schlaffem Ausschnitt, und sie redete rasch, mit der gekünstelten Fröhlichkeit der Melancholiker, die beiden hatten für den Sommer eines der Häuser auf dem Hügel gemietet, wahrscheinlich das einzige Haus ohne Schwimmbecken auf dem Hügel, verkündete sie lächelnd, und ich klärte sie nicht auf, auch wenn ich selbst nie ein Schwimmbecken besessen habe, außer dem von Georges, das Schwimmbecken von Georges hat mir immer genügt, aber worauf warten wir noch, gehen wir zu Tisch.

Schweigend beobachtete ich die Gäste der Klausens, die – wir waren vierzehn – in der Dunkelheit eine kleine undeutliche Traube bildeten, hier und da von den Gartenspots erleuchtet, und von denen sich Rolf und Susi Klausen mit größerer Deutlichkeit abhoben sowie der alte Philosoph und seine nun zu junge Frau, zwei Paare, deren Privatsphäre ich mir zu der Stunde vorstellte, da dieses Abendessen beendet sein würde, das stumme Ritual ihres Zubettgehens in der Stille der Schlafzimmer, das Schlucken der

Schlafmittel, die Verbitterung von Susi Klausen, wie sie sich Ohropax in die Ohren steckt, die ohnmächtige Fürsorge des alten Philosophen, die ohne den kleinsten Versuch der Annäherung gelöschten Lichter, nun, da man vom Desinteresse zum Abscheu, von der Desillusion zum Hass übergegangen war. Meine Nachbarin beugte sich zwar noch immer zu mir, war aber verstummt, ohne mich etwas zu meinem Rollstuhl gefragt zu haben, sicherlich von Susi Klausen über den *entsetzlichen Unfall* informiert, sicherlich völlig im Bilde darüber, wie Georges *total betrunken* vor jetzt einem Jahr sein Auto in die Leitplanke der Autobahn gesetzt hat, die hier oberhalb des Meeres entlangführt, und wie er *absolut unversehrt* davongekommen ist, während ich, durch die Windschutzscheibe katapultiert, diesen Gleitflug über die Leitplanke absolvierte. Wenn Susi Klausen den Unfall erwähnt, so verwendet sie den Begriff Gleitflug, ein Flugkunststück, an dessen Vollführung ich persönlich keinerlei Erinnerung habe, das kein Zeuge bestätigt hat und das, so wie sie davon spricht, mir jedes Mal den eher grotesken Eindruck einer endlos zurückgespulten und im Zeitraffer wiedergegebenen Filmsequenz macht. Ich habe erfahren, dass man mein Leben für verloren hielt, als man mich jenseits der

Leitplanke einsammelte, wo ich zwischen zwei Rebstöcken lag, aber da es ist, wie es ist, bin ich noch immer da, verhalte mich wie ein vernünftiger Invalide, versehen mit hervorragender Ausstattung und dem notwendigen Fatalismus. Georges ist gleichwohl nichts anderes als mein Mörder in den Augen von Susi Klausen, der ich anrechnen muss, dass sie mich im Krankenhaus täglich besucht hat, da sie unverzüglich ihre Krankenschwesterreflexe wiedergefunden hatte, weshalb man es ihr übertragen hat, mir zu verkünden, auf welche Teile meines Organismus ich noch zählen könne. Aber so sehr mir Susi Klausen im Rahmen des Krankenhauses wertvoll gewesen war, so sehr ist mir Susi Klausen außerhalb dieses Rahmens absolut unerträglich, einerseits eine ausgezeichnete Ex-Krankenschwester, andererseits ein unsinniger Umgang, den ich seit meiner Rückkehr nach Hause möglichst vermieden habe. Meine Undankbarkeit Susi Klausen gegenüber kann sich nur mit der Grobheit messen, die ich an den Tag lege, um sie jedes Mal, wenn sie mich anruft, abblitzen zu lassen, das heißt mindestens zwei Mal pro Woche, wenn ich nicht Louis damit beauftrage, sie abzuwimmeln. Louis wurde mir gleich beim Verlassen des Krankenhauses von Susi Klausen beschafft, am Tag, als ich nach Hause zurückkehrte, erwartete Louis mich an meiner Haustür, ein großer magerer Typ von trostlosem, undurchdringlichem Aussehen, und den in der Folge nichts aus der Fassung gebracht hat. In den Augen von Susi Klausen ist Georges nicht nur mein Mörder, sondern auch der seiner Frau. Die Frau von Georges ist Ende letzten Sommers gestorben, im Schwimmbecken von Georges, ein paar Wochen nach meiner Rückkehr aus dem Krankenhaus, ohne dass man je hätte feststellen können, ob sie gekommen war, um darin zu baden oder sich zu ertränken. Niemand hier kannte sie wirklich – sie war Italienerin, die Hochzeit hatte ein halbes Jahr zuvor in Italien stattgefunden –, aber Susi Klausen hat, wie sie deutlich zu verstehen gibt, allen Grund zu denken, dass Georges in irgendeiner Art verantwortlich für den Tod seiner Frau ist, da ermittelt wurde, dass sie niemals in ihrem Schwimmbecken badete, immer im Meer. Eine ausgezeichnete Schwimmerin, präzisiert Susi Klausen. Zu ihrem Unglück verheiratet mit diesem Zerstörer, der seine Frau nur, so versichert sie, zum Äußersten hatte treiben können, sie zerstören, wie er alles zerstört. Ich lasse sie reden, obwohl ich weiß, wie sehr die beiden sich geliebt haben und wie untröstlich Georges jetzt ist, den ich jeden Morgen dabei beobachte, wie er um sein Schwimmbecken herum die gleichen lächerlichen Gesten vollführt. Man hat ihm seinen Führerschein entzogen (Georges ist auf Lebenszeit das Fahren versagt, so wie mir auf Lebenszeit das Laufen versagt ist), sodass es sehr schwer für ihn ist, sich zum Grab seiner Frau zu begeben, die in der italienischen Familiengruft beerdigt ist. Einen Moment lang hatte ich gedacht, Georges würde dorthin ziehen, in die Nähe des Grabes seiner Frau, aber nein, er ist hier geblieben, in der Nähe des Schwimmbeckens, in dem er sie gefunden, aus dem er sie selbst herausgeholt hat und das er Tag für Tag unter meinem Blick mit entsetzlichem Eifer instand hält, wobei er wissen muss, obwohl er nie den Blick zu mir hebt, dass ich ihn von meiner Terrasse aus beobachte. Dieser Mann ist nichts als ein Krimineller, wiederholt Susi Klausen, und an der Armbewegung, mit der sie diese Aussage begleitet, entgeht mir nicht, dass sie nicht nur meinen Rollstuhl und das Schwimmbecken von Georges einschließt, auf dessen Grund seine Frau gefunden wurde, sondern gleichermaßen die Gemälde und die Skulpturen, mit denen sie ihr Haus gefüllt hat, die berühmte Sammlung Klausen, auf die Georges bei seiner einzigen Einladung wahrscheinlich nur einen zerstreuten

Blick geworfen hat, falls er nicht gleich an ihr vorübergegangen ist, ohne sie zu beachten. Das größte Verbrechen von Georges besteht darin, nicht, wie Susi Klausen es erwartete, die als kühn geltende Sammlung Klausen bewundert und damit anerkannt zu haben, ein Haufen Belanglosigkeiten, wie er mir gegenüber später knapp kommentiert hatte. Nur ein sehr kleines Gemälde, versteckt in einer Ecke unten an der Treppe, hatte ein wenig sein Interesse geweckt, just ein Werk, von dem Susi Klausen ihm gesagt hatte, sie habe es in einem Moment geistiger Umnachtung erworben, und das sie ihn bat nicht zu berücksichtigen. Ansonsten ist Georges zufolge offenkundig, dass die zur geringsten künstlerischen Empfindung unfähigen Klausens sich von allen Kunsthändlern des Planeten haben lackmeiern lassen. Dass es ihnen an künstlerischer Bildung mangelt, ist Georges nicht wichtig, aber ein derartiger Mangel an künstlerischer Sensibilität, nein. Sie haben gekauft, was es heute an möglichst Belanglosem, Ordinärem und Teuerem gibt, hat mir Georges über die Klausens gesagt. Ich habe, hat er mir außerdem gesagt, Mitleid mit den Künstlern, so mittelmäßig sie auch sein mögen, die mit diesen Menschen Umgang haben müssen, mit den Klausens, die wir kennen, und mit all den anderen

Klausens, die unfähig sind, sich in Gegenwart eines Künstlers anders als auf beleidigende Weise zu benehmen, denn sie denken oder empfinden angesichts seiner Arbeit nichts, was nicht von ihrer Selbstgefälligkeit und ihrem Mangel an Sensibilität bestimmt wäre. Die Leute, und nicht nur Dummköpfe, kommen jeden Sommer und bewundern die Sammlung Klausen und die letzten Erwerbungen der Klausens, wo es doch die klausenschen Millionen sind, die sie in Wirklichkeit faszinieren, von den Klausens weiß man übrigens, dass ihr anderes Haus, in das sie sich ab dem Spätherbst zurückziehen und in dem sie, so Susi Klausen, den ganzen Winter über wie Eremiten leben, kein einziges Kunstwerk in der Art enthält, wie sie sie hier zur Schau stellen. Den Winter verbringen die Klausens in einem jahrhundertealten Haus, inmitten der sicheren Werte des Alten, sie verbringen ihn, wie Georges Susi Klausen hat erklären hören, umgeben von ihren erholsamen Antiquitäten.

Und was treibt Ihr Freund Georges?, fragte mich mit kräftiger Stimme Rolf Klausen, der sich mit einer Flasche in der Hand über den Rasen genähert hatte, ein wenig zu sehr, sodass mich nun die glänzenden Knöpfe seines Jacketts anstarrten wie aufgerissene Augen. Mir schien, er wanke leicht. Ein ziemlich witziger Kerl, wenn ich mich recht erinnere, fügte er hinzu. Ich sah Susi Klausen in ihrer farbenprächtigen Tunika geradewegs auf mich zukommen, um mit einer schroffen Geste ihren Mann zur Seite zu schieben und mit Armbandklirren wieder die Steuerung meines Rollstuhls zu übernehmen, woraufhin die Gäste sich erhoben und wir alle zur Terrasse geleitet wurden, wo der Tisch fürs Abendessen gedeckt war, mit etwas weiter auseinander stehenden Stühlen an dem Platz, der mir zugedacht war, zwischen der Frau des alten Philosophen und der Schwester von Susi Klausen, Laure, wie sie sich mir umstandslos vorstellte, während sie mit ihren zierlichen Händen die Serviette entfaltete. Ich hatte sie bis dahin nicht bemerkt und fragte mich sofort, wie sie bloß die Schwester von Susi Klausen sein könne, während ich feststellte, dass die Frau des alten Philosophen zu meiner Linken – danach kam Rolf Klausen – ein grauenhaft schweres Parfüm aufgelegt hatte, das sich jedes Mal, wenn sie ihre Gabel bewegte oder nach ihrem Glas griff, in meine Richtung ausbreitete und mir jegliche Möglichkeit zu essen nahm. Die Schwester von Susi Klausen schien auch keinen großen Hunger zu haben, und als ich sie darauf ansprach, lächelte sie und sagte, in der Tat nicht, vielleicht, weil sie selbst diesen Gang zubereitet habe, weshalb ich mich bemühte, meinen Teller aufzuessen. Die Haare von Laure waren extrem glatt und seidig, und sie hatten eine entwaffnende Art, ihr ins Gesicht zu fallen, ohne dass sie sich darum kümmerte, im Gegensatz zu der Frau des alten Philosophen, die nicht aufhörte, die ihren zu bewegen und zu schütteln, und von der ich mich einfach wegdrehte, um mich Laure zuzuwenden, in einer entschlossenen Geste, die sie leicht aus der Fassung zu bringen schien. Ihr gegenüber musterte der auf seinem Sitz zusammengesunkene alte Philosoph mit seinen hervortretenden Augen und dem kurzen, krausen Backenbart ausdruckslos und wie dösend eine Stelle auf der Tischdecke. Man brachte uns weitere Speisen, und Laure fragte mich höflich, ob ich das ganze Jahr über hier wohne. Ich bejahte im selben Ton und fügte hinzu, dass ich mich bereits vor ziemlich langer Zeit hier niedergelassen hätte, lange bevor all diese Häuser gebaut wurden. Ein grauenhafter Ort, wetterte der alte Philosoph, der plötzlich aus seiner Benommenheit aufgetaucht war. Und er schlug, die Gabel in der Faust, auf den Tisch. Jemand lachte kurz, und die Gespräche wurden fortgesetzt. Ich wusste nicht, dass Susi eine Schwester hat, sagte ich Laure. Wir sehen uns nicht oft, sagte sie, ich lebe im Ausland, in Bombay, im Augenblick in Bombay. In Bombay, sagte ich. Ja, erwiderte sie. Weit weg, dachte ich. Kennen Sie Indien?, fragte mich Laure. Nein, sagte ich und stellte mir plötzlich vor, wie ich Bombays Straßen voller Krüppel durchstreife, ich war schon immer ziemlich sesshaft. Ich lächelte. Sie hatten ein schweres Jahr, sagte Laure. Ich gewöhne mich daran, sagte ich, was fast richtig war, im Laufe der Monate war ich zu dem Schluss gekommen, dass der Unfall im Grunde nicht viel an meinem Leben verändert hatte, ich habe sowieso nie viel erlebt, sagte ich Laure, ich mochte die Einsamkeit, eine gewisse Stille um mich herum, und wenn ich genug hatte vom Alleinsein, hatte ich Georges, sagte ich ihr, ich brauchte nur ein paar Meter zu gehen und war bei Georges, ich weiß nicht, warum ich Ihnen das alles erzähle. Alles verscheuern, grölte unversehens der alte Philosoph und starrte Laure mit seinen runden Augen an. Georges?, wiederholte Laure. Derjenige, der fuhr, sagte ich. Laure nickte langsam, und ich sagte mir, dass sie vielleicht dachte, Georges sei gestorben, wie ich selbst beim Aufwachen im Krankenhaus sofort gedacht hatte, bis er mit seiner Frau das Zimmer betrat und sie beide an meinem Bett standen, Hand in Hand. Wochenlang, hätte ich Laure sagen können, habe ich Georges und seine Frau in mein Zimmer kommen und sich an meinem Bett an der Hand halten sehen, und als ich mich später dann dem Fenster nähern konnte, Georges' Arm um die Schultern seiner Frau, während sie gemeinsam zu ihrem Auto auf dem Parkplatz des Krankenhauses zurückkehrten. Einmal, hätte ich Laure sagen können, kam die Frau von Georges allein. Ich hatte keinen guten Tag, und ich fürchtete, sie sei irgendwie in der Absicht gekommen, mit mir über den Unfall zu sprechen, was absolut nutzlos gewesen wäre, aber sie sei nur gekommen, sagte sie, um sich einen Moment neben mich zu setzen, denn ich ginge ihr selbstverständlich nie aus dem Sinn und, fügte sie mit größter Natürlichkeit hinzu, sie habe plötzlich das Bedürfnis gehabt herzukommen, für sich selbst sei sie gekommen. Ich sagte, einverstanden, dann, ein wenig später, dass ich ihr Lächeln sehr mochte, und ich dachte, dass es, sollte es in der Zukunft weitere Momente wie diesen geben, am Ende vielleicht sogar gehen könne. Und es hat ein paar davon gegeben, wenn auch keinen exakt wie diesen, dann ist die Frau von Georges ertrunken, eines Morgens, als ich auf meiner Terrasse saß und Louis irgendwo hinter mir damit beschäftigt war, die Sträucher zurückzuschneiden, und ich nur hätte rufen müssen, als ich plötzlich, kurz nachdem sie mir zugewunken hatte, sah, wie sie auf dem Beckenrand, den sie gerade abspritzte, sicher, um die Wespen zu vertreiben, wankte und wie erstaunt den Wasserschlauch fallen ließ und langsam ins Wasser kippte, mit ihrer Sonnenbrille. Reglos in meinem Rollstuhl sah ich die Frau von Georges untergehen, als einziges Geräusch das von Louis' Schere, und als dieses Geräusch aufhörte, Louis seine Schere fallen ließ und von Georges' Geschrei alarmiert losrannte, sah ich überhaupt nichts mehr, weil ich zu lange auf die glitzernde Oberfläche des Schwimmbeckens gestarrt hatte. Ich erinnere mich an den auf dem Beckenrand abgelegten Körper, hätte ich Laure noch sagen können, an das bestürzte Gesicht, mit dem Georges, kniend, in meine Richtung aufsah, an die außerordentliche Stille dieses Augenblicks. Sie waren eingeschlafen, sagte Louis mir später in einem Ton, der keine andere Version duldete. Und während am Tisch der Klausens die Desserts serviert wurden, dachte ich, dass Louis bald da sein würde, der mich wieder zu mir hinunterbringen und mir helfen würde, ins Bett zu gehen, dann hörte ich mich Laure fragen, ohne auf ihre Antwort zu achten, wie lange sie noch bleibe.

LAMIRAULT

Die Abneigung, die mich mit Lamirault verbindet, endet also erst mit dem Tod, meinem Tod, da Lamirault gestern beerdigt wurde und ich, wie alle bei seiner Beerdigung anwesend, in der vorletzten Reihe der Kirche nicht die geringste Milderung dieser Abneigung verspürt habe. Die Kirche war voll, sodass ich nicht viel sah, bis auf die beiden Hunde von Lamirault, die auf meiner Höhe zu beiden Seiten des Mittelgangs lagen, gleichgültig der Menge und den Nachzüglern gegenüber, die in die Kirche drängten, zwei voluminöse und einander gleichende Tiere mit glänzendem Fell, von unbestimmter Rasse, die man niemals hat bellen hören und die ihn überall begleitet haben. Sie schienen darauf zu warten, dass Lamirault von dort herauskäme, wo er steckte, um mit einer geschmeidigen Bewegung aufzustehen und ihn zu flankieren, wie sie es immer getan haben, mit den Schnauzen die Seiten ihres Herren streifend. Lamirault hat sich eine Kugel in den Kopf geschossen. Dass er sich eine Kugel in den Kopf geschossen hat und nicht ich, das ist das Komische, das hat mir ein kurzes Lachen entlockt, was meine Nachbarin sicher als Zeichen der Rührung interpretiert hat. Sie hat mir eins dieser kleinen, typischen Beerdigungslächeln geschenkt, und ich glaubte, in ihr die Schneiderin mit dem Mausgesicht wiederzuerkennen, die vor Jahren unsere Vorhänge gefertigt, unsere Stühle überzogen und bei uns unzählige Säum- und Flickarbeiten ausgeführt hat, eine winzige Person, den Mund ständig voller Nadeln, die in allen Räumen des Hauses anzutreffen war, wo es etwas zu nähen gab. Ihre Vorhänge baumeln heute nur noch rum, hätte ich dieser Frau in der Kirche zuflüstern können, Sie müssen nur einen Blick auf diese Vorhänge werfen und Sie sehen sofort, dass jeder zweite Ring fehlt, von dem man nicht weiß, unter welchem Möbelstück er verschollen ist, der Rest ist entsprechend. Die Schneiderin – aber ich war nicht sicher, ob sie es war – kniete jetzt nieder, wie drei Viertel der Anwesenden, und ich machte ein Stück des mit schwarzem Tuch bedeckten, unter Blumengebinden begrabenen Sargs aus. Nicht weniger als drei Priester, darunter der Diözesanbischof, um Lamiraults Seele abzufertigen. Und, plötzlich in den ersten Reihen für mich sichtbar, die Stiernacken meiner Brüder, mehr als ein Jahr hatte ich sie nicht gesehen, sie hatten also die Fahrt auf sich genommen, es war also ihr Auto, das ich beim Ankommen gesehen hatte, ein langes, schwarzes Fahrzeug, quer zur Bushaltestelle geparkt, sie müssen im

Morgengrauen von ihren Wohnungen aufgebrochen und schweigend gefahren sein, Jean am Steuer, die Frage war jetzt nur, ob sie wieder verschwinden würden, wie sie gekommen waren, oder ob nach dem Friedhof mit ihrem Besuch zu rechnen war. Die reglosen Rücken meiner Brüder in ihren identischen dunklen Mänteln kontrastierten mit dem Aufruhr meiner Gedanken, meine Gedanken prallten gegen diese Rücken, die ihnen etwas Unerbittliches, wie immer Bedrohliches entgegenhielten, und ich war erleichtert, als sich die Leute wieder erhoben und man zu singen begann. Auch die Schneiderin hatte zu singen begonnen, mit piepsiger Stimme, während sie in ihrem linken Ärmel kramte, wo sie ein Taschentuch hervorzog, mit dem sie in einer blitzschnellen Bewegung eine winzige Spinne schnappte, die auf der Bank vor ihr aufgetaucht war, dann kehrte das Taschentuch in seinen Ärmel zurück, das also nicht dazu dienen würde, Lamirault zu beweinen – aber wer könnte Lamirault schon beweinen? Trotz allem Gestikulieren des Dirigenten vor dem Chor – einer links vom Altar zusammengedrängten Gruppe von fünf Personen, die Augen auf ihr Notenpult geheftet – erhob sich der Gesang, erbärmlich dem Klang des Harmoniums hinterherhinkend, nur mühevoll in die dicke, geradezu erstickende Kirchenluft, der Stein gab unter der vereinten Wirkung der an den Pfeilern befestigten Heizstrahler, der Körperwärme und des Atems langsam all seine Feuchtigkeit ab, in die sich die Wachsausdünstungen – man hatte am Vortag alle Bänke gewienert –, der süßliche Duft der Blumen, schwache Weihrauchschwaden und etwas unbestimmbar Kirchentypisches mischten, was alles eine stehende, widerliche Schwüle erzeugte und alle Voraussetzungen für eine Ohnmacht vereinte. Diejenigen – die meisten –, die nicht sangen, fächerten sich daher auch mit dem Gebetsheft zu, das sie an ihrem Platz gefunden hatten und auf dessen erster Seite das Foto von Lamirault prangte. Da mein Exemplar gleich am Anfang der Messe von der Bank auf den Boden gerutscht war, hatte ich achtlos den Fuß quer auf Lamiraults Gesicht gesetzt, auf dem nun der Abdruck meiner Sohle sichtbar war, sodass ich davon absah, es aufzuheben, und Lamirault auf dem Blatt unserer früheren Schneiderin betrachtete und mich fragte, wer sich die Mühe gemacht hatte, dieses entsetzliche Foto drucken zu lassen. Als die Schneiderin meinen starr auf ihr Exemplar gerichteten Blick bemerkte, reichte sie es mir eilig, nachdem sie es auf der Seite des Liedes aufgeschlagen hatte, das sie mir freundlicherweise mit dem Zeigefinger wies, einem Zeigefinger mit geschwollener Kuppe, die durchaus von jahrelanger Nadelarbeit künden konnte. Madame Delobbe oder Gelobbe, auf jeden Fall ein Name mit zwei b, fiel mir daraufhin wieder ein, während ich so tat, als verfolgte ich den Text des Liedes, das sie selbst offenbar auswendig konnte und das nicht enden wollte. Hatte sie Lamirault gekannt, oder war sie wegen der Attraktivität dieser Beerdigung da – der Bischof, die Lokalpresse, die auf dem Vorplatz wartenden Fotografen, die Menschenmenge? Die Meisten konnten sich zu Lamiraults Tod nur gratulieren, ganz bestimmt waren einige sogar nur gekommen, um sich zu überzeugen, dass er auch tatsächlich tot war, was in gewisser Weise die Anwesenheit des Bischofs bestätigte, eines Mannes um die Vierzig, herrlich, braungebrannt, dessen stattliche Erscheinung und Stimme fesselten, auch wenn er nur Gebete herunterleierte. Und als er sich vom Altar löste und sich hinter das Pult stellte, als seine Hand nach dem Mikrofon griff, wie um es von seinem Ständer zu reißen, stellte ihn sich bestimmt jeder auf dieser Insel vor, die er – durch Erbschaft – irgendwo bei Jamaika besaß, eine gewisse Unschicklichkeit, aus der er keinen Hehl machte, auch wenn niemand eine ganz klare Vorstellung davon hatte, wie sein Leben dort aussah. Offensichtlich mied der Bischof nicht die Sonne, darüber hinaus war alles möglich, absolut alles. Während die Leute sich wieder setzten, verharrte sein Blick auf den ersten Reihen, in denen die magere Schar von Lamiraults Erben aufgereiht war, und er lächelte mit einem für den Anlass recht strahlenden Lächeln, das mit einem Schlag schwand, als ein Blitzlicht aus dem Querschiff sein Messgewand anleuchtete. Ich bitte Sie, sagte der Bischof in schroffem Ton, und er schwieg eine ganze Weile, die Augen gesenkt, auf dass sich der Anschein innerer Sammlung einstelle. In dem Augenblick, als er endlich das Wort ergriff, beschloss ich, nicht mit auf den Friedhof zu gehen. Er hat sich entschieden, euch zu verlassen, und nun seid ihr allein, sagte der Bischof an die Verwandten gerichtet. Er hat beschlossen, euch zu verlassen, und das war, wahrhaftig, sein absolutes Recht. Denn die Hölle, das sage ich euch, ist nicht da, wo ihr sie vermutet, die Hölle ist auf Erden, die Hölle erleben wir im Leben. Ich weiß nicht, welche Hölle dieser Mann erlebt, was ihn zum Selbstmord geführt hat, aber ich weiß wohl, dass niemand gezwungen ist, seinen eigenen Tod abzuwarten, nirgends steht geschrieben, dass wir das Warten auf den Tod erdulden müssten. Wir werden diesen Mann also nicht dafür verurteilen, sich aus seiner Hölle befreit zu haben, wer ihn verurteilen will, möge sogleich diese Kirche verlassen und weiter seiner Beschäftigung nachgehen. Der Bischof machte eine Pause, ließ langsam den Blick über die Anwesenden wandern, und niemand rührte sich. Während dieses Innehaltens tauchte unverhofft die Vision des Topfes auf, in dem ich am Morgen meine Frühstücksmilch aufgewärmt hatte, kurz bevor ich das Haus verließ. Plötzlich war ich nicht mehr sicher, das Gas abgedreht zu haben, und obwohl mir schien, als hätte ich den leeren Topf in die Spüle gestellt, in welchem Fall das Gas seelenruhig weiter brennen würde, bis die Flasche leer war, hätte ich es nicht beschwören können. Der Bischof hatte seine Ansprache fortgesetzt, aber ich hörte ihm nicht mehr zu, stellte mir die brennende Küche vor, die Reaktion meiner Brüder, wenn sie feststellten, dass alles verbrannt war. Ich hätte nur fünf Minuten bis nach Hause gebraucht, aber ich war nicht zur kleinsten Bewegung imstande. Und wir sollten nichts Dringenderes zu tun haben, als unser Leiden Gott darzubringen?, fragte der Bischof. Aber wo haben wir das nur her, dass unser

Leiden Gott irgendwie nützlich sei? Ich sah Lamiraults Hunde an, die immer noch da lagen, und mich streifte absurderweise der Gedanke, dass sie bereits reagiert hätten, wenn der Brand ausgebrochen wäre. Aber angeblich hatten sie nicht einmal auf den Tod von Lamirault reagiert, den man hingestreckt am Fuß seiner Treppe fand, weshalb man zunächst an einen Sturz glaubte. Tatsächlich hatte der Sturz durchaus stattgefunden, auf dem Absatz der ersten Etage hatte sich Lamirault die Kugel gegeben, um dann über das Geländer zu kippen und in der Eingangshalle aufzuschlagen. Unverständlich, hatte man gesagt. Am Morgen desselben Tages noch hatte Lamirault zwei Jacketts zur Reinigung gebracht, dann war er in der Apotheke gewesen, die er mit einer Packung Haartinktur und einer Zahnbürste verlassen hatte, wie die Apothekerin den Journalisten verriet, einer Zahnbürste der Marke Fluocaril, hatte sie hinzugefügt. Die Zahnbürste war wohl in der Verpackung geblieben, denn Lamirault war gestorben, kurz bevor das Abendessen serviert wurde, als alle schon im Esszimmer waren, ziemlich weit von der Treppe entfernt, sodass sie den Schuss nicht gehört hatten und noch weniger den Sturz. Und die beiden Hunde hatten nicht angeschlagen, die sich damit begnügt hatten, sich neben ihn zu legen, zwei dumme Tiere, wie ich immer vermutet hatte. Der Bischof kehrte jetzt an seinen Platz hinter dem Altar zurück, und das Harmonium erbebte. Das war der Moment, den meine Brüder wählten, um aus ihrer Bank zu treten, ich sah sie erhobenen Hauptes langsam durch das Seitenschiff gehen, und als ich schon dachte, dass sie die Kirche verlassen würden, ohne sich um mich zu kümmern, bedeutete mir Jean mit einer kleinen Kopfbewegung, ich solle ihnen nach draußen folgen.

Als ich auf den Vorplatz trat, hatten sie ihren Weg bis zum Auto fortgesetzt, dem sich die Fotografen zugewandt hatten, ohne sich jedoch zu nähern, wahrscheinlich von meinen Brüdern nachdrücklich davon abgehalten, sich zu nähern. Ich erreichte das Auto und stieg hinten ein, schob mich in die Mitte der Rückbank. Salut, sagte Jean und korrigierte die Stellung des Rückspiegels. Salut, antwortete ich. Was gibt's Neues?, fragte Jacques. Er saß auf dem Beifahrersitz und hatte sich zu mir umgedreht. Ich machte eine vage Geste. Ich würde gern eine Zigarette rauchen, sagte ich, wohl wissend, dass es nicht infrage kam, im Auto von Jean, dem Nichtraucher, zu rauchen. Hast du eine Zigarette, fragte ich Jacques, ich habe meine zu Hause gelassen. Ich habe aufgehört, sagte Jacques. Ach ja, wann?, fragte ich und bemerkte, dass seine Haare innerhalb eines Jahres vollständig ergraut waren. Ich weiß es nicht mehr, antwortete mir Jacques, ich habe aufgehört und Schluss. Das ist gut, sagte ich. Wir haben es ziemlich eilig, sagte Jean, der den Wagen anließ, ohne loszufahren. Geht ihr nicht zum Friedhof?, fragte ich. Ganz sicher nicht, sagte Jacques. Wir dachten, die Beisetzung wäre um zehn, wir sind seit zehn hier, wir haben uns bis elf die Beine in den Bauch gestanden. Ihr müsst ja mächtig früh aufgestanden sein, sagte ich, wohl wissend, dass der eine wie der andere immer mächtig früh aufstehen. Wir sind beim Herkommen am Haus vorbeigefahren, sagte Jean, wir sind nur vorbeigefahren, nicht reingegangen. Du hast ja Nerven, schob er nach. Was?, fragte ich. Ich dachte, wir hätten dir einen Scheck geschickt, sagte Jean. Für den Putz, weißt du noch? Für den Putz und auch für die oberen Fensterläden. Ich dachte, darauf hätten wir uns geeinigt. Ich habe ihn nicht eingelöst, sagte ich. Noch nicht. Genau das sage ich ja, du hast wirklich Nerven, sagte Jean. Deine Klimaanlage läuft, sagte ich, kannst du bitte deine Klimaanlage ausschalten, sie bläst mich direkt an. Es ist

November, da braucht man keine Klimaanlage oder? Jacques beugte sich über einen Regler am Armaturenbrett und bewegte ihn. Sie geht automatisch an, sagte er. Sobald man startet, ein Defekt. Worauf wartest du, um es reparieren zu lassen?, fragte ich Jean. Spiel hier nicht den Oberschlauen, sagte Jean. Also, was machen wir?, fragte er Jacques. Wir werden hier nicht länger rumstehen, im Blitzlichtgewitter dieser Presse-Arschlöcher. Haben wir Zeit, zum Haus zu fahren? Wie du willst, sagte Jacques. Wenn es um eine Bestandsaufnahme geht, sagte ich, könnt ihr euch die Mühe sparen. Seit einem Jahr hat sich nichts geändert. Ein Jahr?, fragte Jean und runzelte im Rückspiegel die Stirn. Schon ein Jahr? Allerdings, sagte ich. Unvorstellbar, sagte Jean und fuhr los. Jetzt fährt man also mit Handschuhen?, stellte ich fest. Ich bin immer mit Handschuhen gefahren, sagte Jean. Genau, bestätigte Jacques, der sich wieder nach vorn wandte.

Der Milchtopf war ordentlich in der Spüle und das Gas abgedreht, alles war in Ordnung in der Küche, in die ich sofort gestürzt war und wohin meine Brüder mir folgten. Wir setzten uns alle drei an den Tisch, jeder an eine Seite, wie als wir klein waren und Henriette uns Schokolade kochte. Aber unsere Beine baumelten nicht mehr in der Luft und schlugen nicht mehr an die der Stühle, denn es waren nicht mehr unsere kleinen Beine von damals, bedeckt mit blauen Flecken und Kratzern, es waren jetzt stabile, behaarte Beine, die wir unter unseren Hosen versteckten. Henriette war seit einer Ewigkeit tot, und wir wussten nicht mal mehr, was heiße Schokolade ist, deshalb hatte ich eine angefangene Flasche Wein und drei Gläser auf den Tisch gestellt. Der Kühlschrank hatte nichts zu kühlen außer einem Stück Comté und einem Päckchen Butter, brummte aber trotzdem eifrig vor sich hin. Ich stand auf, um aus einem Schrank eine Tüte Chips zu holen, in die wir abwechselnd griffen, schweigend, bis Jacques, der ebenso wenig wie Jean seinen Mantel ausgezogen hatte, darauf hinwies, dass diese Chips ihr Salz verloren und an Pappigkeit gewonnen hatten. Ihr seid ohne eure Frauen gekommen, sagte ich. Weder Marie noch Jeanne. Weder Marie noch Odile, korrigierte ich mich sofort mit einem entschuldigenden Blick für Jean. Jeanne, ich vergesse es immer wieder, ist nämlich nicht mehr Jeans Frau, Jean hat Jeanne durch Odile ersetzt, eine gewisse Odile, zehn Jahre älter als er, während Jeanne zehn Jahre jünger war als er, Jean hat es, wenn man sich an die Statistik hält, verkehrt herum gemacht, aber ich sage weiterhin Jeanne, wenn ich an die Frau von Jean denke, ich verstehe absolut nicht, warum sich Jean von Jeanne getrennt hat, um diese alte Schachtel von Odile zu heiraten. Wie geht es Odile, fügte ich hinzu, wie laufen ihre Geschäfte? Ihr Hotel und das alles? Und während ich die Antwort abwartete, dachte ich, dass ich gern gewusst hätte, wie es Jeanne ging. Jacques fragte ich nicht nach Neuigkeiten von Marie, sie sind immer schlecht, wenigstens eine Sache, die sich nicht ändert und worum man sich nicht sorgen muss. Wobei ich Marie einigermaßen schätze, sie praktiziert die Kunst des Unglücklichseins auf höchstem Niveau, das geht so weit, dass sie daraus das wichtigste und fast einzige Merkmal ihrer Persönlichkeit gemacht hat. Nimmst du wenigstens keine Drogen?, fragte Jean. Ach wo!, sagte ich. Aber die Frage hatte mich verletzt, wie sah ich denn aus, dass ihnen so ein Gedanke kam? Ich glaube, ich saß in der Kirche neben unserer früheren Schneiderin, sagte ich, einer kleinen, alten Frau, sie sah aus wie unsere frühere Schneiderin. Delobbe, sagte Jacques. Marguerite Delobbe. Papa war verrückt nach ihr. Wie würdest du Delobbe schreiben?, fragte ich. Mit einem oder zwei b? Zwei b, nehme ich an, antwortete Jacques. Marguerite Delobbe. Sie war da? Bei Lamiraults Beisetzung? Alle waren da, sagte ich. Sogar ihr. Bei uns ist das was anderes, sagte Jean mit einem halben Lächeln. Dieser Schweinehund von Lamirault war ein Kumpel. Stimmt's, Jacques? Sicher, sagte Jacques. Ich nehme an, sagte Jean zu mir und schob sein Glas zurück, dass du die Dokumente immer noch nicht unterschrieben hast, die dir meine Sekretärin geschickt hat? Das ist jetzt ungefähr drei Wochen her. Sie sind oben, sagte ich. Also dann, gehen wir hoch, sagte Jean.

Wir gingen also hoch und durch den langen Flur bis zu dem großen, vollgestellten Raum, der mir als Wohn- und Schlafzimmer dient und durch dessen Fenster ich meinen Gemüsegarten überwachen kann und jenseits der Straße den Gemeindesee, in dem Angler Karpfen angeln, die sie sofort wieder ins Wasser setzen. Meine Brüder sahen sich im Zimmer um und schienen sich zu fragen, wie ich es schaffte, das auszuhalten, dann setzten sie sich, immer noch in ihren Mänteln, auf das Sofa, auf dem ich glücklicherweise in der letzten Nacht nicht geschlafen hatte, weshalb es nicht aufgeklappt war. Ich setzte mich an den Sekretär, wo sich logischerweise irgendwo in einem der Papierstapel die berühmten Dokumente befinden mussten, die ich zu suchen begann, wobei ich hinter mir die reglose und sicher gereizte Anwesenheit meiner Brüder spürte. Es war wie immer, wie seit der Kindheit, die unerbittliche Einheit, die sie bildeten, und die wacklige, instabile Einheit, die ich mit mir allein zu bilden versuchte, da würden wir nicht mehr rauskommen. Jede Allianz mit meinen Brüdern, jeder Versuch einer Allianz mit einem meiner Brüder hatte sich immer schon als unmöglich erwiesen. Sie hatten ihre Sprache, ihre Codes, ihren Pakt, ihr Einverständnis, hinzu kamen die Geschäfte, die sie als Erwachsene gemeinsam entwickelt hatten, dort, auf der anderen Seite der Grenze, und von denen es mich nicht überraschen würde, wenn sie die beiden früher oder später ins Gefängnis brächten. Ich beneidete sie nicht um ihre Existenz, eine Merkwürdigkeit, deren Zweck mir entging und an der sie letztlich nicht viel Spaß zu haben schienen, ich beneidete sie um diese Verbindung, die niemals die kleinste Bresche geboten hatte, die mich zu allen Zeiten ausgegrenzt, zur Einsamkeit gezwungen hatte. Wäre nicht Lamirault gewesen, der spontan auf ein Glas vorbeikam, begleitet von seinen beiden Hunden, und den ich niemals mit Freude kommen sah, hätte ich in diesem Haus, dessen Nutzung mir meine

Brüder im Gegenzug für ihre leichte Verachtung überließen, in der Tat ein vollkommen einsames Leben geführt, perfekt einsam, wie ich eine Zeit lang gedacht hatte. Es war jetzt offenkundig, dass ich diese Dokumente nicht auftreiben würde, die ich, wenn ich recht überlegte, vielleicht nicht einmal aus dem Umschlag genommen hatte, wobei ich mich sehr gut erinnerte, sie erhalten und die Bitte gelesen zu haben, sie unterschrieben zurückzuschicken. Und?, fragte Jacques hinter mir. Ich drehte mich um und sah, dass sich Jean an eins der Fenster gestellt hatte. Dieser Baum geht ein, bemerkte er und wies mit einer Kopfbewegung auf einen Baum. Irgendwann fällt er auf das Haus. Das würde mich wundern, sagte ich, es würde mich wirklich wundern, wenn der eingeht. Und die Papiere finde ich jetzt nicht auf Anhieb. Hör mal, sagte Jean müde, wenn das böser Wille ist ... Keinesfalls, sagte ich. Ich will gern alles unterschreiben, was ihr wollt, ich habe immer unterschrieben, außerdem weiß ich nicht mal, worum es geht. Um deinen Mietvertrag, sagte Jean. Um meinen Mietvertrag?, fragte ich. Den wir nicht mehr verlängern, sagte Jacques. Ich verstand nicht. Ich verstand nicht, aber ich begann etwas zu ahnen, wenn auch noch recht vage. Wir haben Pläne mit dem Haus, sagte

Jean. Genauer gesagt, Odile hat Pläne. Ein Hotel, sagte Jacques. Odile schlägt vor, ein Hotel daraus zu machen. Was nicht dumm ist, fügte er hinzu, es gibt nichts in der Gegend. Du siehst überrascht aus, sagte Jean. Ich zuckte mit den Schultern, eine Reaktion weit unter dem, was ich empfand. Wie dem auch sei, sagte Jacques, du hattest doch nicht vor so weiterzumachen, oder? In dieser Hütte zu wohnen, die zusammenfällt, wo du nicht mal das Mindeste hinbekommst. Deine Gemüsebeete, okay, und höchstens noch den Garten, den Garten rechne ich dir an, aber alles andere ... Ehrlich gesagt glauben wir, dass du in einer kleinen Depression steckst, das denken wir alle, du zeigst jedenfalls alle Symptome eines depressiven Typen, eines Typen, der sich mit seiner Depression abgefunden hat, Lamirault selbst hat es uns bestätigt, und es geht ja wohl nicht an, dass du es wie Lamirault machst, oder? Du warst immer traurig, sagte Jean und steckte die Hände in die Manteltaschen, wir erinnern uns ganz genau, Jacques und ich, dass du ein trauriges Kind warst. Immer ganz allein, fügte Jacques hinzu, immer versackt in deinem Zimmer, in das du uns nicht mal reingelassen hast, oder natürlich mit dieser verdammten Geige, wie bist du uns mit deiner Geige auf die Nerven gegangen. Das Konservatorium, sagte Jean, und danach. Und Jeanne, fügte er hinzu, wenn du dir einbildest, dass ich das mit Jeanne nicht gemerkt habe. Egal, sagte Jacques in versöhnlichem Ton. Ja, egal, räumte Jean ein. Ich hätte nur gern, dass er nicht so tut, als würde er aus allen Wolken fallen. Wir waren geduldig, extrem geduldig, und wir waren auch großzügig, meine ich, obwohl er uns eigentlich immer nur verachtet hat. Aus welchem Grund sollten wir diese Hütte weiter unterhalten, die viel zu groß für ihn ist, wo alles den Bach runtergeht und in der er sich total gehen lässt? Er sah aus dem Fenster. Scheiße, jetzt regnet's, stellte er fest. Wir werden im Regen fahren müssen. Kurz hatte ich den von Regenschirmen schwarzen Friedhof vor Augen. Außerdem haben wir Wohnungen, sagte Jacques. Du kannst sehr gut in eine dieser Wohnungen ziehen. Bis auf Weiteres, sagte Jean, ohne sich umzudrehen. Bis auf Weiteres, bestätigte Jacques. Bis was?, fragte ich. Na bis du dich wieder fängst, sagte Jacques, bis du dein Leben wieder in den Griff bekommst. Einen Job findest, eine Frau, irgendwas, einen anständigen Grund, morgens aufzustehen. Ehrlich, ich begreife nicht, wie du es schaffst, morgens aufzustehen, mit nichts als deiner Gärtnerei vor dir. Ich habe keine Ahnung davon, ich kann Gärtnerei nicht ausstehen, aber im Winter zum Beispiel, im Winter gibt es doch im Garten nichts zu tun, oder? Nicht wirklich, jedenfalls? Überhaupt nichts? Zugegeben, es hat was, sagte Jean, der immer noch aus dem Fenster schaute. November und immer noch Farben. Während bei mir das ganze Grün braun wird, und dafür bezahlt man einen Gärtner! Und dein gepflasterter Weg da, mit der Buchsbaumhecke, das ist doch Buchsbaum, oder? Wir suchen dir eine Wohnung mit Balkon, sagte Jacques, so was haben wir bestimmt. Natürlich wird Odile den ganzen Garten auf den Kopf stellen wollen, sagte Jean und trat vom Fenster weg. Ein Hotelgarten, da gibt es gewisse Zwänge, sagte Jean. Odile hat sehr genaue Vorstellungen. Sie hat von allem ihre Vorstellung. Das Gegenteil von Jeanne, mit Jeanne hatte ich Ruhe. Manchmal frage ich mich, was mich geritten hat. Gut, gut, sagte Jacques. Manchmal bin ich jetzt müde, sagte Jean. Früher war ich nie so müde. Plötzliche Müdigkeitsanfälle. Klar, ich werde nicht jünger, aber trotzdem. Du solltest dich untersuchen lassen, schlug ich vor. Vielleicht hast du irgendeine fiese Krankheit. Was?, fragte Jean. Meinst du Krebs, irgend so einen Dreck? Nicht unbedingt, sagte ich. Es gibt andere Sachen, Hepatitis, Multiple

Sklerose oder Schilddrüsenunterfunktion, Schilddrüsenunterfunktion macht müde. Ich erinnere mich, dass du früher ein Problem mit der Schilddrüse hattest, sagte Jacques. Keine Ahnung, sagte Jean. Nein, ich glaube, Odile langweilt mich. Jeanne hat dich auch gelangweilt, sagte Jacques. Das war anders, sagte Jean und ließ sich auf das Sofa fallen. Letztendlich hätte ich vielleicht dieses Kind mit Jeanne kriegen sollen, wenn ich daran denke, dass ich sie habe abtreiben lassen. Sie hätte ja nicht zustimmen müssen, sagte Jacques. Sie hat mich geliebt, sagte Jean. Odile liebt mich nicht, Odile ist schroff und anmaßend, ich habe das Gefühl mit meinem Geschäftspartner zusammenzuleben. Hast du wirklich nichts zu essen?, fragte mich Jacques. Ich muss etwas essen, irgendwas. Oder wir gehen ins Aigle-d'Or. Das wird gerammelt voll sein, sagte Jean. Wegen der Beisetzung. Sie werden alle vom Friedhof kommen und ins Aigle-d'Or rennen. Nur dass es zugemacht hat, sagte ich. Wieso zugemacht?, fragten meine Brüder. Das Aigle-d'Or hat zugemacht? Die Alte ist gestorben, und ihre Söhne haben es nicht übernommen, sagte ich. Lamirault hatte davon gesprochen, es zu kaufen, aber sie haben ihm nicht mal die Chance gelassen, Verhandlungen aufzunehmen. Ich kann euch Spaghetti machen, schlug ich vor. Spaghetti mit was?, fragte Jacques. Mit nichts, sagte ich. Hast du wenigstens Butter?, fragte Jacques. Weil Spaghetti ohne Butter. Einverstanden?, fragte ich Jean. Ja, aber dann ganz schnell, sagte Jean und stand auf.

Wir sind wieder runter in die Küche gegangen und haben schweigend gegessen, dann sind meine Brüder wieder ins Auto gestiegen und losgefahren. Ich habe die Küche aufgeräumt und mir dabei vorgestellt, die gleichen Bewegungen in der Küche einer Wohnung zu machen, einer funktionellen Küche, mit einem Schnittlauchtopf auf dem Balkon, bin hochgegangen und habe mich auf das Sofa gelegt, aber ich habe nicht geschlafen. Am späten Nachmittag habe ich einen Spaziergang bis zum menschenleeren Friedhof gemacht, wo ich eine gute Viertelstunde gebraucht habe, um Lamiraults Grab zu finden. Ich habe mich nicht länger aufgehalten. Heute Früh habe ich in der Zeitung gelesen, dass einer seiner Hunde am Ausgang der Kirche einen Sargträger gebissen hat und dass man, weil nicht herauszufinden ist, welcher Hund es war, nun beide töten wird.

SOPHOKLES

Sie haben nicht zufällig eine ernste Phrase?, fragte mich der Mann, den ich kurz nach Mitternacht auf dem Trottoir am Fuße einer Laterne sitzen sah. Seine Sohlen standen umspült im Rinnstein, und das Futter seines Mantels war zerrissen. Es waren, das sah ich sofort, ganz gewöhnliche Schuhe und ein ganz gewöhnlicher Mantel, jedoch war er offenbar weder betrunken noch bettelte er, und wäre ich nicht stehen geblieben, hätte er mich gewiss ignoriert. Aber ich war stehen geblieben, gänzlich verirrt in dieser Stadt, außerstande, zu meinem Hotel zurückzufinden, in dem ich, wie immer in Hotels, wo ich ständig absteige – ich bin Handelsvertreter –, nur eine Nacht zu verbringen hatte, und eher erleichtert, endlich eine Gestalt in der Dunkelheit auszumachen, auch wenn sie beide Füße im Rinnstein hatte. Ich glaubte zwar, ich sei im Viertel meines Hotels, aber in welche der verlassenen Straßen ich auch abbog, alle brachten mich zu diesem Theaterplatz zurück, das Hotel blieb unauffindbar, und überdies war ich nicht mehr ganz sicher, wie es hieß. Der Weiße Schwan – vielleicht auch Der Schwarze Schwan –, so stand es auf dem Schild, das ich im Kopf hatte, aber gut möglich, dass ich es mit dem in einer anderen Stadt verwechselte.

Zunächst glaubte ich, der Mann habe mich gefragt, ob ich eine ernste *Phase* hätte, worauf ich hätte antworten können, ohne jedoch ins Detail zu gehen, ich hatte noch nie eine andere. Tatsächlich lache ich sehr wenig, nicht, dass ich es so beschlossen hätte, da aber die Dinge sind, wie sie sind, drängt sich Lachen nicht auf, und ich habe mir abgewöhnt zu lachen, was nicht so leicht wieder zu ändern ist. Natürlich zog ich in Betracht, es mit einem Übergeschnappten zu tun zu haben, aber in dem Blick, den er mir zuwarf, las ich, dass er niedergeschlagen war, wie es Übergeschnappte nur selten sind, ich stellte meinen Koffer ab und näherte mich ihm. Seit einem Jahr suche ich jetzt diese ernste Phrase, sagte er, ein Jahr da drin eingesperrt – mit dem Daumen wies er auf das Theater in seinem Rücken –, um jeden Abend ihr Gelächter und ihre Ovationen zu ertragen. Ich habe eine Frau getötet, sage ich ihnen seit einem Jahr Abend für Abend, ich habe sie auf meiner Fußmatte brutal abgestochen, und sie brechen in Lachen aus. Davor habe ich Dokumente gefälscht, dem Feind vertrauliche Informationen übermittelt, als Jugendlicher habe ich eine Fleischerei ausgeraubt, und sie halten sich den Bauch vor Lachen. Nichts darunter, was ich nicht auch tatsächlich getan hätte, versicherte er mir, ich erfinde nichts. Und da drin – er wies erneut auf das Theater – sitzen Leute, und zwar jeden Abend seit einem Jahr, die nur kommen, um mich die Liste meiner Verbrechen herunterbeten zu hören, und ich kann mich noch so schuldig bekennen, sie glucksen nur und applaudieren.

Da ich nicht recht wusste, wie ich reagieren sollte, hob ich den Kopf in Richtung Theater und stellte fest, dass der auf dem Trottoir sitzende Mann haargenau dem glich, der auf den Plakaten zu sehen war. »Ein Jahr Lachkrämpfe« stand tatsächlich in roten Lettern unter seinem finsteren Gesicht.

Der Direktor dieses Theaters, setzte der Mann wieder an, weigert sich, mich laufen zu lassen, niemals, behauptet der Direktor, sind die Geschäfte so gut gegangen, wir spielen vor ausverkauftem Haus, kein freier Klappsitz, die Kassen sind voll, und nun ordnet er auch noch an, dass man meine Garderobe renoviert, und lässt mir Fruchtgelees bringen. Beenden Sie dieses Lachen, sagt er, wenn ich mich beschwere, eine ernste Phrase, nur eine einzige, und ich setze die Vorstellung ab, ich gebe Ihnen Ihre Freiheit zurück. Also gehe ich jeden Abend mit einer ernsten Phrase auf die Bühne, überzeugt, dass sie diesmal nicht lachen werden, aber sie lachen, sie lachen, sobald ich auftauche. Ich bin nur ein kleiner, erbärmlicher Beamter, sage ich, kaum dass ich auf der Bühne stehe. Ich hatte nie den geringsten Freund. Meine Großmutter zwang mich, ihren Urin zu trinken. All das ist absolut zutreffend, versicherte mir der Mann, und soviel ich weiß, ist das nicht zum Brüllen, und dennoch tun sie eben das. Der Direktor weiß ganz genau, dass sie, was immer ich sage, eben das tun werden. Hören Sie das?, ruft er, sobald ich die Bühne verlasse, klopft mir auf die Schulter und bläst mir den Rauch seiner Zigarre ins Gesicht.

Überall heißt es, ich habe ein komisches Gesicht, sagte mir der Mann, einen komischen Hals, sogar meine Waden seien komisch.

An dem Tag, an dem ich diese Frau abgestochen habe, fuhr er fort, dachte ich, man werde mich ins Gefängnis werfen, nach aller Logik hätte man mich ins Gefängnis schicken müssen, aber stattdessen brachte man mich hierher, und kaum hob sich der Vorhang, krümmten sich alle vor Lachen. Und währenddessen, sagte er, verfault der andere, der Unschuldige, der Berufsschauspieler, an meiner Stelle im Gefängnis. Denken Sie nur, sagte er, ein einstiger Schauspieler der Comédie-Française, all meiner Verbrechen angeklagt, und der seit einem Jahr hinter Gittern seine Unschuld beteuert, wie ich seit einem Jahr auf einer Theaterbühne meine Schuld beteuere.

Jeden Abend, sagte der Mann, flehe ich sie an, nicht zu lachen, zähle ich erneut meine Missetaten auf, erreiche ich neue Gipfel des Grauens, und jeden Abend nur Gelächter und Ovationen.

Den Mann, der seit einem Jahr an meiner Stelle im Gefängnis verfault, sagte er mir, kenne ich ein bisschen, zufällig wohnten wir im selben Haus und auf derselben Etage. Ein großer Kerl, recht imposant, ein eher lauter Nachbar übrigens, immer dabei zu deklamieren oder zu intonieren, ich musste oft gegen die Wand schlagen, damit er einen Ton leiser wird. Allerdings ahnte ich nicht, dass er Schauspieler war, das erfuhr ich erst an dem Tag, als er eine Gemüsepresse borgen kam. Leider, habe ich ihm an jenem Tag gesagt, habe ich keine Gemüsepresse. Daraufhin neigte er den Kopf und schloss die Augen. Wiederholen Sie das, bat er, wiederholen Sie das im selben Ton. Leider, habe ich wiederholt, habe ich keine Gemüsepresse. Genau, sagte er und schnipste mit den Fingern, genau so muss man das sagen. Leider habe ich keine Gemüsepresse, wiederholte er seinerseits, mich nachahmend. So habe ich begriffen, sagte mir der Mann, dass er Schauspieler ist und zwar wahrscheinlich, so wie er diesen Satz mit seiner schönen, feierlichen Stimme sprach, ein Tragödienschauspieler, aber darum geht es nicht. Der Unglückliche hat nicht das geringste Verbrechen begangen und ist nun der meinen angeklagt. Mein eigener Nachbar, sagte der Mann, einer, der gewiss nie die geringste Frau abgestochen hat, wie ich selbst es getan habe, einst Ensemblemitglied der Comédie-Française, mit dem ich mehr als einmal den Fahrstuhl genommen habe oder sogar die Treppe, wenn der Fahrstuhl kaputt war, ein Mann, der seinen Cid und seinen Ruy Blas in- und auswendig kann, der mir die Tür aufhielt, wenn wir uns zufällig im Eingang begegneten, ein Mann, dessen Balkon von Grünpflanzen überquillt, nun, ich habe gesehen, wie dieser in jeder Hinsicht untadelige Mann vor meinen Augen festgenommen und direkt ins Gefängnis gebracht wurde. Ich habe ihn gesehen, festgenommen wie der letzte Lump, während meine Hände noch voll vom Blut der Frau waren, die ich gerade abgestochen hatte und die zwischen unseren beiden Fußmatten lag, wo sie zusammengebrochen war, während er, und ohne etwas zu ahnen, friedlich damit beschäftigt war, seine Balkonpflanzen zu gießen. Es hatte genügt, so erklärte mir der Mann, dass er auf dem Treppenabsatz auftauchte, wo ich gerade erst diese Frau abgestochen hatte, und schon wurde er für schuldig erklärt. Was geschieht hier? Worum handelt es sich?, hat er sich erkundigt, als er, seine Gießkanne in der Hand, der Polizei die Tür öffnete, mit, das muss ich zugeben, einem altertümlichen Dünkel, der ausreichte, den Verdacht auf ihn zu lenken, und sie haben ihn sofort umklammert. Er hatte gerade noch Zeit, seinen Sophokles zu greifen, und schon haben sie ihn abgeführt. Mich hingegen, stellen Sie sich vor, mich haben sie nur als Zeugen vorgeladen. Ich habe ihnen meine vom Blut des Opfers befleckten Hände gezeigt, aber sie haben mich einen Spaßvogel genannt und sind mit meinem gefesselten Nachbarn abgezogen. Da bin ich, sagte mir der Mann, sofort in meine Wohnung gegangen, wo meine Tatwaffe lag, um sie ihnen zu bringen, mit meinen ganz frischen Fingerabdrücken darauf. Während ich dies tat, hörte ich das Geräusch des Fahrstuhls, der auf meiner Etage hielt, also ging ich wieder hinaus und fand auf dem noch blutigen Treppenabsatz den Direktor dieses Theaters, der sich mit Zigarre im Mund an der Klingel meines Nachbarn verausgabte. Natürlich wusste ich nicht, dass es sich um den Direktor dieses Theaters handelte, sagte der Mann, ich hielt ihn für einen

Polizeikommissar. Was ist denn das hier alles für Blut?, fragte der Direktor und wies auf die Fußmatten. Das ist, antwortete ich ihm, das Blut der Frau, die ich soeben abgestochen habe. Ach so, sagte der Direktor und lachte kurz. Und welches Motiv, fragte er mich, hatten Sie, diese Frau abzustechen? Überhaupt kein Motiv, gab ich zu. Ich kannte sie nicht, kennengelernt habe ich sie, wenn man das so sagen kann, im Fahrstuhl, wohin ich sie übrigens, nachdem ich sie abgestochen hatte, auch wieder bringen wollte, um sie dann ins Untergeschoss zu schicken, wo sie der Putzmann früher oder später entdeckt hätte, aber während ich sie abstach, war der Fahrstuhl wie üblich zwischen zweiter und dritter Etage steckengeblieben. Fahren Sie fort, fahren Sie fort, verlangte der Direktor, der sehr interessiert schien. Ich dachte, sagte der Mann, endlich hört mir jemand zu, also habe ich dem Direktor erzählt, wie ich es angestellt habe, diese Frau abzustechen. Ich bin, habe ich angefangen, nur ein kleiner Beamter von der kläglichsten Art, obendrein nunmehr ein Mörder schlimmster Brut, und ich fuhr mit dem Bericht meiner Tat fort, ohne eine Einzelheit auszulassen, ich bewegte meine Hände voller Blut unter seiner Nase, und ich schlug ihm zum Abschluss sogar vor, in meine Wohnung zu kommen, um sich die Tatwaffe anzusehen. Sie erwarten sicher ein Messer, habe ich zu ihm gesagt, aber es ist keineswegs ein Messer, wie Sie gleich feststellen können. Und, sagte der Mann, ich schickte mich an, ihn hineinzuführen, als mich der Theaterdirektor mit einer Handbewegung zurückhielt. Das reicht schon, sagte er. Wunderbar, fügte er mit strahlendem Lächeln hinzu, ich stelle fest, dass Sie Ihr Repertoire erneuert haben. Und er zog an seiner Zigarre. Was Sie mir da gezeigt haben, verkündete er, ist entschieden überzeugender als das, was Sie mich gewöhnlich hören lassen, Sie haben gut daran getan, nicht auf Ihrem alten Register zu beharren. Und sogleich, erklärte mir der Mann, brachte mich der Direktor in sein Theater, wo ich seit einem Jahr jeden Abend nichts anderes tue, als vor ausgelassenem Publikum an meinen unglücklichen Nachbarn zu erinnern. Und wenn ich aus Unachtsamkeit vergesse, ihn zu erwähnen, droht ein Aufstand, versicherte mir der Mann, skandiert und trampelt der ganze Saal. Der Nachbar, der Nachbar, verlangen sie alle, und ich sehe, wie mir der Direktor aus der Kulisse Zeichen gibt, zu gehorchen. Es steht außer Zweifel, sagte der Mann, dass mich der Direktor dieses Theaters immer noch für meinen Nachbarn, den Tragöden, hält, obwohl wir uns gar nicht so ähnlich sind, aber wie könnte ich von einem Theaterdirektor annehmen, dass er einem Mörder erlaubt, jeden Tag in seinem Theater aufzutreten, und ihn aus der Kulisse ermutigt und ihn jeden Abend beglückwünscht, das tragische Fach zugunsten des komischen aufgegeben zu haben. Selbst wenn Sie ihnen das Telefonbuch aufsagten, würden sie noch lachen, behauptet der Direktor. Natürlich, sagte der Mann, weigere ich mich, das Geld anzunehmen, alles Geld, das mir der Direktor bezahlt, schicke ich ins Gefängnis, wo mein Nachbar Trübsal bläst, wenn er nicht seinen Sophokles deklamiert, wofür man ihm, nebenbei bemerkt, dort die größten Unannehmlichkeiten bereitet. Besuche sind ihm gegenwärtig verboten, also gehe ich ihn nicht besuchen, aber ich nehme mich natürlich seiner Balkonpflanzen an, viel ist das nicht, ich weiß. Ich bin nicht verrückt, sagte der Mann, glauben Sie nicht, ich sei verrückt, mir ist absolut bewusst, dass ich einfach nicht mehr ins Theater zu gehen bräuchte, damit diese Farce aufhört. Wie aber sollte ich dann die Unschuld meines Nachbarn beteuern? Mein Nachbar und ich, wir sind Opfer einer Verwechslung, die dem einen wie dem anderen das Leben unmöglich macht, ihm in seiner Zelle und mir in diesem Theater. Solange er Gefangener dieser Zelle sein wird, werde ich Gefangener dieses Theaters sein, sagt mir der Mann, er in der Tragödie, ich in der Komödie. Heute Abend, sagte er weiter, habe ich vielleicht hundert Autogramme gegeben, allesamt Geständnisse meiner Verbrechen, die sie sorgfältig in ihre Brief- oder Handtaschen gesteckt haben, ist das nicht erschreckend? Ich sage ihnen: Was Sie da in Händen halten, sind meine unterschriebenen Geständnisse, und sie lachen, wir kommen da nicht mehr raus. Keine Zeitung, die nicht mein Foto – das Foto des Täters – veröffentlicht hätte, kein Polizist, kein Richter, kein Minister, der nicht gekommen wäre, um mir in diesem Theater zu applaudieren. Und meine ehemaligen Kollegen aus der Verwaltung, alle sitzen sie in der ersten Reihe und lachen als Erste. Wir haben dich verkannt, sagen sie, was für ein Komiker-Talent. Und dabei war ich – bin ich – ein langweiliger Mensch, versicherte mir der Mann, das unscheinbarste aller Individuen, heimgesucht von Verzweiflungsanfällen, das können Sie sich gar nicht vorstellen. Ich habe diese Frau aus Verzweiflung abgestochen, und schon werde ich zum nationalen Komiker befördert und mit Ehren überhäuft, ich, der nie den kleinsten Scherz gemacht, noch die geringste witzige Geschichte behalten hat. Ich bin einfach nur in die Verwaltung eingetreten, weil man mich bei der Armee nicht wollte, nicht mal bei der Polizei. Einmal in der Verwaltung, sagte er mir, war ich darauf bedacht, dass man mich vergisst, ich habe keine Stufe erklommen, bin in der Masse der Beamten untergegangen. Niemand hat die Unterschlagungen vermutet, die ich in der Folge von meinem kleinen Büro aus betrieben habe, mit Ach und Krach hat man überhaupt bemerkt, dass ich in diesem kleinen Büro saß, von dem aus ich, stets über meine Buchführung gebeugt, neben anderen Unredlichkeiten ernsthaft die nationale Sicherheit gefährdet habe. Ein gewissenhafter Beamter, ein methodischer, kleinkrämerischer Gehilfe, eine unbedeutende Persönlichkeit, dafür hielten sie mich alle, keiner, der an meinem Büro stehen geblieben wäre, keiner, der mir im Vorübergehen gewunken hätte, und da sind sie nun und drängeln sich wie die Wilden an den Türen dieses Theaters.

Sie müssen wissen, fuhr der Mann fort, dass ich meinem Nachbarn in den ersten sechs Monaten seiner Haft täglich geschrieben und ihn gebeten habe, mir so viele Informationen über seine Person wie möglich zu geben, mit denen ich vor aller Welt ein höchst erschütterndes Porträt zu zeichnen beabsichtigte. Kein Aspekt von ihm, über den ich ihn nicht befragt hätte. Obwohl er mir in der Anfangszeit, und zwar in deutlichsten Worten, geantwortet hat, ich solle mich zum Teufel scheren, was man versteht, hat er sich gleichwohl am Ende, von meiner Beharrlichkeit besiegt, zu gewissen Geständnissen hinreißen lassen, die einem die Tränen in die Augen treiben können. Das Leben der Theaterschauspieler und ganz besonders derjenigen, die sich auf die antike Tragödie spezialisiert haben und namentlich auf Sophokles, wie mein unglücklicher Nachbar, ist in der Tat ein wahrer Kreuzweg, wie ich bei der Lektüre seiner an mich gerichteten Briefe entdeckt habe. Sophokles gilt nichts mehr, schreibt er mir aus seiner Zelle, die Leute fliehen Sophokles wie die Pest, und Theaterdirektoren fliehen ihn ebenfalls wie die Pest, dennoch hält er Sophokles absolute Treue, in der gesamten Geschichte des Theaters gibt es, schreibt er mir, keinen größeren Bühnenautor. Sie können sich denken, dass ich, einfacher Beamter und mieser Mörder, der ich bin, das nicht beurteilen kann, sagte mir der Mann. Nie hatte ich, vor meinem Verbrechen, den Fuß in ein Theater gesetzt, ich wäre nicht einmal auf die Idee gekommen. Und jetzt stehe ich dort allabendlich seit einem Jahr und auch noch im Scheinwerferlicht und verteidige die Sache meines Nachbarn, der in seinem Kerker buchstäblich zugrunde geht. Von seinen Haftbedingungen liest man mit Kummer, sagte mir der Mann, gleichwohl, fügte er hinzu, ist er jetzt ein echter Star, immerhin ist er der wahre Star meiner Auftritte. Ohne den kleinsten Monolog gesprochen, ohne das geringste Bühnenspiel erarbeitet zu haben, schrieb ich ihm, sind Sie jetzt berühmt. Sie sind *der Nachbar*, Sie sind es, nach dem sie lauthals verlangen. Nichts über Sie ist ihnen noch verborgen. Über Ihre Kindheit, Ihre Wehwehchen, Ihre mageren Erfolge, Ihre enttäuschten Ambitionen und mehr als alles andere über Ihre glühende Verehrung für Sophokles, über Ihre Manie für Sophokles, sie wissen absolut alles, ich habe ihnen alles gesagt. Übrigens hat Sophokles sich noch nie so gut verkauft, wie ich vom Theaterdirektor erfahren habe, der diese Information vom Buchhändler der Stadt hat. Von Ihrer Zelle aus, habe ich meinem Nachbarn geschrieben, haben Sie, ohne auch nur einen Finger zu rühren, Sophokles aus dem Nichts geholt, in das er gestürzt war, in der ganzen Stadt und darüber hinaus kein Nachttisch, kein Teetisch, auf dem er jetzt noch fehlt. Der Buchhändler hört gar nicht mehr auf, Sophokles einzupacken. Das ist doch immerhin etwas, sagt mir der Mann, ich hoffe, dass mein Nachbar sich dessen bewusst ist. Ich hoffe, dass er, falls er nie mehr freigelassen wird – und angesichts eines so grausamen Verbrechens hat man allen Grund zu dieser Annahme –, zumindest die Freude genießen kann, sich nicht vergeblich mit diesem Sophokles abgemüht zu haben, mit dem er mir wieder und wieder in den Ohren lag, von dem Tag an, da er sich besagte Gemüsepresse lieh. Nach dem, was ich an jenem Tag feststellte, besteht keinerlei Zweifel, dass die Berühmtheit, die er heute in der ganzen Stadt und darüber hinaus genießt, sein schauspielerisches Talent und die verstiegenen Hoffnungen, die er auf seine Kunst hat setzen können, weit übersteigt. So fällt Abend für Abend mir die anstrengende Pflicht zu, auf die Bühne zu treten, bemerkte der Mann, und dort das Gelächter und die Ovationen zu ertragen, während er, der nur auf seinem Strohsack rumliegt, die ganze Sympathie des Publikums abbekommt und den Ruhm, zu dem er ohne mein Zutun sicherlich nie gelangt wäre. Warum haben Sie diese Frau nicht selbst abgestochen?, habe ich ihm in sein Gefängnis geschrieben, schließlich kam sie ja zu Ihnen hoch, es war schließlich der

Knopf für die siebte Etage, den sie mich zu drücken bat. Hätte sie mich gebeten, den Knopf einer Etage darunter zu drücken, hätte ich sie nicht abgestochen, und es wäre mit uns nicht so weit gekommen. Während ich sie abstach, habe ich meinem Nachbarn geschrieben, haben Sie gerade Ihre Balkonpflanzen gegossen, denen es, nebenbei bemerkt, trotz der Pflege, die ich ihnen angedeihen lasse, nicht mehr so gut geht. Indem ich die Frau abstach, habe ich Sophokles wieder zum Leben erweckt, verkündete mir der Mann, Sophokles wäre immer noch in der Versenkung, wenn ich die Frau nicht abgestochen hätte, und glauben Sie mir, es war gar nicht so einfach, Sophokles aus seinem Loch zu holen. Keinesfalls, sagte mir der Mann und erhob sich vom Trottoir, war auf meinen Nachbarn zu zählen, um eine solche Großtat zu vollbringen, so wie er sich anstellte. Sophokles stand nicht gerade im Begriff, wieder aus der Versenkung aufzutauchen, das ist nicht zu leugnen. Aber wie kommt es, fragte er mich, nachdem er sich erhoben hatte und als bemerke er jetzt erst meine Anwesenheit, dass Sie zu dieser Uhrzeit und wenn schon alles zu hat, noch nicht im Bett liegen, sollten Sie wie ich an Schlaflosigkeit leiden? Ich antwortete, so sei es tatsächlich, dass ich mir aber trotzdem nichts lieber wünschte, als im Bett zu liegen, wenn ich denn mein Hotel zu fassen bekäme, das Hotel zum Weißen Schwan, präzisierte ich, wenn es denn existiert. Selbstverständlich existiert es, sagte er mir, keine zwei Schritte von hier entfernt, ich kann Sie sogar hinführen. Es ist nicht das beste Hotel der Stadt, fügte er hinzu, wir haben angenehmere. Ich erklärte, dass ich dort nur eine Nacht zu verbringen hätte, bevor ich bei Tagesanbruch wieder einen Zug nehmen würde, griff nach meinem Koffer, und wir machten uns auf den Weg. Sind Sie auch sicher, fragte mich der Mann, dass Sie im Weißen Schwan erwartet werden? Denn wenn das der Fall ist, sollten wir jetzt nach links abbiegen. Würden Sie hingegen im Schwarzen Schwan erwartet, so müssten wir den Weg nach rechts nehmen. Ach, sagte ich, sicher weiß ich gar nichts mehr. Die Inhaber des Weißen Schwans und die des Schwarzen Schwans sind, sagte mir der Mann, erklärte Feinde, ihr Zwist, der seit Generationen andauert, ist fürchterlich. Wenn Sie im Weißen Schwan auftauchen, obwohl Sie im Schwarzen Schwan reserviert haben, gebe ich keinen Pfifferling mehr auf Sie, machen Sie sich auf eine schreckliche Nacht gefasst. Also? Rechts oder links? Nun ja, sagte ich, ich habe nicht die geringste

Ahnung. Wobei, fuhr er fort, wenn Sie etwa hundert Meter weiter geradeaus gehen, kommen Sie zu mir, wo ich Sie ohne Schwierigkeiten zum Schlafen dabehalten könnte, zumindest in der angrenzenden Wohnung, der meines Nachbarn, die ein wenig geräumiger als meine und mit einem Schlafsofa ausgestattet ist, präzisierte er. Meine erste Reaktion bestand darin, rundheraus abzulehnen. Meine Nächte sind nicht berühmt, und Schlafsofas, welcher Ausklappmechanik sie auch gehorchen, stürzen mich in unerklärliche Melancholie, gleichwohl bestand er darauf, und ich willigte ein, und wir erreichten, direkt hinter einer Tankstelle, ein modernes Wohngebäude. Als wir in der siebten Etage ankamen, galt mein erster Blick den beiden Fußmatten, auf denen ich beinahe erwartete, Blutspuren zu finden, aber natürlich sah ich nichts Derartiges, sie schienen eher neu, und eine von ihnen war mit ineinander verschlungenen Initialen versehen. Mein Gastgeber zog ein Schlüsselbund aus der Tasche und ließ mich, nachdem er die Schuhe ausgezogen hatte, die er auf der Fußmatte mit Initialen abstellte, bei seinem Nachbarn ein, in einen quadratischen Raum, von dem man hätte meinen können, sein Bewohner sei gerade erst gegangen. Auf einem Tisch stand neben einer angebrochenen Packung Schokolade und einem beim Buchstaben F aufgeschlagenen Wörterbuch eine halbvolle Tasse mit einer bräunlichen Flüssigkeit und einem halben Zuckerstück auf der Untertasse. Auf den Sofakissen war noch der Abdruck desjenigen zu erkennen, der dort gesessen hatte, und nur einer der Vorhänge war vor einer Fensterfront zur Seite geschoben und ließ einen schmalen Balkon erkennen, der in der Tat vollgestopft mit Grünpflanzen war. Ich habe nichts verändert, sagte mein Gastgeber, alles ist genau so, wie mein Nachbar es an dem Tag hinterlassen hat, an dem man ihn eingelocht hat. Woraufhin er eine Tür öffnete, dann eine andere, Badezimmer, Toilette, erklärte er. Das Schlafzimmer zeige ich Ihnen nicht, das Beste wäre, Sie schliefen da, schlug er vor und deutete auf das Sofa. Dann ging er zum Balkon, schob die Glastür auf, betätigte einen Schalter und der Balkon wurde hell. Nicht schlecht, was?, sagte er mit einem Anflug von Stolz in der Stimme. Ich näherte mich den Pflanzen. Ich interessiere mich jetzt schon seit geraumer Zeit nicht mehr für Pflanzen, sofern ich mich je für sie interessiert hätte, aber da ich in der Vergangenheit ein neu auf dem Markt befindliches kanadisches Fungizid zu vertreiben hatte, kenne ich mich ein bisschen aus, und ein einfacher Blick genügte mir, zu erkennen, dass fast alle Pflanzen, die dort zusammengepfercht standen, auf dem besten Weg waren, abzusterben. Aber Sie gießen sie viel zu viel, sagte ich unwillkürlich. Einmal am Tag, antwortete mein Gastgeber, einmal am Tag seit einem Jahr, bevor ich ins Theater aufbreche. Nun, das ist ein Fehler, sagte ich, vor allem zu dieser Jahreszeit, alles wird eingehen. Und da sind Sorten, die hätten umgetopft werden müssen. In einer Ecke des Balkons bemerkte ich ein paar leere Töpfe und einen Sack Blumenerde. Was Ihr Nachbar sicherlich vorhatte, bemerkte ich. Das ist gut möglich, erwiderte mein Gastgeber, aber er hat mir nichts davon gesagt, ich habe von ihm diesbezüglich nicht die geringste Anweisung erhalten. Und ich bin schließlich kein Gärtner, fügte er hinzu, es ist schon ein Glück, dass ich überhaupt gieße. Plötzlich sah er völlig teilnahmslos aus, sein Gesicht war finster, und ich sah das Gesicht der Theaterplakate wieder vor mir, die ein Jahr Lachkrämpfe verkündeten. Gut, sagte er, ich gehe jetzt, wir sehen uns dann morgen Früh, er machte das Licht auf dem Balkon aus und verließ die Wohnung. Ich legte mich sofort auf das Sofa, und als der Tag anbrach, betrat ich den Balkon, sah mir zwei, drei Blätter an, aber da war nicht mehr viel zu machen, daher nahm ich meinen Koffer, schloss die Tür hinter mir und begab mich zum Bahnhof.

DAS BLINKLICHT

Die Frau redete als Erste. Wir sind gekommen, um dich aus dem Nichts zu holen, sagte sie. Um Sie aus dem Nichts zu holen. Ich sieze es lieber, flüsterte sie, solange es nicht existiert. Wir haben dreißig Minuten Zeit, Sie zu überzeugen, Ihre Zwischenwelt zu verlassen, sagte der Mann. In dreißig Minuten wird uns die Person von der Agentur aus dem Raum schicken. Dann müssen Sie entscheiden. Dreißig Minuten, sagte die Frau, vorausgesetzt, dieses Blinklicht hört nicht auf zu blinken. Es ist merkwürdig, mit diesem Blinklicht zu sprechen. Du musst es ja nicht anstarren, sagte der Mann. Das ist nur ein Gegenstand. Außerdem sieht es uns sowieso nicht, es empfängt nur unsere Stimmen. Trotzdem, sagte die Frau, ich behalte das Ding lieber im Auge. Für den Fall, dass es aufhört zu blinken, damit wir nicht ins Leere reden wie letztes Mal. Wir sind nicht gekommen, um Sie zu bestechen, sagte der Mann. Damit das klar ist. Es steht Ihnen frei, uns abzulehnen. Das Beste wäre allerdings, wenn Sie uns bis zum Ende anhörten. Das wäre in der Tat das Mindeste, sagte die Frau. Nach allem, was wir unternommen haben. Als Erstes: Jacques und mir fehlt es an nichts, Ihnen würde es also an nichts fehlen. Selbst nach unserem Tod könnten Sie durchaus angenehm leben. Ohne zu arbeiten, präzisierte Jacques. Das Geld würde für Sie arbeiten. Für uns ist das neu, ergänzte die Frau, wir sind Neureiche, wir hatten nicht mit so einer Summe, mit dieser Erbschaft gerechnet. Eine Großtante, sagte Jacques, eine entfernte Verwandte, gestorben mit einhundertdrei. Sie hat alle ihre Erben begraben, hat sogar selbst einige ihrer Erben beerbt, zwei Homosexuelle ohne Nachkommen. Eine sehr entfernte Verwandte, völlig unbekannt, fügte die Frau eilig hinzu, die Homosexualität hat nichts damit zu tun, sagte sie, ich weiß überhaupt nicht, warum du davon redest. Natürlich haben wir nichts gegen Homosexualität, Sie könnten sich durchaus als homosexuell erweisen, das würde uns nicht im Geringsten stören. Schlimmstenfalls würden wir Sie beerben, scherzte Jacques. Gut, sagte die Frau. All das nur, um zu sagen, dass Sie für immer vor materiellen Sorgen bewahrt wären. In dem Nichts, wo Sie noch sind, wissen Sie das natürlich nicht, aber man gewinnt enorm viel Lebenszeit, wenn man sich um diesen Aspekt der Dinge nicht kümmern muss, es ist viel einfacher, es zu etwas zu bringen, wobei Sie es gar nicht zu etwas bringen müssten, absolut nicht, dass Sie existieren würde schon reichen, um uns glücklich zu machen. Als unser Sohn, fügte Jacques hinzu, meine Frau und ich wollen einen Sohn. Ich heiße Jacques Corneille, sagte er, meine Frau und ich sind die Corneilles, nicht verwandt mit dem berühmten Pierre, das ist eine Frage, die man Ihnen oft stellen wird, ich gebe zu, es ist kein Allerweltsname, aber die Schreibung ist eindeutig, wenigstens werden Sie ihn nie buchstabieren müssen. Wir wohnen in Paris. Die Person von der Agentur hat Sie sicher darüber informiert, Paris, das wollten Sie doch, nicht wahr? Sonst würde er uns nicht mal zuhören, also wirklich, sagte die Frau. Paris also, fuhr Jacques fort, achtes Arrondissement, nur ein Katzensprung von den Champs-Élysées entfernt, einem breiten Boulevard voller Kinos. Als Teenager können Sie zu Fuß ins Kino gehen. Wir selbst gehen recht selten, wir sehen lieber fern, wir lieben unsere Wohnung sehr. Eine Wohnung mit Terrasse, präzisierte die Frau. Das ist recht selten in diesem Viertel. Auf unserer Terrasse steht eine Hollywoodschaukel, wir schätzen diese Hollywoodschaukel sehr, in Sommernächten schaukeln wir und beobachten die Sterne. Wir rauchen beide nicht. Wir sind nicht jähzornig. Ich weiß nicht, warum ich das sage, sagte die Frau. Wegen deines Vaters vermutlich, sagte Jacques. Meine Frau will sagen, dass Sie uns nicht fürchten müssen, so manche Kindheit ist nämlich ein wahres Martyrium, so war es bei ihr, deshalb versprechen wir Ihnen eine ruhige Kindheit. Die Tatsache, dass wir uns an die Agentur gewandt haben, fuhr die Frau fort, ist in gewisser Weise die Garantie dafür. Alle diese Leute, sagte Jacques, die Kinder zeugen, ohne sie nach ihrer Meinung zu fragen. Ohne dass die Kinder die geringste Vorstellung von der Familie haben, in der sie landen. Dank der Agenturgründung hat dieser Skandal hoffentlich ein Ende. Unser Dossier ist solide wie Beton, sagte die Frau. Es gibt für Sie keinen Grund, uns abzulehnen. Beruhige dich, sagte Jacques. Beruhige dich. Die Kontrolllampe blinkt immer noch, der Beweis, dass er uns zuhört. Verzeihen Sie meiner Frau, sagte er. Es ist das dritte Mal, dass wir uns vorstellen, um ehrlich zu sein. Ohne Erfolg. Sie sehen, wir verheimlichen nichts. Nichts, bekräftigte die Frau. Nicht die kleinste Kleinigkeit. Aber ich würde es nicht ertragen, wenn diese Kontrolllampe noch einmal aufhört zu blinken. Ich würde es nicht ertragen. Mein Uterus ist großartig, sagte sie. Wirklich großartig, bestätigte Jacques. Sie würden darin herumplanschen wie ein Pascha. Ich habe alle Untersuchungen gemacht, sagte die Frau, alle Tests bestanden, nichts spricht dagegen, die Ärzte der Agentur ließen keinen Zweifel. Sie würden in einer Privatklinik zur Welt kommen, natürlich nicht im Krankenhaus, im Krankenhaus reanimieren sie um jeden Preis, egal, ob das Kind missgebildet ist oder ihm ein Organ fehlt, sie halten es am Leben, halten wie besessen an seinem Leben fest, im Namen ihrer entsetzlichen Krankenhausarztethik. Was erzählst du da, sagte Jacques. Ist doch wahr, sagte die Frau, machen wir uns nichts vor. Privatärzte sind wesentlich entgegenkommender. Sei still, sagte Jacques. Ich liebe die Jagd. Ich jage Wildschweine. Ich heiße das nicht gut, sagte die Frau. Ich betreibe Drückjagd, diese Methode ängstigt das Tier am wenigsten, sagte Jacques. Das Tier ist uns völlig egal, sagte die Frau. Dieses Mistvieh. Ein intelligentes Wild, sagte Jacques. Danach essen sie die Innereien, sagte die Frau. Damit ist Schluss, ich begleite ihn nicht mehr. Auf deine Jagd musst du dann sowieso verzichten. Wir zwei werden ihn schon dazu bringen, drauf zu verzichten. Wo es bei uns doch so viele schöne Parks gibt. Den Luxembourg, die Tuilerien, zivilisierte Natur, keine Gefahr, dort dem kleinsten Wildschwein zu begegnen. In Sachen Erziehung haben wir keine vorgefassten Ansichten, sagte Jacques. Allerdings ist meine Frau in gewissen Punkten recht streng. Vor allem bei der Hygiene. Oh, übertreib nicht, sagte die Frau. Du übertreibst. Das ist eine positive Eigenschaft, sagte Jacques, ich sage gar nichts dagegen. Du schätzt die Reinlichkeit. Die Betten, die Waschbecken. Die Toiletten, du vergisst die Toiletten, sagte die Frau. Die Toiletten, natürlich, sagte Jacques. Wer will schon schmutzige Toiletten?, sagte die Frau. Mir graut vor der Entbindung, ich denke, ich werde mich für eine PDA entscheiden. Allerdings können sie einen auch ganz einschläfern, sie haben alles griffbereit, um einen einzuschläfern, für den Fall, dass. Für den Fall, dass was?, fragte Jacques. Hör doch auf, dir Sorgen zu machen, ich bin doch da, ich werde dabei sein, bestimmt nicht im Flur, bestimmt nicht im Klinikflur auf und ab gehen, darauf bestehe ich, ich lege Wert darauf, anwesend zu sein, von der ersten Sekunde an, da Sie auftauchen, da Ihr Kopf auftaucht. Oder seine Füße, sagte die Frau, wenn es eine Steißgeburt ist. Wenn er mit dem Steiß zuerst herauskommt, entsetzlich. Wir haben einige Freunde, sagte Jacques. Nette Leute. Sie schätzen unsere Terrasse, sagte die Frau, unsere Hollywoodschaukel. Ein Traum, diese Terrasse. Da wären die Studenmeyers, sagte Jacques, Paul Studenmeyer ist ein großes Tier in der Industrie. Ebenfalls Jäger. Seine Frau hat einen exquisiten Geschmack, sagte die Frau. Ihr Haus ist eine Pracht. Die Studenmeyers sind die ältesten unserer neuen Freunde, lange Zeit hatten wir keine Freunde. All die mageren Jahre haben wir ohne Freunde durchgestanden. Wir haben auch die Gentils, sagte Jacques, leider verstehen sie sich nur sehr mäßig mit den Studenmeyers. Jedenfalls die Frauen. Jacqueline Studenmeyer hat ihr loses Mundwerk. Élisabeth Gentil trinkt zu viel, am späten Abend neigt sie zu Entgleisungen. Und schließlich die Franks. Die Franks sind unproblematisch, sagte die Frau. Ich habe auch eine Zwillingsschwester, sie lebt in Toulouse, Toulouse ist eine Provinzstadt, eine Stadt im Süden, aber wir werden nicht hinfahren, ich verkehre nicht mehr mit meiner Schwester. Sie lehnt unser Geld ab, sagte Jacques, meine Schwägerin lehnt das Geld ihrer eigenen Schwester ab. Sie hat immer alles von mir abgelehnt, sagte die Frau. Sie nagt sprichwörtlich am Hungertuch und lehnt kategorisch jeden Cent von uns ab, sagte Jacques. Ohne sich auch nur zur geringsten Erklärung herabzulassen. Sie ist ein Miststück, sagte die Frau. Sie würden Gabriel heißen, Gabriel Corneille, wie der Engel Gabriel. Der Erzengel, korrigierte Jacques. Aber Sie müssen wissen, dass wir nicht gläubig sind. In religiöser Hinsicht …

Das gilt vielleicht für dich, sagte die Frau. Ich bete durchaus manchmal. Manchmal gehe ich in eine Kirche und weine. Ich meine bete. Meine Frau denkt sich den lieben langen Tag alle möglichen Wünsche aus. Der Himmel gebe dies, der Himmel gebe jenes. Natürlich würden Sie ein Minimum an religiöser Erziehung erhalten. Zumindest den kulturellen Aspekt der Dinge würde man Ihnen vermitteln, einen Überblick. Sie würden lernen, dass die Religion heutzutage Probleme verursacht, Sicherheitsprobleme vor allem. Religiöser Fanatismus, wissen Sie … Man ist nirgends mehr sicher, sagte die Frau. Die ganze Welt wird zum Pulverfass. So schlimm, dass ich mich frage, ob ein Kind. Dramatisier nicht, sagte Jacques. Du beunruhigst ihn noch. Wir werden da sein, um ihn zu beschützen, wir sind durchaus dazu in der Lage. Absolut, sagte die Frau. Wir haben das Geld. Ich habe weniger Angst, seit wir dieses Geld haben. Das Geld ist mit Sicherheit ein Schutz. Ich lasse mir alles nach Hause liefern, ich setze keinen Fuß mehr in die Metro, nicht mal in den Autobus, wir besuchen sichere Orte, überwachte Orte. Aber diese Beklemmung jetzt. Ein Lächeln von Ihnen, das fehlt meiner Frau, sagte Jacques. Ihre Hand in ihrer zu spüren, zu sehen, wie Sie angetappelt kommen, einen Kuss verlangen oder einen Keks, was weiß ich. Ich muss mich beschäftigen, sagte die Frau, ich suche eine Beschäftigung, die mich von meiner Beklemmung befreit. Ich habe immer gearbeitet, ich liebte meine Arbeit, ich bedaure, dass ich sie aufgegeben habe, diese Kündigung war ein Fehler. Du warst überfordert, sagte Jacques, wie kannst du das vergessen, du kamst erschöpft nach Hause, dein Chef, die öffentlichen Verkehrsmittel, die Klimaanlage, du hast die Klimaanlage nicht ertragen, auch nicht die Fahrstühle, meine Frau arbeitete in der dreiunddreißigsten Etage, im Fahrstuhl wurde ihr übel. Als wir geerbt haben, am Tag, als uns der Notar angerufen hat, hast du gesagt, dass du nie mehr einen Kopierer anrühren willst, das war das Erste, was du gesagt hast, nachdem du aufgelegt hattest. Du hast gesagt, du würdest gern den Kopierer gegen ein Kind tauschen, auf diese bezaubernde, rührende Art gabst du mir zu verstehen, dass wir ein Kind haben sollten. Stimmt, gab die Frau zu, das habe ich gesagt. Sie hat es allen verkündet, sagte Jacques, all unseren Freunden, keiner hat Kinder, sie fanden die Idee wunderbar. Ganz und gar nicht, sagte die Frau. Jacqueline Studenmeyer findet es rundheraus bescheuert, wenn du es genau wissen willst. Wir haben nicht vor, ein anderes

Kind außer Ihnen zu bekommen, sagte Jacques. Wir haben uns für ein Einzelkind entschieden, dafür, ein einziges, einzelnes Kind zu hegen und zu pflegen. Sie würden keine Geschwister haben, wir würden uns ausschließlich Ihnen widmen, Gabriel Corneille, Sie würden Ihren Platz als Einzelkind behalten, Sie müssten unsere Zuneigung mit niemandem teilen. Sie müssen zwingend ein Junge sein, sagte die Frau, ich möchte kein Mädchen, mit einem Mädchen könnte ich nicht umgehen. Jungen vergöttern ihre Mutter, sagte Jacques, ich persönlich habe meine Mutter sehr geliebt. Sie dich aber nicht, sagte die Frau, red dir nichts ein, sie konnte nichts mit dir anfangen. Du hast buchstäblich um ihre Liebe gebettelt. Diese Frau hat ihren Sohn vernachlässigt, hat ihn schon in der Wiege für ihre unzähligen Liebhaber verlassen, sie hat sich absolut schamlos verhalten, wie eine Nutte, genau, das kann man wohl sagen. Trotzdem hast du ihr ein skandalös teures Grab bezahlt, du musstest diesen Haufen Geld für die Beisetzung ausgeben, und wo waren sie da, ihre ganzen Liebhaber, bestimmt nicht auf dem Friedhof, ich habe noch nie einen so erbärmlichen Leichenzug gesehen. Meine Mutter hatte den Kopf verloren, als sie starb, sagte Jacques. Er will damit sagen, dass sie wirklich den Kopf verloren hatte, sagte die Frau. Ihr Kopf war verschwunden, man hat sie ohne begraben. Ohne ihren Kopf, der in die Gosse gerollt war. In den Abgrund, korrigierte Jacques. Meine Mutter hatte einen Autounfall auf einer Alpenstraße, einen entsetzlichen Unfall. Man hat ihren Kopf nicht mehr bergen können. Bestimmt nicht, weil man zu wenig gesucht hätte, sagte die Frau. Kannst du mir sagen, was sie in den Alpen wollte? Unfähig, Ski zu fahren, fett wie sie war. Füllig, sagte Jacques. Eine schöne Frau. Noch so eine Reise, deren gesamte Kosten wir übernommen haben, sagte die Frau, und das Ganze nur, damit sie mit dem erstbesten Skilehrer rumvögelt, diese Schlampe von Mutter. Ich habe meine Frau auf der Stadtautobahn kennengelernt, sagte Jacques, sie hatte eine Panne, ich habe sie abgeschleppt. Damals arbeitete ich im Bauwesen. Ich hatte mein Unternehmen, Flash Béton, ich war auf Beton spezialisiert, Abriss von Beton, ausschließlich Abriss. Bei Beton denkt man an Bau, selten an Abriss. Scheibensägen, Seilsägen, Abbruchscheren, Kernbohrung, hydraulische Sprengung, alles Mögliche, sagte die Frau, nur schonende Methoden. Das sind die technischen Begriffe, präzisierte Jacques, sie standen auf meinem Lieferwagen. Jahrelang sind wir in diesem Lieferwagen durch die Gegend gefahren, sagte die Frau, mit der Telefonnummer von Flash Béton, die jeder lesen konnte, 01 34 57 57 00, keine Chance, die je zu vergessen. Leute riefen mich an, sagte Jacques, Privatpersonen, die um Erklärung baten, vor allem wegen der Kernbohrung. Natürlich, da denkt ja jeder an Atomkerne, sagte die Frau. Aber nerv ihn doch nicht damit, das ist längst vorbei. Heute fahren wir Audi, unser Freund Gilbert Frank ist Audihändler für die Region Nord-Pas-de-Calais. Sie sollen auch wissen, dass wir uns nicht scheiden lassen, sagte Jacques. Keine Gefahr, dass wir uns jetzt scheiden lassen, inzwischen haben wir das Kap der Scheidung umschifft. Wir sind im Begriff, ein Landgut im Elsass zu erwerben. Meine Frau hat dort ihre Kindheit verbracht. Großer Wildschweinbestand. Vergiss das Elsass, sagte die Frau. Wieso denn das, fragte Jacques. Ich will kein Elsass mehr, sagte die Frau, ich will vom Elsass nichts mehr hören. Das Elsass ist eine widerliche Kloake, die Elsässer sind brutal, zurückgeblieben und absolut deprimierend, die elsässischen Wildschweine sind scheußliche Viecher. Aber wir waren uns doch einig, sagte Jacques. Mit dem Elsass. Ich hab's mir halt anders überlegt, sagte die Frau. Wann, fragte Jacques. Eben, sagte die

Frau. Auf einmal seh ich glasklar, was du vorhast. Ich sehe genau, dass du deine Tage damit verbringen willst, mit diesem Idioten Paul Studenmeyer zu jagen, tagelang im Wald zu verschwinden, nach der Spur deiner Wildschweine zu schnüffeln und mich mit dem Kind in diesem Haus sitzenzulassen. Ich habe schon eine Anzahlung auf das Haus geleistet, sagte Jacques. Wir pfeifen auf die Anzahlung, sagte die Frau. Ständig muss man dich daran erinnern, dass wir reich sind. Er kann sich einfach nicht an den Gedanken gewöhnen, man könnte meinen, er sehnt sich nach seinem Lieferwagen und seinem Beton zurück, nach der Zeit ohne Freunde, ohne Terrasse, ohne alles. Wir waren nicht zu bedauern, sagte Jacques. Du hast oft vor dich hin geträllert, du warst nicht so verbittert. Jetzt bin ich also verbittert, sagte die Frau. Du hast vor, mich in diesem Haus mitten im Wald einzusperren, als einzige Zerstreuung ein Kind und das Geschwätz von Jacqueline Studenmeyer, dieser dummen Gans Jacqueline Studenmeyer, die ihre Zeit damit verbringt, mich in ihren Einrichtungstipps und ihren Kochtipps und obendrein in ihrer feuchten Aussprache zu ertränken, bei ihrem Geschwätz könnte ich zur Mörderin werden, und da willst du, dass ich singe! Beruhige dich doch, sagte

Jacques. Ich weiß nicht mal, wie wir darauf gekommen sind, ein Haus in diesem elsässischen Loch zu suchen, sagte die Frau, wo ich dort meine ganze Kindheit über die Hölle erlebt habe. Das ist schlichtweg unbegreiflich. Du selbst hast es vorgeschlagen, sagte Jacques, das war deine Idee, nicht meine. Du hast gesagt, du würdest erhobenen Hauptes, mit einem Kind im Arm dorthin zurückkehren, alle könnten sehen, was aus dir geworden ist und so weiter. Unvorstellbar, sagte die Frau. Unvorstellbar ist nur, sagte Jacques, wenn du mich fragst, dass diese Kontrolllampe immer noch blinkt. Man könnte meinen, du machst es mit Absicht. Ich mache was mit Absicht?, sagte die Frau. Oder es ist ein technisches Problem, sagte Jacques, womöglich hört er uns schon seit einer Ewigkeit nicht mehr zu und ist seelenruhig in sein Nichts zurückgekehrt. Dann soll er halt da bleiben, in seinem Nichts, sagte die Frau. Wenn wir ihm nicht gut genug sind. Seit einer halben Stunde sitzen wir in diesem fensterlosen Raum auf grauenvoll unbequemen Stühlen – erzähl mir nicht, dass du gut sitzt, streit bloß nicht ab, dass sie uns wenigstens Sessel hätten hinstellen können –, um ihm unser Zeug aufzuschwatzen. Die Agentur hat uns die ganzen Tests machen lassen, die endlosen

Fragebögen ausfüllen lassen, wir mussten die peinlichsten, indiskretesten Fragen beantworten, wir haben uns von vorn und hinten untersuchen lassen, sie haben uns ihre Sonden und ihre Finger überall reingesteckt, in den Mund, ins Rektum, mir in die Vagina, sie haben unsere Haut gekniffen und in alle Richtungen gezerrt, alle Körperöffnungen erforscht, uns keine Demütigung erspart, und das alles, damit wir Anrecht darauf haben, uns dem Urteil eines Winzlings zu unterwerfen. Und wir haben ein Vermögen dafür bezahlt, letztendlich ohne jede Garantie. Denn was wissen wir überhaupt von ihm? Von dem, was wir mit ihm durchmachen werden? Nichts. Darüber hat man uns nicht die geringste Auskunft erteilt. Das ist das Prinzip, sagte Jacques. So steht's im Vertrag. Vielleicht lassen wir uns hier gerade mächtig übers Ohr hauen, sagte die Frau. Jacqueline Studenmeyer hatte wahrscheinlich recht. Toll, dass dir das gerade jetzt einfällt, sagte Jacques. Zweimal lehnt man uns ab, sagte die Frau, zweimal stehen wir am Ende wie Idioten da, vor der erloschenen Kontrolllampe, und diese Humanoidenstimme trichtert uns ein, wir sollen nach Hause gehen und auf die nächste Vorladung warten, so eine Beleidigung, ich kann es einfach nicht fassen. Nein, was ich jetzt gern hätte, ist ein Haus an der Côte d'Azur. Wir vergessen das Elsass, fertig, und kaufen an der Côte d'Azur. Jetzt wirst du mir damit kommen, dass du die Hitze nicht erträgst. Aber für den Kleinen ist die Côte d'Azur tausendmal besser als das Elsass. Im Elsass wird er bestenfalls depressiv werden, schlimmstenfalls zu einem Psychopathen wie mein Vater. Wenn ich du wäre, würde ich deinen Vater besser nicht erwähnen, sagte Jacques. Die Person von der Agentur hat freundlicherweise über diesen Punkt hinweggesehen, das war schon unerwartet. Da, wo dieses Monster jetzt ist, sagte die Frau, und nachdem, was sie mit ihm gemacht haben, würde es nicht einmal einer Fliege etwas zuleide tun. Mein Schwiegervater ist tatsächlich eine Art Monster, sagte Jacques, besser Sie wissen das. Jetzt aber total neutralisiert. Die Agentur wird es Ihnen bestätigen können, sie hat natürlich nachgeforscht. Er hat die Menschen gefressen, sagte die Frau. Mit dem Teelöffel. Ihr Gehirn, präzisierte Jacques, nur ihr Gehirn. Du vergisst die Augen, sagte die Frau. Er hat das vor meiner Schwester und mir gemacht, er zwang uns zuzusehen. Nicht nur zuzusehen, sagte Jacques. Meine Schwester fand das lustig, sagte die Frau. Sie hat die Augen als Ganzes runtergeschluckt. Das Kind, das sie hatte, hat er auch gefressen, glaube ich. Am Ende haben sie ihn doch geschnappt, sagte Jacques. Sanft wie ein Lamm haben sie ihn gemacht, sagte die Frau. Dennoch denkt meine Frau nicht daran, ein eigenes Kind zu empfangen, sie fürchtet, selbst ein Monster zur Welt zu bringen. So etwas kann durchaus eine Generation überspringen, sagte die Frau, darin ist die Person von der Agentur ganz mit mir einig. Natürlich, sagte Jacques. Es ist ja in ihrem Interesse. Die Psychiater im Krankenhaus haben mir auch davon abgeraten, sagte die Frau. Vergiss das Krankenhaus, sagte Jacques. Die Behandlung hat dir schließlich gut getan. Du weißt genau, dass ich gegen einen Rückfall nicht gänzlich gefeit bin, sagte die Frau. Aber ich brauche dieses Kind, trotz allem. Ich will Fläschchen geben. Einen Kinderwagen schieben. Ich will nicht mehr mit leeren Händen durch die Straßen gehen.

WALSER

Von Paul Walser, beginnen wir mit ihm, heißt es, er habe eine Krankheit, Blut, Knochen, Haut, vielleicht Geist, von der angeblich selbst die Saiblinge im See Wind bekommen hätten, die sich, wie die Angler versichern, von seinem Bootssteg fernhalten. Außerdem heißt es, er könne nur in Millionen zählen, jegliche Transaktion diesseits der Million stürze ihn in Verwirrung. Von dieser Krankheit und dem Vermögen des Paul Walser kennt man weder die genaue Art noch die Höhe. Das Gerücht gründet zum einen auf seiner langen schwankenden Gestalt, die manchmal durch die Stadt treibt, zum anderen auf dem, was von seinem Anwesen zu erkennen ist, wenn man mit dem Boot daran vorbeifährt. Offenkundig muss ein Rasen wie der von Paul Walser einiges gekostet haben, ganz zu schweigen von diesen Bäumen mit dem sternförmigen Laub, die er angeblich aus Japan hat kommen lassen und deren dünne Stämme sich über das Seewasser neigen. Niemand vermag sein Alter zu schätzen oder sich auf das Timbre seiner Stimme festzulegen. Manche behaupten, er flüstere, was andere auf der Stelle bestreiten, tatsächlich ist niemand ihm nahe genug gekommen, um mehr als ein schwermütiges Lächeln zu ernten. Der Brille wegen, deren dickes schwarzes Horngestell die Blässe seiner Haut unterstreicht, hält man ihn für kurzsichtig. Gewissheit herrscht darüber, dass er allein lebt. Um sein Chalet kümmert sich Rochelle, ein Mann von einschüchternder Statur, der jeden Morgen am Ende des Bootsstegs zu sehen ist, wo er die Lebensmittellieferungen in Empfang nimmt. Niemals Gäste. Als Nachbarn zur Linken hat Paul Walser einen Zahntechniker und seine Frau – eine auffallend gebräunte Brünette, sommers wie winters in Schuhen mit Keilabsätzen –, die an einer recht seltenen Form von Depression leiden soll. Zu seiner Rechten das Hotel »Zum Hechtsprung«, ein armseliges Etablissement, direkt über dem Wasser gelegen, dessen einziger und zweifelnder Gast ich jetzt seit einer Woche bin. Jeder Tag, der an diesen reizlindernden Ufern vorübergeht, bestätigt mir nur meine Abscheu gegen Seen und Seelandschaften. Gegen dieses Klima von vorgeblich sedierender Wirkung, in dem ich mich zu gedulden habe, bis meine Nerven ein akzeptables Stadium der Entspannung erreichen. Mary hat plötzlich erklärt, sie ertrage mich in diesem Nervenzustand nicht länger, meine Nerven griffen im derzeitigen Zustand ihr eigenes Nervensystem an, Tag und Nacht, in diesem Stadium krankhafter Nervenanspannung heißt das Krankenhaus oder Kur, ich lasse dir die Wahl, sagte sie, als sei der Unterschied offensichtlich. Eine Badekur lehnte ich kategorisch ab, ich habe sie im Verdacht, an Misshandlung zu grenzen, so wie ich Thermalanwendungen verdächtige, bei unüberlegtem Einsatz die Kräfte des Patienten zu zersetzen und sein Hirn derart durchzuspülen, dass er unweigerlich in einem Zustand physischer Erschöpfung und seelischer Niedergeschlagenheit, alles in allem also depressiv daraus auftaucht, von mir aus, sagte ich zu Mary, versuche ich es mit Entspannung, aber im Bademantel zusammenbrechen, nein. Mary zuckte gereizt mit den Schultern, und zwei Tage später stieg ich in den Zug, den sie mir angegeben hatte, flankiert von einem Koffer voller Wollsachen, zu denen ich in letzter Sekunde noch ein paar Notenhefte gelegt hatte. In dem Moment, als der Zug losfuhr, rief Mary mir etwas zu, was ich erst bei meiner Ankunft begriff, als der Taxifahrer mir mitteilte, das »Ermitage«, nach Auskunft des von mir konsultierten Reiseführers das einzig annehmbare Hotel und an dem wir gerade ohne abzubremsen vorbeigefahren waren, sei wegen Renovierungsarbeiten geschlossen, aber Ihre Frau hat im »Hechtsprung« reserviert, fügte der Fahrer hinzu. Da erinnerte ich mich der eigenartigen und mehr oder weniger wellenartigen Geste, die Mary vom Bahnsteig aus angedeutet hatte, als mein Zug losfuhr, und die ich als Anregung zum Angeln gedeutet hatte, nutz die Gelegenheit zum Angeln, schien sie zu sagen, was eine alarmierende Unkenntnis meiner Person bei ihr vermuten ließ. In niederträchtigster und unaufrichtigster Weise hatte Mary also abgewartet, bis ich nicht mehr in der Lage war, aus dem Waggon zu springen, in den sie mich gesteckt hatte, um mir zu bedeuten, dass das »Ermitage«, mit dem ich mich einverstanden erklärt hatte, weil ich von seiner hervorragenden Küche gelesen hatte, mich nicht empfangen würde, und es war ein Hechtsprung, den sie nachgeahmt hatte. Annähernd sicher, dass ein Hotel dieses Namens mit keinem Wort im Reiseführer erwähnt wurde, musterte ich besorgten Blickes den schmalen, buckeligen Weg, in den das Taxi einbog. Das Anwesen von Paul Walser, bemerkte der Taxifahrer, als wir an einem hohen, finsteren Palisadenzaun entlangfuhren, und ein paar Meter weiter kam der »Hechtsprung«, der auf den ersten Blick ganz meinen Befürchtungen entsprach. Der Taxifahrer ließ mich vor einer Fassade mit gelblichem Putz zurück, deren Fensterläden fast alle geschlossen waren, und ich musste mich eine Weile an der verlassenen Rezeption gedulden, bevor ich die Wirtin des Etablissements auftauchen sah oder ihre Schwester – es sind zwei, die sich wie Schwestern ähneln, mit dem gleichen vorstehenden Gebiss –, die mich musterte, als sei sie über meinen Zustand verständigt worden, dann einen Schlüssel vom Brett nahm, bevor sie mich zu einem Zimmer führte, wo ich mich fast wunderte, dass sie mich nicht einschloss. Über dieses Zimmer wusste ich auf der Stelle, dass ich darin nur würde unproduktiv sein können, und so begann ich liegend meine Sommerfrische in Erwartung jener Nervenberuhigung, die es mir erlauben würde, zu Mary zurückzukehren, der ich groteske Briefe schreibe, tunlichst ohne sie zur Post zu geben. Nachts stelle ich Schlaflosigkeitsrekorde auf. Begleitet vom unaufhörlichen Plätschern des Sees, über dem der Nebel sich erst gegen Mittag lichtet, nur um ab fünfzehn Uhr alles wieder von Neuem einzuhüllen, verstreichen drei Tage, ohne dass ich die geringste Linderung meiner Symptome bemerke. Ich schlage meine Partituren nicht auf. Mary fehlt mir.

Am vierten Morgen taucht immerhin eine trübe Sonne auf, sie enthüllt das bis dahin unsichtbare andere Ufer des Sees und die trostlosen Berge, die ihn umklammern. Ich verlasse das Hotel. Nicht, um spazieren zu gehen, ich gehe nicht spazieren, sondern um den Kahn zu nehmen, der allen zur Verfügung steht, die zu dem reifenbehängten, schwimmenden Sprungturm gelangen möchten, auf den vermutlich der Hotelname anspielt und von dem aus man Blick auf den prächtigen Rasen Paul Walsers wie auch auf das abscheuliche Haus des Zahntechnikers hat. Einstweilen interessiere ich mich weder für den einen noch für das andere, ich habe einfach nur vor, auf diesem See zu rudern, wenn möglich bis zur Erschöpfung. Aber wie man mir an der Rezeption dargelegt hat, handelt es sich keinesfalls um einen Ausflugskahn, mit dessen Hilfe die Neugier zu befriedigen wäre, die das Anwesen von Paul Walser bei ausnahmslos allen Gästen des Hotels weckt. Folglich wurde die Länge der Kette dieses Kahns genau so bemessen, dass sie nicht mehr als die Entfernung zwischen Hotel und Badeplattform abdeckt, sogar ein bisschen weniger, weshalb in dem Augenblick, da man Letztere erreicht, die Kette plötzlich aus dem Wasser taucht und ein kleiner Ruck folgt, der einen zurückreißt, sofern man nicht rechtzeitig die Ruder losgelassen und die verrostete Leiter gepackt hat, um daran festzumachen. Ich muss mich daher mit der Strecke von etwa hundert Metern begnügen, die

Anlegestelle und Plattform trennt, auf der ich jetzt jeden Morgen ein paar Bewegungen vollführe, die aus der Ferne, dessen bin ich mir wohl bewusst, für Notsignale gehalten werden könnten, woraufhin ich wieder in den Kahn steige, um unnötig kräftig zum Hotel zu rudern, wo mich eine Mahlzeit erwartet, die ich allein im kleinen Speisesaal einnehme, bedient von einer der beiden Schwestern. Gelegentlich setzt sich eine Gruppe Angler zu Tisch. Ich höre, dass von Paul Walser die Rede ist. Auch in der Stadt, wohin ich mich eines Tages wage, ist von Paul Walser die Rede. Schließlich frage ich, wer Paul Walser sei. Kaum versuche ich, die verschiedenen und scheinbar widersprüchlichen Informationen, die mir geliefert wurden, zusammenzubringen, da steht Paul Walser plötzlich vor mir und bin ich darüber nicht erstaunt, schreibe ich Mary später, ich war auf der Stelle überzeugt, dass diese Begegnung nichts Zufälliges hatte, dass dieser Mann nur mit der Absicht gekommen war, mich zu treffen, nachdem er wahrscheinlich, vielleicht sogar mit dem Fernglas, meine Hin- und Herfahrten im Kahn und meine Aufenthalte auf der Plattform beobachtet hatte, während wir uns auf der Hotelterrasse gegenüberstanden, ich in meiner derzeitigen Unfähigkeit zur Reglosigkeit, von einem

Fuß auf den anderen tretend, er dagegen vollkommen statisch, ging ich sogar so weit zu denken, dass ihm nicht viel über mich und die Umstände, die mich hergeführt haben, verborgen geblieben war. Paul Walser, sagte Paul Walser. Paul Koning, sagte ich. Sein Blick senkte sich auf meine Finger, deren Gelenke ich gerade hatte knacken lassen. Erregt, sagte Walser. Anscheinend, sagte ich. Verdammter Ort, sagte Walser. Leicht überrascht stimmte ich zu. Man muss zugeben, dass dieses Hotel, sagte ich. Alles, sagte Walser und ließ die Hand langsam über die Landschaft gleiten. Dieses Wort und diese Geste, was dieses Wort und diese Geste plötzlich an Überdruss oder Fatalismus andeuteten, machte mich reglos. Da bemerkte ich, dass Walser zitterte oder eher vibrierte, sein Körper schien innerlich einem diffusen und unaufhörlichen Pulsieren unterworfen, das kaum an die Oberfläche seiner Haut trat und in nichts an die Aktivität des Blutes erinnerte – um die Wahrheit zu sagen, schien Walser, obwohl er sich aufrecht und ganz offensichtlich am Leben hielt, frei vom geringsten Blutstropfen zu sein, was ihn aufrecht und am Leben hielt, schien von ganz anderer Substanz als Blut, es ist das Seewasser, dachte ich plötzlich, in seinen Adern fließt das Seewasser, Seewasser durchströmt ihn. Wenn er sich von diesem Wasser entfernt, stirbt er, dachte ich, und so stumm und absurd diese Diagnose auch war, so brachte sie mir doch von Walser ein flüchtiges Lächeln ein, das sich als ironisches Lob deuten ließ. Ich fragte mich, sagte er daraufhin. Er hielt inne, zögerte jetzt, suchte in seiner Nähe nach etwas Stabilem, auf das er sich stützen könnte, sah davon ab, sein Blick richtete sich wieder auf mich, den einzigen denkbaren Halt, hätte man meinen können, ich fragte mich, wiederholte er, ob Sie meine Gesellschaft akzeptieren würden. Ein Mittagessen in meinem Chalet zum Beispiel. Und erneut machte er diese Geste in Richtung der Landschaft, die alles missbilligte, entsetzlicher Ort, murmelte er, als rede er mit sich selbst, als erwarte er nichts mehr von meiner Antwort auf seine Einladung, wie auch immer diese ausfallen würde, verliere absolut das Interesse an ihr oder wolle sie nicht einmal mehr, der Elan, der ihn zu mir geführt hatte, dieser Versuch, den er unternommen hatte, mich anzusprechen ... lächerlich und vergeblich, schien er plötzlich zu denken. Rochelle ist ein ausgezeichneter Koch, sagte er jedoch schließlich, und tatsächlich, schreibe ich Mary später, kannst du dir nicht vorstellen, wie höchst bemerkenswert das Essen ist, das uns dieser Rochelle serviert und das Walser, kaum hat er all seine Tabletten geschluckt, kaum anrührt. Aber weder des Essens, noch des Weines wegen, der seltsamerweise gerade noch genießbar ist, habe ich an diesem Tag Walsers Einladung angenommen, wenn ich eingewilligt habe, zu Walser zu gehen und all die Stunden in Walsers stillem Chalet zu verbringen, von ihm so eingerichtet, dass niemals Sonne eindringt, die er nicht erträgt, wie er in Wahrheit nichts und niemanden erträgt, sicherlich nicht einmal mich, dann wegen dem, was mir Walser auf der Hotelterrasse sagte, als wir uns trennten. Mindestens bis zum Fünfzehnten, sagte er (ihm Gesellschaft leisten), danach. Und diesmal war es ausdrücklich eine Bitte, die er an mich richtete, mit gerunzelter Stirn, das seltsame Vibrieren seines Körpers stärker wahrnehmbar, sein Blick, in dem nur noch Verzweiflung lag, an meinen geheftet, was erhofft er sich von mir, fragte ich mich, von einem Nervösen wie mir, welche Beruhigung, welche Unterhaltung, aber ich sagte ja, abgemacht, ich komme. Nicht dass ich selbst in großartiger Verfassung wäre, fügte ich hinzu. Das ist offensichtlich, sagte Walser. Er schenkte mir ein winziges Lächeln, bevor er zu seinem Boot zurückging, um mit brutaler Beschleunigung über das Wasser zu rasen und dabei eine vollkommene Bahn zu beschreiben, und in dem Augenblick, als er im Nebel verschwand, wurde mir das unverwundbare Element bewusst, aus dem er bestand, ich begriff, dass er, wie groß auch immer das physische wie seelische Leiden war, das er ertrug, mit keinerlei Erleichterung und keinerlei Erlösung rechnete, weder von mir, noch von wem auch immer, denn mit einer anderen Version seiner selbst hätte er wahrscheinlich nichts anzufangen gewusst.

Walser scheint es jetzt als selbstverständlich anzusehen, dass ich jeden Tag am späten Vormittag auftauche, vom riesenhaften und schweigenden Rochelle in den großen Raum im ersten Stock geführt, wo Walser sich bei herabgelassenen Jalousien aufhält und mich empfängt, als käme ich aus einer Welt, zu der er jegliche Verbindung aufgegeben hat. Ich weiß nicht, nach welchen Kriterien ich ausgewählt wurde, sicherlich in Ermangelung eines Besseren oder aufgrund der wenigen Angaben, die die beiden mutmaßlichen Schwestern aus dem »Hechtsprung« möglicherweise über mich gemacht haben – was auch immer sie gesagt haben, es hat mich von ihrer abscheulichen Küche befreit –, oder auch aufgrund des Eremitendaseins, das ich, anders als Walser, nicht selbst gewählt habe, das aufhören wird, wenn du, schreibe ich Mary später, erneut in Betracht ziehen wirst, das Bett mit mir zu teilen, vorausgesetzt, dass ich mit dieser Unruhe zurande komme, über die du früher lächeltest und auf die Walsers ersterbende Präsenz eine höchst unerwartete Wirkung hat. Jeder einzelne der morbiden Gedanken, die Walser in einem von Schweigen unterbrochenen verdrossenen Monolog, von dem ich schließlich begreife, dass er sich an niemanden richtet, Morgen für Morgen vorüberziehen lässt, jeder einzelne dieser Gedanken setzt sich in mir ab und lässt mich reglos verharren, von aller Fiebrigkeit befreit. Um die Wahrheit zu sagen, je morbider Walsers Äußerungen sind, um so größer ist die Ruhe, zu der sie mir verhelfen, und wenn Rochelle den Raum betritt, um das Mittagessen anzukündigen, so würde ich nicht schwören, nicht eingedöst zu sein. Walser scheint es als unbestritten anzusehen, dass wir denselben Widerwillen gegen diesen See hegen, vor dem jeder, sagt er, auf absurde Weise in Entzücken ausbricht, denn wirklich, gibt es ein erbärmlicheres Schauspiel als dieses öde, von gespenstischen Bergen umzingelte Wasser, und dann der Sommer, sagt Walser, man muss sich den Sommer hier vorstellen, die Abgeschmacktheit der Badeorte, Himmel und Berge wie gepudert und überall Blumen, überall Kübel voller Blumen, Brückchen und Geiger alle paar Meter. Im Sommer wandert Walser aus, jede lärmige Großstadt der Welt eher als diese allgemeine Mattigkeit. Man muss verrückt sein, um länger als eine halbe Minute in der Gegend zu verweilen, fügt Walser hinzu, und er wendet mir den Kopf zu, als bemerke er plötzlich meine Anwesenheit, dieser See, versichert er, wird Ihre Nerven so gründlich erschlaffen lassen, dass er Sie geradewegs in die Depression führen wird. Nicht, dass Sie nicht jetzt schon von Depression heimgesucht wären, sagt Walser, Sie sind es unbestreitbar. Eine sehr schlechte Wahl, die Sie da getroffen haben. All meine Krankheiten haben hier ihren Höhepunkt erreicht. Andere sind aufgetreten, die kein Arzt kennt. Eine groteske Zunahme unbekannter Krankheiten. Ich müsste eigentlich sterben, sagt Walser, aber ich sterbe nicht. So aktive Krankheiten, dass sie einen am Leben halten; so sachkundige Ärzte, dass in jedem Haus endlose, prachtvolle Agonie herrscht. Fahren Sie an den Ufern des Sees entlang, und Sie stoßen entweder auf eine Krankheit oder auf ein Mitglied der Ärzteschaft, je ausgefallener die Krankheit, desto blühender das Mitglied der Ärzteschaft.

Dieser See, dessen Vorzüge man Ihnen preist, ist in Wahrheit ein echtes Aufzuchtbecken für Krankheiten. Kaum sind Sie angekommen, brechen die Krankheiten über Sie herein, staffieren Sie mit einer absurden Schar von Symptomen aus. Von überall her strömen Leute in Ihrem Zustand herbei, die auf ein Zurückgehen der Beschwerden hoffen, und in Rekordzeit liegen sie im Sterben. Die Ärzte, über die wir hier verfügen, praktisch ein Arzt pro Krankheit – bei jeder neu auftretenden Krankheit eröffnet ein neuer Arzt seine Praxis –, taugen im Falle gutartiger Erkrankungen nichts. Aber darin, Todkranke am Leben zu halten, sind sie unschlagbar. In Wahrheit, sagt Walser, ist hier niemand berechtigt, vor einer monatelangen ruinösen Agonie zu sterben. Auf jeden Arzt, der seine Praxis eröffnet, kommt tatsächlich eine Bank, die ihre Schalter öffnet. Parks, Springbrunnen, Blumenrabatten, vollständig finanziert von der Krankheit. Welchen Zierrat Sie auch bewundern, Sie bewundern das Geld der Krankheit. Man würde mit Unmengen von Friedhöfen rechnen, und doch bleiben die Friedhöfe unauffindbar. Sterben Sie, und Sie werden unverzüglich von hier abtransportiert. In jedem Hubschrauber, der abhebt, befindet sich ein noch warmer Leichnam, der bald schon auf der anderen Seite der Berge abgesetzt wird, wo die Bestattungsunternehmen sich drängen und florieren. Ich bin in diesen Bergen geboren, sagt Walser. Halb tot von der ersten Sekunde meines Lebens an. Beinahe erstickt unter dem tödlichen Gestank, der von diesem Wasser aufsteigt. Ich bin in diesen Bergen hier so hoch hinaufgeklettert, wie meine Kinderkräfte es mir erlaubten. Um, auf dem Gipfel angelangt, dem See den Rücken zuzuwenden und unten im Tal die ununterbrochene Schlange von Leichenwagen zu beobachten. Und der Gestank, der einen nicht loslässt. Wo immer ich gelebt habe, wie weit ich auch gefahren bin, kaum schwächer, ständig wahrnehmbar. In Wahrheit nichts anderes als eine Ausdünstung meiner selbst, sagt Walser, ich musste an den See zurückkehren, um das zu verstehen. Obwohl ich immer gedacht hatte, nie zurückzukehren, sagt Walser. Es ist eine Tatsache, dass in der Minute, in der Sie beschließen, Schluss zu machen, Ihnen auf der Stelle dieser See in den Sinn kommt. In welchem Zustand Sie sich auch befinden, Sie begeben sich sofort zum See, ein einziger Blick genügt Ihnen, um zu ermessen, dass es keinen besseren Ort gibt, um Schluss zu machen. Sie selbst, sagt Walser, als ich Sie zu der Plattform rudern sah. Ihren Starrsinn, die Plattform erreichen zu wollen. In der Tat gibt es nur wenige Gäste des »Hechtsprungs«, die man nicht vom Grund des Sees fischt. Der Kahn bringt fast ebenso viele Ertrunkene zurück wie das Hotel Gäste zählt, wer immer den Kahn nimmt, um zur Plattform zu rudern, kommt selten aus eigener Kraft zurück. Sie bewegten jedoch die Arme, sagt Walser. Ich habe zu meinem Fernglas gegriffen und diesen außergewöhnlichen Umstand festgestellt. Die Arme und den Kopf. Die Spur Ihrer Hände, diese langsamen Zeichen, die sie in der Luft hinterließen, Wagner, nicht wahr? Als hätte ich ihn gehört, sagt Walser. Diese Welt, sagt Walser noch, gibt keine Ruhe, bis sie uns vertrieben hat. Ein beständiger Prozess der Vertreibung. Ich habe beobachtet, fährt er fort, dass Sie sich nicht ins Wasser gestürzt haben, wie sich praktisch alle ins Wasser stürzen, die sich im »Hechtsprung« einmieten, die meisten, ohne sich auch nur die Zeit zu nehmen, ihren Koffer auszupacken. Da fällt mir ein, schreibe ich Mary später, ich habe meinen Koffer nicht ausgepackt, nicht dass ich dich beunruhigen will, oder dich weich stimmen, wisse nur, dass ich meine Sachen nicht aufgehängt habe, mehr nicht. Sie schienen, fährt Walser fort, dazu bestimmt, sich ins Wasser zu stürzen wie die anderen. Sie haben lange das Wasser betrachtet, mit diesem Blick, den alle haben, und dieser Starre, die alle haben, und in dem Augenblick, als ich sicher war, dass Sie Schwung holen würden, in diesem Augenblick haben Sie in der Tat Schwung geholt, nicht, um sich in den See zu stürzen, wie ich es erwartete, sondern, und da habe ich nach meinem Fernglas gegriffen, um diese Ouvertüre zu dirigieren. Dieselbe Ouvertüre, nicht wahr?, drei Vormittage in Folge. Die macht mich wahnsinnig, sage ich. Walser begnügt sich damit, die Hand zu heben und dann auf die Armlehne seines Sessels zurückfallen zu lassen. Ihre Hartnäckigkeit, sagt er, die Hartnäckigkeit, die dieser Mann darauf verwendet, sich nicht ins Wasser zu stürzen, dachte ich, während ich Sie mit dem Fernglas beobachtete. Aber eine Sache nicht zu tun, fügt er hinzu, läuft manchmal darauf hinaus, sie zu tun. Deshalb habe ich Sie aufgesucht, Koning. Deshalb habe ich alle verbliebenen Kräfte aufgewendet, um mich Ihnen zu nähern.

Zwischen Walser und mir nimmt etwas langsam Form an, ohne dass irgendeine Frage gestellt würde, als genügte unsere nicht zu rechtfertigende Anwesenheit am Ufer dieses Sees, um uns zu definieren. Daraus, dass mein übriges Leben Walser offenkundig nicht interessiert, schließe ich, dass keinerlei bedeutenderes Gespräch zu befürchten ist, das mich zu oberflächlichen Geständnissen verleiten würde, und ich richte mich in seiner Einsamkeit ein, unfähig, ihn mir anders vorzustellen als zurückgezogen in dieser hartnäckigen Agonie, deren Ende nicht abzusehen ist. Er verspottet mich, sagt Walser über diesen Tod, den ich jetzt mit ihm erwarte, für den alle Bedingungen erfüllt scheinen und der uns doch einen inakzeptablen Widerstand entgegenstellt, man könnte meinen, wir stellen uns ungeschickt an, bin ich versucht, Walser zu sagen, der in völlige Gleichgültigkeit allem gegenüber zurückgefallen scheint. Trotzdem erfahre ich, dass er im Brückenbau reich geworden ist oder genauer, schreibe ich Mary später, in der Entwicklung eines Systems von Dehnungsfugen, dessen Einzelheiten ich dir erspare, stell dir einfach nur vor, dass dieses leichte metallische Klicken, das wir in regelmäßigen Abständen spüren, wenn wir über eine Brücke, einen Viadukt oder gar einen Aquädukt fahren, das ordnungsgemäß patentierte Erzeugnis von Paul Walsers Hirn ist, einem vollständig auf seine Vernichtung konzentrierten Mann, bei dem ich, während ausschließlich von Moribunden und Leichen die Rede ist, die köstlichsten Mittagsmahlzeiten einnehme, die es gibt. Ein einziger Bissen hat mir genügt, um die Kunstfertigkeit der Küche von Rochelle zu erkennen, den meine Komplimente ungerührt lassen, sodass ich jetzt den Anblick seiner gewaltigen Hände vermeide, wie geschaffen, so scheint mir, um mich zu packen und rauszuschmeißen. Ich begnüge mich mit einem diskreten Nicken, wenn er die Teller mit ungeahnten Köstlichkeiten vor mir abstellt, in deren Genuss ich mich vollständig vertiefe, während Walser am anderen Ende des langen Tisches mechanisch ein paar Löffel einer weichen Konsistenz verschlingt, seinem Gesichtsausdruck nach mehr denn je am Rand des Zusammenbruchs, bevor er aufsteht, mich bittet, ohne ihn weiterzuessen, und mich allein im Halbdunkel dieses Esszimmers zurücklässt, wo ich schließlich begreife, dass Rochelle nicht mit dem nächsten Gang erscheinen wird, weshalb ich meinerseits den Raum verlasse und, ohne jemandem zu begegnen, zum »Hechtsprung« zurückgehe, wo ich wie jeden Tag erfahre, dass Mary nicht angerufen hat. Vom Fenster meines Zimmers aus kann ich den verlassenen, nass glänzenden Steg von Paul Walser sehen, dahinter sein Bootshaus und die Terrasse des Zahntechnikers, wo gelegentlich, reglos im Regen, eine Frau in schwarzem Ölzeug steht, mit nackten und erstaunlich gebräunten Beinen, von der man meinen könnte, sie sei geradewegs dem Wasser entstiegen, die Augen, wie es scheint, gebannt auf Walsers Bootshaus gerichtet. Aber mich beschäftigen weder ihre Bräune, noch ihre offenkundige Gleichgültigkeit dem Regen gegenüber, was mich beschäftigt, ist, wie es genügt, dass Rochelle sich auf Walsers Rasen zeigt und langsam und ohne sie auch nur anzusehen ein paar Schritte auf den See zugeht, damit die Frau sich abwendet und im Haus des Zahntechnikers verschwindet, einem kläglichen Bau aus grob zementierten Steinen. Ich lege mich aufs Bett, spekuliere über die Umstände, die Walser, einen Mann, der sich des Quasimonopols auf Dehnungsfugen erfreut, dazu gebracht haben können, zurückzukehren und hier zu stranden, in dem, was er als Seenschwindel bezeichnet, nur um auf der Stelle von jenen typisch lokalen Krankheiten überfallen zu werden und dann den spinnerten Diagnosen und nebulösen Therapien von Ärzten ausgesetzt zu sein, deren Besonderheit seiner Meinung nach darin besteht, sich erst dann für einen zu interessieren, wenn sie einen als unheilbar ansehen. Und dann hört man gar nicht mehr auf, sich zu halten, sagt Walser, dessen Stimme sich, je näher wir dem Fünfzehnten kommen, immer mehr auf ein undeutliches Murmeln reduziert. Aber ich habe mein Boot, erklärt Walser plötzlich, ich kann jederzeit mein Boot besteigen. Der Satz bleibt einen Augenblick in der Schwebe, ja, schreibe ich Mary später, sogar einen recht langen Augenblick. Wütender Wind heute, bemerkt Walser, hören Sie ihn? Ich nicke langsam, suche eine banale Entgegnung, finde sie, der Winter, sage ich, der Winter kündigt sich an, und wage ein Lächeln, er hat sein Boot, sage ich mir, das zu besteigen ich nicht die geringste Absicht habe, ein Riva, wie mir schien, sage ich Walser. Ich habe mein Boot, wiederholt Walser. Und ich habe mein Datum, fügt er hinzu. Ich halte seinem Blick stand. Den Fünfzehnten, sage ich schließlich. Den Fünfzehnten, bestätigt Walser. Bis an die Felsen rasen und Schluss machen. Allein, hoffe ich doch, sage ich. Absolut allein, beruhigt mich Walser. Nichts weniger ... Aufsehenerregendes, was wir ins Auge fassen könnten?, frage ich. Ich befürchte nein, sagt Walser. Ich will, dass er sich zeigt, verstehen Sie. Dass er sich mir entgegenstellt. Frontal. Gut, sage ich. In diesem Fall. Bleibt die Frau des Zahntechnikers, sagt Walser. Das Problem mit der Frau des Zahntechnikers. Sie haben sie sicher bemerkt. Ja, sage ich, das ist möglich. Die Frau im schwarzen Ölzeug? Ich habe den Fehler begangen, ihr von meinem Boot zu erzählen, sagt Walser. Und jetzt will auch sie mein Boot. Aber ich will die Frau des Zahntechnikers nicht auf meinem Boot, erklärt Walser. Sie ist, wie soll ich sagen, zu schlimmstem Überschwang fähig. Ich verstehe, sage ich. Aber ich muss mein Boot erreichen können, sagt Walser. Und inzwischen laufe ich so langsam, verstehen Sie?

So also, schreibe ich Mary später, zieht die Frau des Zahntechnikers jetzt all unsere Überlegungen auf sich. Scheinbar hat die Krankheit, von der diese Frau befallen ist, aus ihr eine begeisterte Selbstmordkandidatin gemacht, und Walser hat unter Umständen, die zu erklären er versäumt hat, sich mehr oder weniger verpflichtet, sie mitzunehmen, damit sie mit ihm an den Felsen zerschellt. Ich bin mir nicht absolut sicher, schreibe ich Mary später, dass es unbedingt notwendig ist, dir die verschiedenen Möglichkeiten aufzuzählen, die sich uns bieten, um das inzwischen beharrliche Ausspähen jeden Schrittes von Walser durch diese Frau zu durchkreuzen, die wir eine nach der anderen untersuchen, um sie eine nach der anderen auszuschließen. Die Lösung, die wir auf meinen Vorschlag hin am Ende festgehalten haben, schreibe ich Mary später, ist die meines eigenen Selbstmords vom Sprungturm des Hotels aus, in dem ich vergeblich auf ein Zeichen von dir warte.

Ich weiß noch nicht, auf welche Weise ich es anstellen werde. Ich werde ziemlich überzeugend sein müssen, um die Frau des Zahntechnikers auf mich aufmerksam zu machen, und mit einer gewissen Langsamkeit vorgehen müssen, damit Walser Zeit hat, sein Boot zu erreichen. Stell dir also einen langsamen Selbstmord vor. Gestern, nach einem allerletzten Mittagessen, haben Walser und ich uns die Hände geschüttelt. Ich habe gerade meinen Koffer gepackt und zur Rezeption hinuntergebracht, wo ich die Rechnung für meinen Aufenthalt beglichen habe. Ich habe meine Zugfahrkarte und frage mich unaufhörlich, ob du am Bahnhof sein wirst. Das Boot von Walser wird beim Starten sicher einen entsetzlichen Lärm machen, und ich fürchte, habe ich Mary geschrieben, ich werde das Wasser eiskalt finden.

DIE ELSÄSSERIN

Von da, wo wir sind, können wir alle sehen, die den Friedhof betreten. Sofern wir nicht anderweitig beschäftigt sind, können wir sogar lange vor ihrer Ankunft die gewundene Bahn ihrer Fahrzeuge auf der Landstraße verfolgen. Im Sommer ist das Funkeln der Karosserien im dichten Weizen ein Schauspiel, das wir sehr mögen, wenngleich einige von uns behaupten, sie schätzten gleichermaßen die Lichtkegel der aus dem Nebel auftauchenden Scheinwerfer im Winter. In jeder Jahreszeit überkommt uns eine gewisse Erregung, sobald Besucher nahen, eventuell vergleichbar mit weiten Flügelschlägen, die sich in dem Augenblick legt, da jemand das Friedhofstor aufstößt. Dieses Tor, das sich mit einem langen Quietschen öffnet und dessen Scharniere zu ölen niemandem in den Sinn kommt, ist uns ein fortwährendes Ärgernis. Wir grimassieren, wir murren, einer von uns, Hufschmied, sagt: Das wär doch wohl kein Hexenwerk, ein paar Tropfen 3-in-one, gibt's bei Froment. Wir nicken, Froment, unser Lebensmittelhändler, hat den Friedhof nie betreten, noch nicht, einige von uns haben es auch gar nicht eilig, ihn hier ankommen zu sehen, weil sie noch bei ihm in der Kreide stehen, aber vorerst interessiert uns nicht Froment. Den, der unsere Aufmerksamkeit erregt, der Mann im Regenmantel, den wir wie die anderen von Weitem haben ankommen sehen, in einer englischen Limousine, einem Luxusmodell mit geräuschlos schließender Tür, kennen wir nicht. Ein Blond, wie es in diesem Alter, um die Fünfzig, nur selten vorkommt, blasse Haut, blasser Blick, zweifellos hoher Besuch. Gewiss kein Trauernder. Niemand bestimmt exakter als wir die Trauer der Friedhofsbesucher, Kummer, Leid, Schmerz sind Zustände, die wir mit unbeteiligtem Scharfblick beobachten, da wir selbst jede Erinnerung an die Liebe verloren haben. Von allen Erinnerungen schwindet nämlich die an die Liebe als Erste, wie wir jetzt wissen. Ein abstraktes Konzept, ein von A bis Z erfundenes Konstrukt, so sieht es aus, behaupten mehrere von uns. Es stimmt, wir haben gewisse Details genauestens im Kopf, etwa Froments schmieriges Schaufenster, das Durcheinander seines Ladens und die Gewissheit, darin vor allem Antikorrosionsfett zu finden, aber wir haben vergessen, wen wir geliebt haben oder wer uns geliebt hat, all das völlig vergessen, das ist eine Tatsache. Der Regenmantel des Mannes bildet einen hellen Fleck vor dem Eingangstor, an das er sich lehnt, während er den Blick über den Ort schweifen lässt und offensichtlich zögert, den Weg zu betreten, der zu der kläglichen Beisetzung führt, welche in eben diesem Moment am linken Rand des Friedhofs stattfindet, einer Beisetzung, für die wir selbst uns kein bisschen interessieren. Begraben wird die Frau von Z., wie wir ihn immer genannt haben, und mit Ausnahme des Witwers, seiner Schwester, der früheren Karmeliterin, und der vier Totengräber ist niemand gekommen. Unsere ganze Aufmerksamkeit ist also auf den Mann im Regenmantel gerichtet, den wir mit größtem Interesse betrachten, während wir die Gründe seiner Anwesenheit abwägen. Ein Tourist, schlägt einer von uns vor, ein englischer Tourist auf Rundfahrt durch die Weingebiete, oder ein Verwirrter, wie sie hier zuweilen auftauchen, oder auch ein Liebhaber von Grabsteinen. Der Mann schaut auf die Uhr, murmelt etwas, das wir nicht verstehen, und wendet sich langsam zum Gehen, schickt sich offenbar an, aufzubrechen, was wir bedauern, da wir seine Stimme nicht gehört haben. Stimmen hören, Gesprächen lauschen ist das, was wir am liebsten tun, unser bevorzugter Zeitvertreib. Nichts von dem, was sich die Leute hier auf dem Friedhof sagen, entgeht uns – auch nichts von dem, was manche hier anstellen –, wir nehmen alles auf und fangen nichts damit an, führen keinerlei Buch, lassen uns weder rühren noch empören wir uns. Der Engländer, als den wir ihn bezeichnen, hat jetzt sein Auto erreicht, steigt aber nicht ein, beschränkt sich darauf, den Kofferraum zu öffnen und das monumentale Blumengebinde zu betrachten, das darin liegt, sichtlich zweifelnd an der Zweckmäßigkeit, es dem Kofferraum zu entnehmen, einer Zweckmäßigkeit, die wir selbst infrage stellen, Tatsache ist, dass dieses prachtvolle Gebinde unangemessen wirkt, angesichts des kläglichen Begräbnisses, dessen Gegenstand Madame Z. ist, für das der Engländer also wohl gekommen ist, aber in welcher Funktion? Jene unter uns, die mit Jacqueline Z. zu tun hatten, erklären sich außerstande, die geringste Verbindung zwischen ihr und dieser eleganten Person herzustellen, gewiss sei es kein auch noch so entferntes Mitglied ihrer eigenen Familie. Was Z., den Witwer, angeht, sind die Meinungen weniger kategorisch, wir wissen nicht viel über Z., ein eher ungeschickter Jäger, zerstreut, zerstreut genug, um eines schönen Tages aus dem Elsass von einer Jagd auf elsässische Wildschweine anstelle eines elsässischen Wildschweins die Person Jacqueline Z. mitgebracht zu haben. Die Elsässerin, wie wir Jacqueline Z. nennen. Der Engländer hat den Kofferraum des Autos geschlossen, und nachdem er sich zum Fahrersitz begeben und sich gesetzt hat, die Beine außerhalb des Fahrzeugs, holt er aus der Innentasche seines Regenmantels einen Flachmann aus gehämmertem Silber, den er zwischen die Beine klemmt, um mit der linken Hand den Verschluss abzuschrauben. Bei einer bestimmten Bewegung seines rechten Arms konstatieren wir das gerundete, von Metall eingefasste Ende, das diesen Arm abschließt, das Fehlen einer rechten Hand also, die wohl, wie einer von uns zu erkennen glaubt, auf dem Beifahrersitz liegt. Mit dieser Hand beschäftigt, haben wir das funkelnd rote Coupé nicht schon am Horizont auftauchen sehen. Erst das Dröhnen des Motors, kombiniert mit der Art, wie der Engländer plötzlich den Kopf hebt, um zu lauschen, alarmiert uns. Wir wenden uns von ihm ab, um zu bewundern, was er nicht sehen kann, wie geschmeidig der Bolide beschleunigend und verlangsamend die letzten Kurven nimmt, beachtliche Straßenlage, stellen wir fest und registrieren in dem Moment, da der Rennwagen mit einem letzten Aufheulen vor dem Tor hält, das spanische Kennzeichen. All unsere Blicke richten sich jetzt auf den Mann, der aus dem Fahrzeug steigt, Anzug mit großen Karos, guter Schnitt, wenngleich hier und da verknittert, bordeauxrotes Hemd, passend zu den Socken, Camel-Mokassins. Der Mann hält eine Krawatte in der Hand, die er hastig umbindet, während er auf den Engländer zugeht. Von der Grenze hierher in einem Ritt, sagt er. Der Engländer verzieht anerkennend das Gesicht. In einem Ritt, wiederholt der Spanier und betrachtet die Limousine des Engländers. Aus der Jackentasche holt er eine Zigarettenspitze, aber keine Zigaretten, steckt sie sich zwischen die Zähne. Schönes Biest, aber nichts für mich, erklärt er und tätschelt das Dach der Limousine. Nie mehr so eine wie die. Direkt in den ersten Graben damit. Ja, sagt der Engländer. Leozino Pollak, sagt der Spanier. Leo. Julius Neville, sagt der Engländer. Mit Bedauern, das Anlegen verpasst zu haben, sehen wir ihn die rechte Hand ausstrecken, ebenso beige wie das Leder seines Wagens, die der Spanier ganz selbstverständlich ergreift, drückt und wieder loslässt, ehe er sich dem Friedhof zuwendet. Wo sind sie denn alle, fragt er. Mit der Hand zeigt der Engländer zum linken Weg. Die beiden Männer gehen langsam zum Tor, schreiten hindurch und machen ein paar Schritte in die vom Engländer gewiesene Richtung. Wir stellen fest, dass die Dinge dort nicht groß vorangekommen sind. Der Sarg steht immer noch neben der Grube, die zwei der vier

Totengräber, mit Spaten ausgerüstet, wahrscheinlich gerade verbreitern, inzwischen lässt der Witwer seinen Blick über die Landschaft schweifen, ihm zu Füßen seine Schwester, die auf der bloßen Erde kniet, zum Boden gebeugt. Nach Augenmaß schätzen wir, dass noch etwa zwanzig Zentimeter fehlen, vielleicht fünfundzwanzig, ehe die Elsässerin in ihre letzte Ruhestätte versenkt werden kann, ohne dass es klemmt. Tatsache ist, dass unsere Totengräber junge, unqualifizierte Freiwillige sind, die zweifellos nicht mit einem so imposanten Sarg gerechnet haben. Der Spanier stößt einen kleinen Pfiff aus. Anscheinend nicht viele, die sie beweinen, sagt er. Der Engländer erwidert nichts. Mit der Spitze seines Mokassins hebt der Spanier eine Plastikgießkanne, die auf dem Weg liegt, ein wenig an, hält sie so ein paar Sekunden und schleudert sie mit einem kleinen eleganten Bogen zu den anderen, die nachlässig unter dem Wasserhahn gestapelt sind. Überall dieselben, sagt er auf Englisch. Voll mit fauligem Wasser, modernden Blättern, wimmelnd vor Ungeziefer. Nichts als Plastik. Diejenigen unter uns, die ihr Englisch bewahrt haben, weisen auf den tadellosen Akzent des Spaniers hin. Der Engländer sieht ihn plötzlich sehr aufmerksam an. Leozino Pollak?, sagt er. Entschuldigen

Sie, ich habe eben gar nicht geschaltet. Unwichtig, winkt der Spanier ab. Mithilfe seines rechten Ellbogens zieht der Engländer den Gürtel seines Regenmantels fest, richtet den Kragen auf, holt den Flachmann aus der Tasche, klemmt ihn zwischen Unterarm und Bauch, schraubt den Verschluss ab und reicht ihn dem Spanier. Bourbon, sagt er. Ah, sagt der Spanier. Gut. Er trinkt, gibt dem Engländer die Flasche zurück, der ebenfalls trinkt. Ich weiß nicht, was ich davon halten soll, sagt der Spanier. Was wovon halten, fragt der Engländer. Na ja, davon, sagt der Spanier und weist mit einer weiten Bewegung über den Friedhof. Vom Tod, halt. Oh, sagt der Engländer. Oh, äfft ihn einer von uns nach. Ehrlich gesagt, fährt der Spanier fort, denke ich nie an ihn. Absolut nie. Selbst hier und jetzt denke ich nicht an ihn. Als existierte er nicht, verstehen Sie? Wir seufzen, befürchten einen dieser unergiebigen, gekünstelten, an diesem Ort leider unvermeidlichen Dialoge. Der Tod ist in der Tat ein Thema ohne jede Bedeutung, wie wir festgestellt haben. Aber der Engländer begnügt sich mit einem Kopfnicken, wofür wir ihm dankbar sind. Weder Finsternis noch Licht, meiner Meinung nach, verkündet der Spanier. Weder Irrfahrten noch Schweben. Weder Entsetzen noch Trost, nichts von all dem, nicht wahr?, fährt er fort, plötzlich von einem Nasenbluten heimgesucht, das ihn den Kopf in den Nacken werfen lässt. Schlafmangel, sagt er und presst ein Taschentuch ans Nasenloch. Ich verstehe, sagt der Engländer. Ich habe auch eine lange Fahrt hinter mir. Sie sind blass, sagt der Spanier, ich beneide Sie um Ihre Blässe. Meine Gefäße platzen eins nach dem anderen, Couperose überall. Er nimmt das Taschentuch weg und wartet ein paar Sekunden, dann knüllt er es zusammen und tupft damit das Nasenloch ab. Jetzt ist es vorbei, sagt er und stopft das Taschentuch in die Hosentasche. Er wendet sich dem Engländer zu. Wie ist sie genau gestorben? Es hieß, er sei damit beschäftigt gewesen, seine Gewehre zu putzen, als sie ins Zimmer kam. Angeblich habe sie dieses Zimmer nie zuvor betreten. Eine Art Waffenkammer. Kann sein, sagt der Engländer. Sie soll sich vor ihn hingesetzt haben, fährt der Spanier fort, und nach vorn gekippt sein, die Stirn platt auf dem Tisch, mit baumelnden Armen, und er, bestürzt von der Plumpheit dieser Haltung, habe seine Gewehre eins nach dem anderen zurückgehängt und sei hinausgegangen. Später die Karmeliterin. Sie hat sie gefunden, nicht wahr? Kann sein, sagt der Engländer. Ich dachte, Sie würden es wissen, sagt der Spanier. Ich dachte,

Sie gehörten zur Familie. Nein, sagt der Engländer. Sehen Sie, sagt der Spanier, ich würde gern genau wissen, wie das Ganze gelaufen ist. Ich verdanke ihm viel, verstehen Sie? Ohne ihn, ohne seine großzügige Unterstützung wäre ich niemals geworden, was ich geworden bin. Tatsächlich?, sagt der Engländer. Man könnte meinen, sie wären fertig mit graben, stellt der Spanier fest, vielleicht sollten wir jetzt hingehen. Ich bleibe lieber hier, sagt der Engländer. Aber ich bitte Sie, gehen Sie doch hin. Niemand hat sich herbemüht, sagt der Spanier, das ist doch wirklich erstaunlich. Und wir, wir haben diese weite Fahrt auf uns genommen. Glauben Sie, dass wir auf einen Imbiss im Gutshaus hoffen können? Glauben Sie, dass sie etwas vorgesehen haben? Das müssen sie doch immerhin getan haben. Sie kochte wunderbar, wissen Sie. Keine Köchin im Gutshaus, nur eine Zugehfrau. Die Karmeliterin dagegen versteht nichts vom Kochen, kaum dass sie isst. Sie hat das Karmel verlassen, sagt der Engländer. Sie ist nicht mehr Karmeliterin. Warum sagen Sie die Karmeliterin, fragt er und betrachtet eingehend den Ort, an dem wir uns befinden. Obwohl es außerordentlich selten ist, dass unsere Anwesenheit wahrgenommen wird, überläuft uns ein leichter Schauer, wie jedes Mal, wenn die Augen von jemandem auf uns verweilen. Aber der Engländer, ob er uns bemerkt hat oder nicht, bleibt ungerührt, und wir beruhigen uns wieder. Trotzdem, sagt der Spanier. Sie ist ja kontemplativ geblieben. Sehen Sie sich ihre Haltung an. Sie wird jetzt das Gutshaus verwalten müssen. Für ihren Bruder sorgen. Es sei denn. Es sei denn was, fragt der Engländer. Ich weiß nicht, sagt der Spanier. Man kann nicht wissen, wie die Dinge laufen, man kann nicht alles vorhersehen. Er wendet sich dem Engländer zu. Haben Sie Freunde?, fragt er. Freunde?, sagt der Engländer und mustert den Spanier. Nein, ich glaube nicht, und Sie? Aber sicher, natürlich, auf jeden Fall haben Sie welche. Unzählige, sagt der Spanier. Bewunderer, sagt der Engländer. Das ja, sagt der Spanier. Scharen von Bewunderern. Auch ich bewundere Sie, sagt der Engländer. Ich gehöre zu Ihren Bewunderern. Das berührt mich sehr, sagt der Spanier. Ehrlich. Ich würde gern etwas für sie tun, fügt er hinzu und zeigt auf die Schwester von Z., die aufgestanden ist. Sie mitnehmen vielleicht, irgendwohin, weit weg von hier. Falls wir nachher ins Gutshaus gehen, werden Sie sehen, sie ist sehr … Ja?, sagt der Engländer. Der Spanier lächelt kurz: Na ja, anziehend in gewisser Weise, nicht wahr. Dieses …

Wirklichkeitsfremde. Wirklichkeitsfremd, wiederholt der Engländer. Gleichwohl, fährt der Spanier fort, denke ich, dass ich gewisse Chancen habe, sie ... Ah, unterbricht ihn der Engländer, mir scheint, da hinten sind sie so weit. Wir sehen zum Grab und stellen fest, dass die Elsässerin im Begriff ist, hinuntergelassen zu werden. Die vier jungen Totengräber haben die Seile gepackt und bemühen sich, die Beine fest gegen den Boden gestemmt, den Sarg in die Achse des Grabes zu bringen. Diesmal haben sie großzügig bemessen, meint einer von uns. Wir rücken näher zusammen. Die Grablegung selbst ist ein Moment, den wir nicht allzu sehr schätzen, umso weniger diesmal, als wir die Ankunft der Elsässerin fürchten. Einer ihrer Gärtner, bereits bei uns, hat uns genauestens in Kenntnis gesetzt über die Art, wie sie, kaum war sie im Besitz des Gutshauses, erbarmungslos im Park die Bäume, hundertjährige Bäume, hat fällen, die Wäldchen hat ausmerzen, die Weißdornbüsche hat ausreißen lassen. Jetzt nur noch Rosen, verkündet der Gärtner, die sie zu hunderten aus England hat kommen lassen, wie auch die Rosenscheren, gute Rosenscheren sind englisch, behauptet die Elsässerin, französische Rosenscheren taugen nichts, sie klemmen oder die Feder leiert aus. Und so weiter. Die Elsässerin zerstört alles auf ihrem Weg, behauptet der Gärtner. Sie wird uns die Flügel stutzen. Die vier Totengräber lassen jetzt den Sarg über dem Loch schweben, warten sichtlich angestrengt, dass die frühere Karmeliterin ihren Bruder von dort zurückholt, wo er sich inzwischen postiert hat, am Rand des Friedhofs, versunken in die Betrachtung der Vögel am Himmel. Wir sehen, wie sie Z. sanft die Hand auf den Ärmel legt, der diese Hand mit abwesendem Blick mustert und seine Betrachtung des Himmels wieder aufnimmt, wenig geneigt, so sind wir versucht zu glauben, sich zum Grab führen zu lassen. Einer der Totengräber stößt plötzlich einen lauten Fluch aus, der uns alle zusammenfahren lässt. Wir stellen fest, dass ihm das Seil durch die Hände gleitet, was die anderen Totengräber destabilisiert und den Sarg aus dem Gleichgewicht bringt, der sich senkrecht aufrichtet und plötzlich in der Grube versinkt. Wir hören das Lachen der früheren Karmeliterin. Ihr helles, wunderbar klangvolles Lachen, das uns alle von der Elsässerin befreit. Dann sehen wir, wie sie, ihren Bruder fassungslos zurücklassend, den Friedhofsweg entlangeilt, mit lebhaftem, anmutigem Schritt hinaufgeht bis zum Friedhofstor, wo nur noch der Spanier steht, der ihr einen Arm entgegenstreckt, wie sie an dem Spanier vorbeiläuft, ohne innezuhalten, und in der Limousine des Engländers verschwindet. Der Engländer schließt die Tür hinter ihr, geht um den Wagen herum, setzt sich ans Steuer und fährt los. Daraufhin sehen wir den Spanier zu seinem Wagen stürzen, die Fahrertür öffnen, zögern, sie wieder schließen und, als er das auf dem Boden vergessene Blumengebinde entdeckt, langsam zu diesem Gebinde gehen, es nachdenklich betrachten, und die Blumen mit einem Fußtritt in die Luft schleudern. So viel Leben, seufzen wir. Überdruss. Wir falten wieder die Flügel, wir schließen wieder die Augen.

PAULINE AM TELEFON

Vier Monate, nachdem Pauline einfach so aufgelegt hatte, habe ich sie wieder angerufen, meine kategorische, meine unnachgiebige Schwester Pauline, die heute ihren sechzigsten Geburtstag feiert, weshalb sie, wie ich vermute, damit beschäftigt ist, Auberginen zu füllen, Paprikaschoten zu zerlegen und Olivenpasten zuzubereiten, bei der wahrscheinlich ununterbrochen das Telefon klingelt, Blumen geliefert und schnell in Vasen gestopft werden, die sie leeren wird, sobald der letzte Gast gegangen ist. Eine der Eigenheiten meiner Schwester Pauline besteht darin, dass sie weder Farben noch Pflanzen in ihrer vollständig aus Beton und Metall bestehenden Wohnung duldet, ich höre alle möglichen Kommentare über diesen Block aus Beton und Metall, einstimmig als architektonische Leistung beschrieben, überall als beispielhaft angeführt, in dem nicht ein Quadratzentimeter Stoff, nicht ein Kissen, nicht eine geschwungene Linie vorkommt, wo man gebeten wird, sich auf steinharte Fladen zu setzen, die auf zementierten Bänken aufgereiht sind, wo das Vorhangzuziehen darin besteht, auf einen Knopf zu drücken, um ein Blech von der Decke herabsausen zu sehen, und doch wird nie etwas über die Unbequemlichkeit gesagt, nun ist es aber unzweifelhaft die unbequemste Wohnung, die es gibt, Beton und Eisen überall, die brutalste für Auge und Körper, und für mich jedes Mal eine schwere Prüfung, einen Fuß hineinzusetzen. Trotz der allerdings unwahrscheinlichen Aussicht, zu ihrem Geburtstagsfest am selben Abend – jedes Jahr derselbe Rummel, dasselbe Gedränge – eingeladen zu werden, habe ich mich mutig entschieden, Pauline anzurufen, und im selben Zug das Risiko auf mich genommen, sie bei ihren Marinaden zu stören, exakt vier Monate, nachdem sie mir telefonisch unseren Bruch kundgetan hat, sie von der Höhe ihrer stalinistischen Wohnung herab, ich in dieser Kabine im Untergeschoss eines Cafés, wo ich, nachdem sie aufgelegt hatte, in den Toiletten strandete und mich in der Betrachtung der Graffiti verlor.

Pauline sagte, Ja bitte, und ich hielt kurz inne, da ich bemerkte, dass dieses langsame, zurückhaltende, fast tonlose Ja bitte nichts von dem enthielt, worauf ich mich gefasst gemacht hatte, Ungeduld, Aufruhr, Verärgerung. Es war nicht ihr gewöhnliches, sprödes Ja bitte, es war auch kein Ja bitte, das vermuten ließe, sie habe mit bis zu den Ellbogen mehlbestäubten Armen abgehoben, auch keinesfalls ein von der Hoffnung erfülltes Ja bitte, ich könne am Ende der

Leitung sein und sie endlich nach vier Monaten von Gewissensbissen und schlaflosen Nächten erlösen. Im Grunde ist sie krank, dachte ich und stellte fest, dass meine Nase, die mich in letzter Zeit in Frieden gelassen hatte, wieder zu bluten anfing. Vier Monate hatten nicht ausgereicht, zu vergessen, dass ein Ja bitte meiner Schwester Pauline unabänderlich jene Art des Angriffs, der spekulativen Projektion enthält, die impliziert, dass ein Telefon nur klingelt, nur klingeln kann und zu klingeln habe, wenn Aussicht auf ein Gespräch besteht, das geeignet ist, seinen Stein zum Weltengebäude beizutragen, erst recht, wenn es bei Pauline klingelt, einer Person, die bekanntermaßen prädestiniert ist, zum guten Lauf der Welt beizutragen. Da ich persönlich nicht den kleinsten Stein in Reserve habe, außer dem, den ich mir an manchen Tagen um den Hals hängen möchte, bevor ich von einer Brücke aus Anlauf nehme, folglich auch nicht die geringste Vorstellung von einer Welt in gutem Lauf, ist mir jedes Mal, wenn ich Pauline anrufe, die Mischung aus Furcht, Verärgerung und selbstbeherrschter Milde in ihrem Ja bitte bewusst, das zu Recht verheißt, dass ich ihr wahrscheinlich nichts, nichts Neues, zu sagen haben werde, weshalb sich das Gespräch aber nicht weniger in die Länge ziehen wird, in dessen Verlauf es mir freisteht, sie mir vorzustellen, wie sie stürmisch in ihrem Beton auf und abgeht und sich dann aufs Äußerste gereizt vor einem jener Bullaugen aufpflanzt, durch die sie sich die denkbar unangenehmste und meiner Meinung nach kläglichste Aussicht geschaffen hat, um schließlich, mit ihrem Zuspruch am Ende, auf dem Strohsack niederzusinken, der ihr als Sofa dient. Ich bin die Plage meiner Schwester Pauline, ihr Kreuz, ihr Scheitern, das Sandkorn im Getriebe der bemerkenswerten Lebensmaschinerie, welche meine Schwester darstellt, seit der ersten Sekunde, in der sie die Augen vor dem Universum geöffnet hat, um es sich auf der Stelle anzueignen, ich bin der ewig Leidende, unfähig, aus der Erschütterung herauszukommen, die sich wiederum meiner in der ersten Sekunde bemächtigt hat, in der ich die Augen nicht vor dem Universum öffnete, sondern vor der Physiognomie meiner Schwester Pauline, neun Lebensjahre damals und ein siegesgewisses Gesicht trotz ihrer erstaunlichen Hässlichkeit, kurze, ährenförmige Zöpfe, Schielbrille, ein Lächeln so bedrohlich und eisenbewehrt wie heute ihr schrecklicher, aber dennoch gepriesener Bunker, in den ich seit vier Monaten keinen Fuß gesetzt habe und in dem sie gerade dieses unergründliche

Ja bitte von sich gegeben hat, sich bereits über das Schweigen ärgert und gleich wieder auflegen wird, und doch dringt kein Laut aus meinem Mund, an dem ich jetzt das dünne Rinnsal warmen Blutes spüre, das mir aus dem rechten Nasenloch quillt. Ich bräuchte nur zu sagen, ich bin's, so wie ich es so häufig in der Vergangenheit getan habe, ich bin's, sollte ich jetzt sagen, und dann bräuchte ich die Zügel nur noch Pauline zu überlassen, wie ich es immer getan habe, wozu sie mich immer gebracht hat, mit all ihren Fähigkeiten und Überzeugungen, mit denen sie bei mir andauernd gescheitert ist, unerklärlicherweise gescheitert ist, wenn man ihr Glauben schenkt, von meiner Geburt an bis zu dem Tag, an dem sie einfach aufgelegt hat. Aber bevor meine Stimmbänder in Aktion treten, überrumpeln mich die von Pauline, und ich höre: Sind Sie es, Antoine? Nun bin ich aber nicht Antoine. Ich bin nicht Antoine, ich habe Zeugen dafür, aber inwieweit, sage ich mir, während ich mir einen Taschentuchzipfel in die Nase stecke, könnte ich nicht Antoine sein, was macht das für mich für einen Unterschied? Sind Sie es, Antoine?, hat meine Schwester gerade gefragt, und an dem gleichsam fiebrigen Tonfall ihrer Stimme erahne ich, dass es ihr unendlich angenehm, ja hilfreich wäre, wenn ich Antoine wäre, dass dieser Antoine, der meine Schwester an ihrem Geburtstag anriefe, ihre Vorbereitungen störte und nicht geruhte, ein Wort zu sagen, nachdem sie abgenommen hat, meine Schwester durchaus, möglicherweise, in der Hand haben, sie vollständig in seiner Gewalt halten, sie in ihren Grundfesten erschüttern, sie über ihren Beton kriechen lassen könnte. Nun hat aber, soviel ich weiß, kein Mann diese Großtat je vollbracht, nicht einmal versucht, ein paar Frauen schon, ich erinnere mich insbesondere an diese Chilenin, Chilenin oder Peruanerin, an ihre unendlich langen, schwarz lackierten Fingernägel, an ihren stämmigen Körper, an ihr Haus auf dieser Insel und vor allem an diesen Rasen von beleidigend grellem Grün, vollkommen deplatziert in dieser steinigen Landschaft. Auf diesem weichen Rasen, dessen Bewässerungssystem, wie ich verstanden habe, von einem Ingenieur der NASA entwickelt worden war, habe ich eines Morgens meine Schwester Pauline aufgesammelt, die beiden hatten einander dort im Mondlicht zerfleischt, dem entstellten, vom Wüten angeschwollenen Gesicht meiner Schwester nach zu urteilen, die Fingernägel der Chilenin oder Peruanerin hatten deutlich die Oberhand gewonnen, von der aber war, nachdem das Schiff uns beide zum

Festland zurückgebracht hatte, ohne dass wir noch einmal das Haus aufgesucht hätten, in dem unsere Sachen geblieben waren, keine Rede mehr. Antoine also. Plötzlich kommt mir die Erinnerung an den Antoine, den wir in unserer Kindheit gekannt haben und den meine Schwester nicht hat vergessen können, obwohl sie ständig behauptet, noch das kleinste Bruchstück dieser Kindheit aus ihrem Gedächtnis ausradiert zu haben, den dreiviertel zurückgebliebenen Antoine, den schwächlichen, kichernden Idioten, der zu jeder Tageszeit auf unserem Bauernhof auftauchte und den unsere Eltern mit dem Scheuerlappen verjagten, unsere Mutter mit einem Gezeter, das noch den Hühnern hätte missfallen müssen, der aber ständig zurückkam, ihnen die Stirn zu bieten, bis zu jenem Tag, an dem sie auf den Rat meiner Schwester hin die Taktik änderten und ihn mit einem Glas Milch besänftigten, das er gerade noch austrinken konnte, bevor der Transporter der Gendarmen ihn einsammelte, und auch von ihm war keine Rede mehr. Ich muss mir Mühe geben, um von diesem Antoine – den ich vor mir sehe, zwischen zwei Gendarmen, wie er sich wehrt und Paulines Namen brüllt – zu dem Antoine zu wechseln, den meine Schwester heute in diesem flehenden Ton anspricht und der nur ein Ausnahmemann sein kann, mit allen Attributen eines Ausnahmemannes ausgestattet, ein Abenteurer höchsten Grades, einer jener Hitzköpfe, die von der Gefahr angezogen werden, die für jeden Mann darin besteht, sich mit meiner Schwester zu messen, sich einzulassen auf diese Kraftprobe, aus der jede Liebschaft mit ihr besteht, auf das Risiko hin, sich in ihrem Netzen zu verfangen, reduziert auf ein Nichts, von ihrer Verachtung und ihrem beachtlichen Lachen hinweggefegt. Das Lachen meiner Schwester Pauline ist in der Tat so furchterregend wie ihre Unansehnlichkeit, es ist bezeichnend für die Intelligenz meiner Schwester, dieses gewaltige Lachen entwickelt zu haben, das von einem Ende ihrer Wohnung zum anderen brandet, wie es früher in unserem Bauernhof aufbrandete und unser Vieh und unsere Eltern lähmte, keineswegs aber, dem ekstatischen Gesicht nach zu urteilen, den Antoine von damals. Ebenso ist es bezeichnend für die Intelligenz meiner Schwester, und das bedenke ich zum ersten Mal, diese Beton- und Metallarchitektur entworfen zu haben, die in der Lage ist, mit ihrer Hässlichkeit zu konkurrieren, einer Hässlichkeit, um die sie sich, nebenbei gesagt, niemals zu scheren schien, und ihr eben dadurch ein angemessenes Gegengewicht zu bieten. Diese Wohnung, die größte Ähnlichkeit mit einem Panzerschrank hat, verlässt sie heute praktisch gar nicht mehr, ohne deshalb jedoch aufzuhören, ihren Einfluss auf höchst bedeutende und in meinen Augen höchst obskure Sphären auszuüben. Denen, die dort Zutritt haben, jenen namhaften Persönlichkeiten, die dort Audienzen erhalten, kann nicht entgehen, was die Hässlichkeit meiner Schwester, die dieser Umgebung aus Zement und Eisen eingeschrieben ist, an Bewundernswertem enthält, der ergreifende Reiz, den diese betonumrahmte Hässlichkeit verströmt, die ebenso wie die Schönheit, als die exakte Umkehrung der Schönheit, fesselt und fasziniert. Wie viele Male stand ich da, nachdem ich die vierzehn Stockwerke, die zu dieser Wohnung führen, erklommen hatte, sie zu Fuß erklommen hatte, aus Unfähigkeit, einen Fahrstuhl zu benutzen und ganz besonders diesen, der eher einem Lastenaufzug ähnelt als einem Fahrstuhl, und schöpfte Atem vor einer ehrwürdigen Versammlung von Persönlichkeiten, die gekommen waren, Weisung zu empfangen, und beneidete sie um ihre Gesichter durch eine Flötenmelodie beschworener Schlangen. All die Melodien, die meine Schwester Pauline mir vorgespielt hat, bevor sie einfach auflegte, all diese Versuche, mich dazu zu bringen, auch nur die Idee ins Auge zu fassen, am Leben zu sein, all die Orte des Planeten, an die sie mich geschleift hat, deren Reize sie fortdauernd aufgezählt hat, Reize, auf die sie selbst übrigens pfeift, nichts. Nichts, woraus ich die geringste Hilfe gezogen hätte. Depression in Sevilla, Depression und Brechdurchfall in Venedig usw. Lange Zeit habe ich nur auf dem Fußabtreter meiner Schwester Pauline liegend überlebt – im Geiste liegend, versteht sich, auch ich habe eine Art Wohnsitz –, auf der Schwelle ihrer abscheulichen Wohnung, die ich nur rückwärts betrete, in der ich, kaum habe ich einen Fuß hineingesetzt, beginne, aus der Nase Blut zu pissen, und die heute Abend gedrängt voll sein wird, ein Albtraum für mich, dieser Geburtstag, bei dem ich jedes Mal, ein Bluten vorausahnend, eine gute Stunde zu früh eintreffe, um dann, den Kopf in den Nacken gelegt, mit meinem Geschenk in einer Ecke der betonierten Bank zu sitzen und darauf zu warten, dass meine Schwester das ewige beigefarbene, unbestimmt schillernde Kleid anzieht, in dem sie jeden ihrer Geburtstage feiert und das ihr jedes Jahr ein bisschen schlechter passt, dass sie aufs Geratewohl ein oder zwei Nadeln in eine Lockenwicklerfrisur steckt, von der man meinen könnte, sie habe darauf geschlafen, und derart aufgedonnert, das ist das einzige Wort, das mir in den Sinn kommt, auftaucht, sich vergewissert, dass ich auch meinen Vorrat an Taschentüchern habe und sich geistesabwesend an mein Geschenk macht, das sie in den meisten Fällen nicht fertig auspackt. Bei diesem Geburtstag, bei dem ich nur an den Wänden entlangschleiche, Wandlänge auf Wandlänge von einem Ende des mit Gästen überfüllten Raumes zum anderen, bliebe ich gänzlich unbemerkt, würde nicht der Blitz des Fotoapparates, den mir meine Schwester besorgt hat, damit ich mich sicherer fühle, und dessen Bedienung zu lernen ich mich beharrlich weigere, zur Unzeit auslösen und damit die Aufmerksamkeit von Leuten erregen, deren Knöchel oder Hosensaum ich vermutlich gerade verewigt habe. Oh, aber sind Sie nicht der Bruder von Pauline, muss ich dann hören, aber ja doch, das müssen Sie sein, wir sehen es doch, dass Sie es sind, Sie können nur der Bruder von Pauline sein, der Künstler, der Dichter, ich nicke, im Bewusstsein der grotesken Schwingung meines Oberkörpers, der verwirrten Starre meines Blickes, des bestürzenden Anblicks, den ich diesen Leuten biete, während ich darauf warte, dass sie sich abwenden, um mein automatenhaftes Umhergehen wiederaufzunehmen, und trotz allem habe ich bisher nicht einen einzigen dieser grauenhaften Geburtstage meiner Schwester verpasst. Heute Abend wird der Erste sein, es sei denn, ich gebe mich Pauline zu erkennen, es gelingt mir zu sagen, ich bin's, eventuell hinzuzufügen, ich, dein Bruder, und so das Missverständnis aufzuklären, aber wiederum habe ich nicht die Zeit, denn da beginnt meine Schwester in den Apparat zu schreien. Antoine, ich kann nicht mehr, ich tue alles, was Sie wollen, hat sie gerade gebrüllt, und schon hat sich mein Eindruck bestätigt, meine unbezwingbare Schwester kriecht vor diesem mysteriösen Antoine. Und plötzlich der Gedanke, dass ich durchaus dieser Antoine sein könnte, nach dem meine Schwester, die, mit ihrem vorgeblichen Verständnis und ihrer vorgeblichen Einsicht in alles, nur mein Leben ruiniert hat, jetzt unter Missachtung jeglicher Würde verlangt. Was hat sie tatsächlich anderes gemacht als mein Leben mit ihrer Herablassung und ihrer andauernden Dominanz zu ruinieren? Unsere Mutter ist in dem Jahr verschwunden, in dem meine Schwester plötzlich aufgehört hat, sie zu ertragen. Mit fünfzehn hat sie es verstanden, unseren Vater davon zu überzeugen, dass unsere Mutter irgendwie verschwinden müsse, niemand hat unsere

Mutter je wiedergesehen. Dann war das Vieh an der Reihe, mit Ausnahme der Hühner, denn meine Schwester war versessen auf Eier, deren Anblick sie heute nicht mehr erträgt. Wonach ich, wie ich zugeben muss, meinen Vater bei meiner Schwester ersetzt habe, meine Schwester hat meinen Vater gegen mich ausgetauscht, sobald sie genug von ihm hatte, sie hat aus mir alles herausgezogen, was sie herauszuziehen wünschte, Leib und Seele, zuletzt war es der Bauernhof, vom dem sie genug hatte. Eines Vormittags ist sie im Pausenhof aufgekreuzt und hat mich ohne ein Wort aus der Schule zur Bushaltestelle geschleift, wo mich ein schreckliches Nasenbluten überfiel, wonach wir in eine Reihe von Zügen stiegen und einer anscheinend inkohärenten Route folgten. Eine Zeitlang schien meine Schwester herumzuirren, zerrte uns von einem erbärmlichen Stadtzimmer zum anderen erbärmlichen Stadtzimmer, dann von einem Land zum nächsten, aber es hieße, sie schlecht zu kennen, hätte man sich eine Rückkehr auf den Bauernhof vorgestellt, in ihrem Geiste existierte der Bauernhof schon nicht mehr.

In jedem dieser Länder, deren Sprache sie in Rekordzeit lernte, öffneten sich schließlich Türen, die ich sie, bewaffnet mit ihrer faszinierenden Hässlichkeit und außergewöhnlichen Intelligenz aufbrechen sah, um sich schließlich triumphal in dieser Wohnung im vierzehnten und obersten Stockwerk einzurichten, von wo aus sie eine Welt regiert, von der sie, glaubt sie, alles erhalten hat, und den Rest der Zeit mit Kochen verbringt – ich könnte ihr Talent als Köchin nicht leugnen. Nicht eine Minute meines Daseins, in der meine Schwester mir nicht die perfide Virtuosität aufgedrängt hätte, die sie bei jeder Gelegenheit beweist, nicht eine ihrer brillanten Schwindeleien, die nicht meine Bewunderung erzwungen hätte, trotz des vagen Bewusstseins, dass alles, was diesem sehr überlegenen Hirn meiner Schwester Pauline entspringt, einem kranken Hirn entspringt. Dass sie sich meiner nicht entledigt hat, so wie sie sich immer aller entledigt hat, bleibt unverständlich. Dass sie mich unaufhörlich in ihrem Kielwasser mitgeschleift hat, überall meine Anwesenheit gefordert hat, unter dem Vorwand, mich in ihre Obhut zu nehmen, mich vor meinen Dämonen, wie sie sich ausdrückte, zu bewahren, dass sie diesem einzigen Zeugen ihrer Vergangenheit das Leben gelassen hat, kann ich nicht erklären. Von meinem ersten Tag auf dieser Erde an das Schauspiel ihres fortwährend über mich gebeugten abscheulichen Gesichts und das Aufbranden ihres verheerenden Lachens zu erdulden, das stets einen Anfall von Blutungen auslöste, hat mich zum feigsten, zum zutiefst unterjochten Wesen gemacht, zu einem Wesen, das meine Schwester in Wirklichkeit nur vernichtet hat. Ich bin meine Schwester nie losgeworden. Ich habe das Leben nie anders betrachten können als verzerrt durch ihr Gesicht und ihr abscheuliches Lachen. Ich war von diesem Gesicht und diesem Lachen durchtränkt, buchstäblich durchtränkt, so sehr, dass ich niemals die geringste Lebensfreude verspürt habe, ich habe nichts anderes getan, als zu überleben, aber das ist nicht das Schlimmste. Das Schlimmste ist, dass ich mein Überleben allein meiner Schwester Pauline zu verdanken habe. Die vier Monate, die ich gerade hinter mir habe, ihres Gesichts und ihres Lachens beraubt, beraubt meiner Besuche in ihrer abscheulichen Wohnung, waren die katastrophalsten meiner Geschichte. Nicht ein Augenblick, in dem ich nicht kurz davor war, hinaufzusteigen und an ihre Tür zu klopfen, um mich auf ihre Bank zu werfen. Was auch immer vor vier Monaten über mich gekommen ist, sie hat diesen Keimling eines Plans, von dem ich damals gedacht hatte, er könne mich vor allem retten, nur mit ihrem furchtbaren Lachen hinweggefegt. Jedem meiner Argumente hat sie dieses Lachen entgegengestellt, mit dem sie mir schon immer alles unmöglich macht, und mit der ganzen Brutalität, zu der sie fähig ist, hat sie einfach aufgelegt. Ich habe mich heute Morgen entschlossen, meine Schwester zurückzurufen, um ihr zu ihrem sechzigsten Geburtstag das Geschenk meiner Selbstaufgabe zu machen. Heute Morgen schien mir nichts erstrebenswerter, als die vierzehn Stockwerke hinaufzusteigen, um in den Block aus Beton und Eisen zurückzukehren, aus dem ich trotz allem den größten Teil meiner Kräfte ziehe. Ich habe meine Schwester in der Absicht angerufen, ihr zu sagen, dass ich nicht mehr kann, und bin auf meine Schwester gestoßen, die nicht mehr kann, die diesem Mann entgegenbrüllt, dass sie nicht mehr kann und kapituliert, ich habe entdeckt, dass es irgendwo einen Mann gibt, der das Kunststück vollbracht hat, meine Schwester Pauline zu vernichten und mich vor ihr zu retten, ich habe mich gehört, wie ich meiner Schwester alles sagte, was ich mir, als ich heute Morgen erwachte, vorgenommen habe, ihr zu sagen, wie unerträglich diese vier letzten Monate gewesen sind und wie illusorisch die Hoffnung, ich könne ohne sie leben, ohne meine innig geliebte, hilfreiche und bemerkenswerte Schwester, wie unvorstellbar es mir scheint, heute Abend bei ihrem sechzigsten Geburtstag nicht anwesend zu sein, und ich habe mich gehört, wie ich hinzufügte, ich war ganz ruhig, dass Schluss damit sei, mir das Blut auszusaugen, dass sie nicht damit rechnen solle, mich wiederzusehen, niemals, weder in ihrer widerlichen Betonnière noch anderswo, dass sie sich jetzt gut aus ihrem vierzehnten Stockwerk stürzen könne, nicht darauf warten solle, bis ich aufgelegt hätte, um die Güte zu haben, sich aus ihrem vierzehnten Stockwerk ins Leere zu stürzen, damit ich, habe ich ihr gesagt, das wohltuende Echo ihres Sturzes empfangen und wissen könne, dass die Menschheit endlich von ihrer bedrückenden Hässlichkeit befreit ist. Wer sind Sie eigentlich?, habe ich daraufhin gehört, dort, am anderen Ende der Leitung. Wen möchten Sie sprechen?

DANTON

Nachdem ich die Einladung meines Freundes Danton, mit dem ich jeden Sonntag telefoniere, solange wie möglich abgelehnt hatte, erwog ich schließlich Mitte Dezember und während ich nicht in bester Form war, die endlose Reise zu unternehmen, die mich zu dem einsamen Haus am Rand eines bedrohlichen Waldes führen würde, das zu bewohnen er sich, aus ich weiß nicht welcher Geistesverirrung, in den Kopf gesetzt hat und in dem sich theoretisch Julia befinden sollte, zu der ich, im Gegensatz zu Danton, seit Jahren jeden Kontakt verloren habe. Trotz des latenten Unwohlseins, dessen Vorboten ich bereits am Flughafen spürte, vielleicht sogar schon während der Taxifahrt, das sich aber am Ende nicht in seiner verschärften Form äußerte, verlief meine Flugreise passabel, genau wie die darauf folgenden drei Stunden Zugfahrt. Der Bus setzte mich praktisch vor der Schranke ab, die den Eingang zum Anwesen markiert. Mit dem Koffer in der Hand lief ich, wie ich es zwei Jahre zuvor getan hatte, den schmalen Feldweg hinauf, der sich undeutlich durch ein reifbedecktes Feld schlängelte, genau wie beim vorangegangenen Mal stellte ich fest, und das obwohl der Tag sich neigte und es im Schatten des Waldes vergrub, wie sehr Dantons

Haus – ein Block aus weißem Beton – eine Beleidigung für das Auge ist, dessen bemerkenswerter Mangel an Behaglichkeit bereits auf der Schwelle deutlich wird. Danton hatte mich erst am nächsten Tag erwartet, schien aber aufrichtig erfreut, mich zu sehen, ihm war ein Bart von beängstigendem Ausmaß gewachsen, den er in Aussicht auf Julias bevorstehende Ankunft schonungslos stutzen wollte, wie er mir sofort erklärte. Ich nahm auf dem einzigen Sofa Platz oder ließ mich besser gesagt hineinfallen und dachte an ein Hotel, an das offenkundig nicht mehr zu denken war. Sieh dir das Feuer an, sagte Danton, ist es nicht herrlich? Und dann, wie jemand, der überlegt: Ich vermute, du wirst zu Abend essen wollen? Während ich die rötlich schimmernde viereckige Aushöhlung mit zementierten Umrissen betrachtete, die das gesamte Haus heizen sollte, dann das Durcheinander, in dem sich, unter einer Staubschicht, alles befand, fragte ich mich wieder einmal nach den Gründen, aus denen ich in derart regelmäßigen Abständen derart exzessive Situationen durchleben muss, ich, der ich nur nach der Abwesenheit von Situationen trachte, ich dachte an Julia, aber Julia will nichts, was nicht exzessiv wäre, Julia ist Exzess, wie ich Zurückhaltung bin und Danton Genügsamkeit ist,

Danton, der gerade dabei war, etwas aus seinem Kühlschrank zu nehmen, was stark zwei Scheiben Schinken glich. Ich stellte mir daraufhin den Auftritt vor, den Julia – wann eigentlich? – in diesem Haus haben würde, das sie noch nicht kannte, ihre Bestürzung, die zu verhehlen ihr gar nicht in den Sinn käme, diese ganze Reise, nur um *hier* anzukommen, würde sie sagen, kaum zu glauben, und sie würde wahrscheinlich lauthals lachen. Julia war drei Jahre lang meine Frau, und von den drei Jahren hatte sie zwei damit verbracht, von Danton zu träumen. Ich will sagen, fast jede Nacht von einer Ehe mit Danton zu träumen, von Sex mit Danton, von Eheszenen, Picknicks und Autounfällen mit Danton, Träume, die unveränderlich mit meinem großmütigen Auftauchen und dem kleinen Schulterklopfer endeten, den ich Danton zur Ermutigung gab, worüber sich Julia empörte, als sei ich der Verfasser besagter Träume.

An die Umstände, die einst dazu führten, dass Julia und ich Dantons Bekanntschaft machten, erinnere ich mich nicht mehr in allen Einzelheiten, außer dass er uns als bedeutender Mathematiker vorgestellt wurde – kein Zweifel, angesichts seiner Äußerungen an jenem Tag, dass wir es mit einem Fachmann für Abstraktion zu tun hatten. Es muss Winter gewesen sein, denn er trug diesen gewaltigen Parka mit Pelzkragen, in dem ich ihn immer gesehen habe und der tatsächlich noch da war, aufgehängt an einem Kleiderhaken. Während ich Danton beim Anfachen seines Feuers zusah, kam mir der Gedanke, dass ich ihn nur mit Winterkleidung und sozusagen nur bei Winteraktivitäten kannte, ich stelle ihn mir, dachte ich, nicht anders als im Winter vor, obendrein unter allerwinterlichsten Bedingungen, keinesfalls in einem sommerlichen Rahmen, nicht einmal in der Übergangszeit, wohingegen ich mir Julia nicht anders als im Sommerlicht vorzustellen vermag. Was für eine unfassbare Holzfällerexistenz, die Danton jetzt führt, sagte ich mir, während ich seine Muskeln beobachtete, die ruhige Freude, mit der er die Scheite, dann den Schürhaken anpackte, im Feuer stocherte, die Hände aneinanderrieb und mich mit seiner erdrückenden Gesundheit lächelnd musterte. Trotz seines mathematischen Genies, das sich ihm bereits von Kindheit an wie eine quasi organische Gegebenheit aufgedrängt und ihn hinter die renommiertesten Katheder katapultiert hatte, hat Danton sich mit der Mathematik und seiner fehlenden Berufung für die Mathematik unendlich gelangweilt. Seinen Worten nach verdankt er es nur seiner außergewöhnlichen

Konstitution, die zugegebenermaßen von einer gängigen Mathematikerkonstitution weit entfernt ist, dass er vor der Mathematik gerettet wurde, der er radikal abgeschworen hat, um sich mit den Elementen der Natur zu konfrontieren, Bergen und Wäldern, dort wo sie sich ihm am feindseligsten zeigten. Der Mensch muss sein eigener Lebensraum sein, erklärte er eines schönen Tages, es ist an ihm, sich von allem zu befreien, was sich zwischen ihn und seine Handlungen stellt. Und mit ein paar resoluten Bleistiftstrichen hat er diesen einfachen Würfel entworfen, der ihm als Haus dient. Die Wahl der Gegend, sumpfig, wo sie nicht bewaldet ist, das ganze Jahr über feucht, Wildschweine hinter jedem Baum, bleibt ein Rätsel. Im Grunde bin ich mir nicht sicher, sagte ich mir, immer noch zusammengesunken auf dem Sofa, ob ich Danton mag, auf jeden Fall sicher, dass ich ihn nicht verstehe, dass ich nie verstanden habe, wie Julia sich derart in diesen Mann vernarrt hat, mit dem ich seit inzwischen fünf Jahren, in denen ich Julia nicht wiedergesehen habe, jeden Sonntag telefoniere und den ich hartnäckig als Freund ansehe, auch wenn ich nur ein sehr geringes Bedürfnis nach einem Freund habe, jedenfalls nach einem Freund wie ihm, dem Paradebeispiel für aktive Entsagung wie ich für passive, naiv genug, mich mit dieser ermüdenden Hartnäckigkeit einzuladen, um mir seinen Garten, seinen Wald und deren schreckliche Heilwirkungen zuzumuten, wobei er sicherlich denkt, mir irgendwie behilflich zu sein, mich aus meiner Abkapselung zu holen, mich wieder zu kräftigen, was weiß denn ich. Ein für alle Mal mit Danton brechen, dachte ich. Mich ein für alle Mal der Abwesenheit von Freundschaft überlassen, mit der ich mich bislang arrangiere, vorausgesetzt, Danton hört nicht auf, mich einzuladen, und wir führen jeden Sonntag diese Telefonate, in denen niemals von Julia die Rede ist und dennoch nur von Julia die Rede ist, Telefonate, die, sicher weil sie sonntags stattfinden, zu wünschen übrig lassen, vielleicht täten wir besser daran, sie auf einen anderen Tag der Woche zu verschieben. Auf den Donnerstag zum Beispiel, wenn noch nichts endgültig entschieden ist.

Wir setzten uns zu Tisch, und nach ein paar Gläsern eines erstaunlich genießbaren Weins berichtete mir Danton, dass er sein Haus gerade um etwa dreißig Quadratmeter vergrößert habe. Dieser Bau, ein unabhängiges, an die Nordwand angefügtes Nebengebäude, sei ihm von Julia nahegelegt oder eher befohlen worden, die, der Städte und der unaufhörlichen Reisen, zu denen ihre Karriere als Pianistin sie zwang, plötzlich überdrüssig, beabsichtigte, ihn als Zweitwohnung zu verwenden. Das ist ein Scherz, sagte ich. Ich habe nicht den Eindruck, antwortete Danton. Sie behauptet, ein wenig saubere Luft täte ihr jetzt sehr gut. Dir übrigens auch. Ich habe dich schon gesünder gesehen. Ich wies Danton darauf hin, dass ich diese ganze Reise aus reiner Freundschaft unternommen hätte, das heißt, dass ich in absoluter Kenntnis der Sachlage gekommen sei, ohne die geringste Illusion zu hegen und in Erwartung des Schlimmsten. Des schlimmsten Landlebens und des schlimmsten Essens, der schlimmsten Betten und folglich der schlimmsten Schlaflosigkeit. Nicht allein, dass ich meinen Koffer gepackt, diese überlange Reise unternommen und mich dabei auf das Schlimmste vorbereitet habe, nein, hielt ich Danton vor, ich habe jede widerliche Minute dieser Reise genutzt, um in mir etwas zu schöpfen, um in diesen Zustand stoischer Gefasstheit zu gelangen, die, nur damit er es wisse, sehr weit von wirklicher Gelassenheit entfernt sei, aber ohne die ich nicht fähig gewesen wäre, meinen zweiten Aufenthalt bei ihm anzugehen. Natürlich könne man von Julia nicht genauso viel erwarten. Man müsse darauf gefasst sein, behauptete ich, dass Julia uns nichts von dem ersparen würde, was sie beim Überschreiten der Schwelle dieses Raumes empfinden würde, in dem man hätte glauben können, auch der kleinste Gegenstand, den Danton seit meinem letzten Besuch verwendet habe, sei geblieben, wo er ihn abgelegt habe. Danton ließ den Blick durch das Zimmer schweifen, kniff dabei die Augen zusammen, als strengte er sich an, dort zu sehen, was ich dort sah, ein unbeschreibliches Drunter und Drüber. Ich hatte eigentlich vor, ein bisschen aufzuräumen, bevor du kommst, sagte er. Aber warte, bis du den Garten gesehen hast. Und den Wald.

Beide mit einer Wärmflasche ausgerüstet, gingen wir schlafen. Als ich im Bett lag, erschien mir die Aussicht, Julia wiederzusehen, plötzlich bedrohlicher als in dem Moment, da ich Dantons Einladung angenommen hatte. Am Telefon hatte mir Danton Julias Kommen zunächst mit unendlicher rhetorischer Vorsicht angekündigt, mir schließlich zu verstehen gegeben, dass ich keine Wahl hätte, und mit ungewöhnlicher Entschiedenheit erklärt, dass Julia, aus welchen Gründen auch immer, uns brauche, den Trost unserer beider Anwesenheit. Schließlich sei sie noch meine Frau, hatte er hinzugefügt, und wenn ich sie fünf Jahre zuvor ohne mit der Wimper zu zucken hätte gehen lassen, so könne ich sie genauso gut zurückkehren lassen, zumindest für ein paar Tage, sie wisse, woran sie bei mir sei, ich bräuchte mich nur damit zu begnügen, ich zu sein. Ich wer?, hatte ich gespottet, aber Danton war ausnahmsweise nicht in Stimmung. Glaube nicht, es handele sich bloß um eine ihrer Launen, sie hat all ihre Engagements abgesagt, hatte er erklärt und sich dabei wohlweislich gehütet, den Bau der Zweitwohnung zu erwähnen, diese Absurdität, dachte ich, während ich die Wärmflasche verschob, die absolut nicht ausreichte, mich zu wärmen. Diese Zweitwohnung konnte nur eine Laune von Julia sein, eine dieser Extravaganzen, die regelmäßig von der Presse aufgegriffen werden, und ich gestehe, dass ich mir über manche von Julias Aussagen oder Provokationen in den Zeitungen ein Lächeln nicht verkneifen konnte. Auch wenn ich aus Rücksicht auf die Musik vollständig mit der Musik abgeschlossen habe, so kann das, was unauslöschlich in mir an Musiker bleibt, nicht anders, als die Exzellenz von Julias musikalischer Arbeit anzuerkennen, so wie sich das, was in mir an Gleichgültigkeit bleibt und mich der geringsten Überzeugung, der geringsten Möglichkeit einer Zuneigung zu was oder wem auch immer beraubt, nur über die meisterhafte Nonchalance freuen kann, die Julia offensichtlich in dem Moment an den Tag legt, wo sie nicht mehr am Klavier sitzt. Dass ihr mich beide zusammen erwartet, soll Julia Danton gesagt haben, dass ihr mich bei dir auf dem Land erwartet, wird mir die Reise weniger schwer machen. Reisen hat Julia nie die geringste Schwierigkeit bereitet, hatte ich erwidert, ich bin es, für den es ein Albtraum ist. Denk nach, hatte Danton am Telefon gesagt, als sei ich im Begriff, eine Chance verstreichen zu lassen, mein Ansehen bei Julia wiederherzustellen, mit der gebrochen zu haben, ich mich nicht erinnere, aber ohne die ich dennoch die letzten fünf Jahre gelebt habe, lange auf das Geräusch ihres Schlüssels im Schloss oder den Brief lauernd, der mir mitteilen würde, dass sie und Danton sich jetzt jener von Picknicks und anderen Vergnügungen unterbrochenen Erotik hingeben würden, von der sie ungebührlicherweise fast jede Nacht in unserem Bett geträumt hatte. Aber dieser Brief war nie eingetroffen, war sicherlich nie geschrieben worden, und wir hatten jeder unser Leben gelebt, Julia für die Musik, Danton als der strahlendste aller Holzfäller und ich zurückgezogen in meiner Wohnung in einem Stadtzentrum. Ich habe nie erfahren, ob Danton das mit Julias Träumen wusste, ob er das mit dem allerletzten Traum wusste, von dem sie mir nichts hatte sagen wollen, aber auf den hin sie eines Morgens, bleich wie der Tod, gegangen war und die rasante Karriere als Pianistin hingelegt hatte, auf die ich selbst an dem Tag, an dem ich Julia am Klavier gehört hatte, verzichtete, ebenso destruktiv, wie sie konstruktiv war, talentiert, wo sie virtuos war, erleichtert zu hören, wie die Tür sich hinter ihr schloss, endlich frei, meinen Steinway abzustoßen. Auf Julia warten, sagte ich mir und machte das Licht aus, in dieser niederschmetternden Gegend auf sie warten und beim Warten Dantons Eremitengelassenheit, die Waldausflüge, auf die er mich unweigerlich mitnehmen würde, und den Bart ertragen, der ihn jetzt einhüllt, wirklich der Gipfel, dieser Bart, sagte ich mir, schloss die Augen und begann, auf den Schlaf zu warten.

Das Klingeln des Telefons weckte mich. Ich stellte fest, dass es fast elf Uhr war und ich entgegen meiner Voraussage durchgeschlafen hatte. Im Wohnzimmer erwartete mich eine Thermoskanne mit lauwarmem Kaffee und eine Notiz von Danton, er sei gegen Mittag zurück, ich möge mich bitte um das Feuer kümmern. Wieder klingelte das Telefon. Ich hörte die Stimme von Danton auf dem Anrufbeantworter, dann die von Julia, sie werde sehr bald eintreffen, noch zwei, drei Dinge seien zu erledigen, in Neapel schneie es, ob ich angekommen sei, sie hoffe es. Ich hörte mir die Nachricht mehrere Male an, legte zwei Scheite im Kamin nach, bekam dabei nur ein mittelmäßiges Feuer zustande, dann ging ich hinaus, sofort gefangen im eisigen Nebel, der scheinbar unaufhörlich vom Wald ausgespuckt wurde und die Landschaft auslöschte. Kaum konnte man jenseits der Schranke die Landstraße erkennen, die zum nächsten Weiler führt – zwei Kilometer, auf die ich, fast erstickend, verzichtete. Dennoch ging ich um das Haus herum und stellte fest, dass tatsächlich, am Rand einer Art Schlucht, auf deren Grund noch Bäume eine Möglichkeit zum Wachsen fanden, sich der vorgeblich von Julia geforderte Anbau befand, eine Miniaturnachbildung des Hauses von Danton mit einem verglasten Vorsprung über dem Abgrund. Ich drückte die Tür aus schwarzem Metall auf, deren Schwere mich überraschte und die sich hinter mir langsam mit düsterem Hall wieder schloss. Ungläubig ließ ich den Blick über den Betonboden, über die schieferverkleideten, kahlen, von elektrischen Leitungen durchlöcherten Wände, den zementierten, von Scheiten umgebenen Kamin schweifen, na, was hältst du davon?, fragte Danton von der Schwelle aus. Ich zuckte mit den Schultern. Alles genau so, wie sie es gewünscht hat, präzisierte er. Ganz schlicht. Das sehe ich, sagte ich. Und wie will sie ihre Mahlzeiten zubereiten? Sich waschen? Schlafen? Worauf wird sie schlafen? Schlafen?, hat Danton gefragt. Zum Beispiel, habe ich gesagt. Ich habe nur ihre Anweisungen befolgt, antwortete Danton. Was die Einrichtung angeht, die sei ein Detail, hat sie gesagt, das werde man sehen. Gleichwohl habe ich mir die Freiheit genommen, einen Wasseranschluss zu legen, sodass eine Badewanne, ich dachte mir, man kann immer noch eine Badewanne hinzufügen. Und hier, im hinteren Teil, hast du ein Stück Wand, das sich schwenken lässt und zu meinem Wohnzimmer führt. Warum keine Tür, fragte ich. Eine normale Tür. Keine Ahnung, sagte Danton. Auf den Plänen war keine Rede von einer Tür.

Drei Tage hatten wir zurückgezogen im Nebel und ohne Nachricht von Julia verbracht, als das Geräusch eines Motors ertönte, ein hinreichend seltenes Phänomen, dass wir beide den Kopf hoben, ich von meiner Zeitung, Danton von seinem Kartoffelschälen, und die Ohren spitzten, um dem Nahen des Fahrzeugs zu lauschen, das uns an diesem hereinbrechenden Abend nur Julia bringen konnte. Aber anstatt sich zu nähern, verstummte das Geräusch plötzlich. Wir verließen das Haus und hörten nichts mehr als das Pfeifen des Windes, erkannten nichts als die düstere Masse der Bäume. Es war leicht, sich Julia vorzustellen, zögernd, am Waldrand, an der Kreuzung dreier Forstwege, dreier Sackgassen, am Ende der einen Danton. Zögernd, einzubiegen, den Wald zu betreten, das konnte ich verstehen. Einfach zögernd, umzudrehen und in die Zivilisation zurückzukehren, sagte ich Danton, aber genauso gern hätte ich, dass sie mich auch gleich mitnimmt. Und als wir gerade zurück ins Haus gehen wollten, startete der Motor wieder, tatsächlich ganz nahe, ein schwerer Motor, dachte ich, wahrscheinlich ein Diesel, und aus der Richtung, in die wir jetzt starrten, tauchte ein Laster auf, der, alle Scheinwerfer eingeschaltet, mit einem kolossalen Hupen durch die Schranke und dann das Feld hinauf fuhr, als wolle er den Wald rammen, dann in letzter Sekunde überraschend in unsere Richtung einschlug, um seinen Angriff nun scheinbar gegen das Haus zu richten, dann abrupt vor der Tür hielt, von der ich mich rasch entfernt hatte, während Danton sich nicht gerührt und wie ein Dompteur nicht aufgehört hatte, die Maschine mit hypnotischem Blick zu fixieren. Ein paar Sekunden lang bewegte sich niemand. Der ist wahnsinnig, sagte ich. Es sind zwei, erwiderte Danton, dessen Bart, der im Lichtbündel der Scheinwerfer hing, zu knistern schien, während er selbst den Eindruck erweckte, alle Muskeln angespannt zu haben. Die beiden Türen öffneten sich und zwei Männer, zwei wuchtige Männer sprangen vom Trittbrett, einer hielt eine Flasche in der Hand, die er ins Innere der Kabine warf, bevor er auf mich zuging, zwei Stunden suchen wir Sie, wenn Sie es denn sind, sagte er, Monsieur Danton, und ich wich zurück, nicht mehr ganz so überzeugt, es mit einem Mann zu tun zu haben, nicht einmal mit zwei Männern, dachte ich, als das andere Individuum, mit gleichen Lidschatten von kräftigem Blau, gleichen spitzen Ohrhängern, auf uns zukam, Zwillinge auf jeden Fall, aber vielleicht auch Zwillingsschwestern, Geschöpfe, mit denen wir in jedem Fall den Kürzeren ziehen würde, oder schlimmer, dachte ich, im Kopf alarmierende Bilder. Ich bin Danton, erklärte Danton mit einer, wie ich sagen muss, donquichottesken Würde, die seinen Bart leicht erbeben ließ, und Sie befinden sich auf meinem Land. Der andere musterte ihn und nickte langsam. Ein ganz schön ruhiges Fleckchen, sagte er (in diesem Moment neigte ich zum er). Ja, ganz schön ruhig, wiederholte er und musterte uns nacheinander. Sein regloser Doppelgänger starrte mich mit vollkommen ausdruckslosem Gesicht an. Ich bin Danton, wiederholte Danton ein bisschen lauter, und ich fordere Sie auf, mir zu erklären, was Sie hier tun. Eine Frau, sagte ich mir da, irgendwie erleichtert, kein Mann würde so den Kopf zur Seite neigen. In dem Moment zog sein Komplize eine Taschenlampe aus der Jacke und richtete sie auf die Seite des Lasters. LPM Internationale Umzüge, las ich. LPM Internationale Umzüge, las Danton vor. Er wirkte beinahe enttäuscht. Ja und?, erkundigte er sich. Ja und was. Wir beliefern Sie, das ist doch wohl klar. Das ist ein Irrtum, sagte Danton. Ich erwarte nicht die geringste Lieferung. Lassen Sie mich Ihnen daher raten, wieder in Ihren Laster zu steigen und sich zum Teufel zu scheren. Verweigern Sie die Annahme? Ich verweigere nichts. Sie liefern mir nichts, Schluss aus, sagte Danton. Ich gebe Ihnen dreißig Sekunden, um abzuzischen. Bedenken Sie, dass Sie großen Ärger bekommen, wenn die Frist abgelaufen ist. Und er ging Richtung Haus. Sehr gut, sagte der Typ oder die Frau. Das werden Sie der Dame aus Neapel erklären. Danton hielt inne und drehte sich langsam um sich selbst. Welche Dame aus Neapel?, fragte er. Unsere

Kundin. Die Musikerin. Und er oder sie wies mit dem Daumen nach hinten auf den Laster. Da ist ihr Flügel drin. Und ein ganzer Haufen Kleinkram. Ich würde Ihnen daher raten, sie anzurufen.

Wir riefen sie an. Aber Julia hatte Neapel am Vortag verlassen, endgültig, glaubten wir zu verstehen. Mehr wusste die Italienerin am Telefon auch nicht, sie hatte nicht direkt mit ihr zu tun gehabt, sondern mit Monsieur Tobner. Monsieur Tobner?, wiedeholte Danton. Monsieur Tobner, ja, sagte die Frau. Er hat sich um alles gekümmert. Um den Umzug?, erkundigte sich Danton. Um den Umzug?, sagte die Frau, das weiß ich nicht, wahrscheinlich, das Haus ist leer, zu verkaufen, ich muss es verkaufen. Rufen Sie vielleicht wegen des Aquariums an? Wegen des Aquariums?, fragte Danton. Sie haben das Aquarium hiergelassen, sie haben es vergessen, die Fische werden unruhig, das ist ein Problem, sagte die Frau. Wir können Monsieur Tobner nicht erreichen. Entschuldigen Sie, aber ich muss jetzt auflegen. Spät am Abend packten Danton und ich ein Paar Kandelaber, einen Teppich, zwei Wandleuchter, eine gepolsterte Bank und einen Sessel aus, ein Gemälde, einen Spiegel, ein Plaid (oder eine Stola), ein Konsoltischchen sowie zwei Keramikstatuetten, die ich Julia auf einer

Reise nach Spanien geschenkt hatte, ein Paar alter Geistlicher in schwarzer Soutane, gebeugt und finster, die hintereinanderher zu einer Leichenrede zu schreiten schienen. Ich glaubte auch den Teppich aus der Wohnung zu erkennen, die Julia früher über meiner bewohnt und nach unserer Heirat weiter bewohnt hatte, einen Teppich von abgenutztem Rot, an drei Stellen von den Rollen ihres Flügels gezeichnet, unter dem wir eines der ersten Male, als wir miteinander geschlafen hatten, miteinander geschlafen und wieder von vorn begonnen hatten. Während ich ihn mit Danton entrollte, dachte ich an Birgitta, die Nachmieterin von Julia in der Wohnung über meiner, an den schwarzen Kunstfaserteppich, mit dem sie das Zimmer ausgelegt hatte und auf dem wir, Birgitta und ich, ebenfalls miteinander geschlafen hatten, zwei oder drei Mal vielleicht, genau an der Stelle, wo Julias Flügel gestanden hatte. Hier stand ein Flügel, hatte ich Birgitta gesagt, als ich mich von ihrem Körper erhoben hatte, deprimiert von dem üppigen milchigen Fleck, den er auf dem schwarzen Teppich bildete, das genaue Gegenteil von Julia. Ach ja?, hatte Birgitta träge geantwortet. Julias Teppich bedeckte jetzt fast den gesamten Boden des Nebengebäudes, die Rollen des Flügels standen in ihren Abdrücken, die Leuchter auf dem Flügel, und Danton, den Kopf leicht geneigt, betrachtete das Arrangement mit Befriedigung. Ich werde die Heizung höherstellen, kündigte er an, sie wird sicher nicht mehr lange auf sich warten lassen. Ich saß auf der Bank und sah ihm zu, wie er das Konsoltischchen um ein paar unnütze Zentimeter verschob, die Stola auseinander- und wieder zusammenfaltete, die Kerzen mit, so sagte ich mir, dem Eifer eines Kirchendieners in den Leuchtern verteilte, und tatsächlich hätte man sich in einer Art Hauskapelle wähnen können. Die Akustik müsste gut sein, was meinst du? Bestimmt, sagte ich, bestimmt. Ich frage mich, wo ich nur Blumen auftreiben könnte, fügte Danton hinzu. Wozu Blumen, dachte ich, von derartiger Zuvorkommenheit verärgert, und fühlte mich plötzlich in den Hintergrund gedrängt, Julias enteignet. Ich ahnte voraus, was dieses absurde Wiedersehen alles an Kunstgriffen, an wahrscheinlichem Überschwang auf Seiten Julias mit sich bringen würde, ihre angedeutete Ironie, meine etwas ausgeprägtere, die leichte Verwirrung, die ich verspüren würde, weil ich vor ihr stünde, ungefähr so, wie sie mich zurückgelassen hat, mit so wenig über mich und meine Beschäftigungen zu sagen, diese verdammte, ermüdende Klarsicht, die mir bei allem voraus ist, meine Gefühlsverkümmerung, meine liebenswürdige Kälte, all das, was Julia verlassen hat und unverändert wiederfinden wird, wie sie mit einem einzigen und unbarmherzigen Blick urteilen wird, während sie sich Danton zuwendet, sich in Dantons Arme wirft, die bereit sind, sie zu empfangen, die Gefühlsausbrüche, denen ich dann beiwohnen muss. Wer ist dieser Tobner?, fragte ich Danton. Ich habe nicht die geringste Ahnung, antwortete er, ich höre den Namen zum ersten Mal. Plötzlich wurde mir klar, dass Julia unsere Begegnung sicher nutzen würde, um diese Scheidung von mir zu verlangen, um die uns zu kümmern wir beide versäumt haben, ich stellte mir den großen braunen Umschlag vor, aus dem sie rasch die Formulare herauszieht, den Finger, den sie auf die Stelle richtet, die meine Unterschrift aufnehmen soll, den unpassenden Witz, den ich unweigerlich in dem Moment machen werde, wenn sie mir einen Kuli reichen wird, das Lächeln, das sie mir zugestehen wird, das sie sich für meinen Zynismus vorbehält und das mich an jenes erinnern wird, das sie am Abend unserer Hochzeit zeigte, nachdem sie mir ihre Absicht angekündigt hatte, mich zu verlassen. Ich glaube, das Beste, was wir beide jetzt tun können, ist uns zu trennen, hat sie an jenem Abend gesagt. Ich weiß nicht mehr, welche unangebrachte geistreiche Bemerkung mir daraufhin entschlüpft ist, die mir jenes Lächeln eingebracht hat, dessen endgültiger Charakter mir nicht entging. Zu meiner Entlastung, ich war nicht auf eine solche Erklärung seitens einer Frau gefasst, mit der ich erst seit zwei oder drei Stunden rechtmäßig verheiratet war. Der Tag war strapaziös gewesen, und Julia, die zusammengekauert auf dem Sofa saß, erinnerte nur noch sehr entfernt an eine Frischvermählte. Diese Trauung hat unsere Nerven strapaziert, habe ich in einem Versuch der Versöhnung hinzugefügt. Und wie jedes Mal, wenn sie mich mit ihrem perplexen, aber keineswegs hilflosen Gesichtsausdruck beobachtete, fiel mir ein, dass sie ihre Musik habe. Dass sie immer ihre Musik haben würde. Vielleicht habe ich dir das nie gesagt, fügte ich noch hinzu, aber jede Hochzeit, bei der ich eingeladen war, nahm eine katastrophale Wendung. Reden wir nicht mehr darüber, sagte Julia und streckte sich. Noch in dieser Nacht begann sie ihre Serie mit Träumen von Danton, der in seiner Eigenschaft als Trauzeuge nach Verlassen des Rathauses einen kühnen und wirren Toast auf unseren Bund ausgebracht hatte, offenbar vor allem an Julia gerichtet, die sichtlich eingenommen von seiner linkischen Art war, während ich mich, an die Bar gelehnt, damit begnügte, die Anordnung bunter Rauten anzustarren, die auf der Vorderseite Dantons Pullover zierten, sie zählte und wieder zählte, die Augen zusammenkniff, im Versuch deren Kontrast abzuschwächen, ihr penetrantes Muster aufzulösen, die Liebe, stammelte Danton, in seinen wenig kleidsamen Wollpullover gezwängt, den Blick in Julias Blick, während er immer noch das Glas zum Bräutigam erhoben hielt, zu mir, wie mir verwundert klar wurde, während ich plötzlich dachte, dass Danton einen mehr als überzeugenden Bräutigam abgegeben hätte, Julia jetzt in seinen Armen, strahlend, wie man sagt, beide empfingen bald schon die üblichen Glückwünsche seitens der Bar-Gäste, die bei dieser Konstellation nicht auf die Idee kamen, sie könnten sich irren. Julia hatte mich vielleicht mit Blicken gesucht, der eine oder der andere ihrer Freunde hatte sich vielleicht zu der Stelle an der Theke umgeschaut, an der ich zum letzten Mal gesehen worden sei, würde man beteuern, nachdem ich den Ort verlassen hatte, rückwärts, beim ersten Kribbeln meiner Finger und meines Nackens, Vorbote dieser Krampfanfälle, zu denen ich seit einiger Zeit neigte. Auf der Straße unterließ ich es, tief durchzuatmen, wie man es in solchen Fällen zu tun versucht ist, mied die Richtung meiner Wohnung, wo der Anblick meines Steinways die Dinge nur noch verschlimmert hätte, und ging los, rasch, die Nase in der Ellenbeuge verborgen, fing an zu rennen, um das Individuum abzuhängen, das sich an meine Fersen geheftet hatte und das ich selbst war, beschrieb immer schneller dem Straßenverlauf folgend einen scheinbar unmotivierten Zickzackkurs, bis plötzlich an einer Straßenecke wieder die Rauten auftauchten, die den Oberkörper Dantons panzerten, der mir nicht im geringsten außer Atem mit ausgebreiteten Armen gegenüber stand. Julia erwartet dich bei euch, ich bring dich zurück, hatte er bedächtig erklärt. Dieser Pulli, den du bei meiner Hochzeit getragen hast, sagte ich zu Danton, als wir uns anschickten, den Anbau zu verlassen. Er hatte die Hand auf der Türklinke, die er betrachtete, ohne sie hinunterzudrücken, wie ganz in Anspruch genommen von dem Versuch, sich zu erinnern. So einer mit Rauten, weißt du noch? Solche Pullover trägst du nicht mehr, oder? Naja, sagte Danton.

Und Julia trifft ein. Damit hatten wir nicht gerechnet, sage ich zu Danton, als der Hubschrauber auf dem Feld aufsetzt und fast unmittelbar wieder abhebt. Julia trägt einen Seidenschal, einen Pelz, hochhackige Pumps, sie hat ihren Koffer hinter sich stehen gelassen und kommt langsam auf uns zu, löst langsam ihren Schal, der einen Moment über ihrer Schulter verweilt, dann zu Boden gleitet, großes Kino, ich mustere ihre Beine, die dünner geworden sind, scheint mir, oder länger als in meiner Erinnerung, bei jedem ihrer Schritte erkenne ich ihre vollkommenen Knie, die ich nicht aus den Augen lasse, unfähig, mich ihrem Gesicht zuzuwenden. Ich spüre, wie Danton zur Seite tritt, zurückweicht, immer weiter verschwindet, je näher Julia kommt, die immer langsamer geht, diese bereits sehr langsame Szene noch verlangsamt, jetzt sehe ich, dass sie etwas in den Armen trägt, eine Art Glasbehälter, als sie bei mir angekommen ist, taucht sie die Hand hinein und zieht, ihren Blick in meinem, mit übertrieben langen Fingernägeln, undenkbar bei einer Pianistin, einen Fisch heraus, den sie zwischen die Lippen nimmt, einsaugt, schluckt. Endgültige und dauerhafte Rückkehr des geliebten Wesens, sagt sie, du musst dasselbe tun. Ich starre auf ihren Mund, in dem gerade der Fisch verschwunden ist. Ich habe dir nie folgen können, sage ich Julia, plötzlich von lähmender Mattigkeit erfüllt. Bei dir gibt es zu viel Intensität, zu viel Intensität in allem, will ich gerade hinzufügen, aber in diesem Moment beginnt es zu regnen, ein unerwarteter, heftiger Regen, ich deute eine Geste in Richtung Haus an, von wo Danton auftaucht, mit einem Regenschirm ausgestattet, den zu öffnen er sich abzumühen scheint, bis er ihn schließlich im Rennen aufbekommt, beeil dich, fleht Julia, rühr diesen dreckigen Fisch nicht an, ruft Danton, rühr ihn nicht an, das ist nicht die echte Julia, Julia sieht nicht mehr so aus. Als ich aufwachte, stand Danton über mein Bett gebeugt, die Spitze seines Bartes streifte mein Federbett. Julia kommt, sagte er, ich habe dir Kaffee gemacht. Ich sah auf meinen Wecker, dann auf Danton. Dein Bart, sagte ich. Sei's drum, erwiderte Danton und wandte sich zur Tür. Keine Zeit, mich drum zu kümmern. Ein Albtraum, sagte ich. Ein entsetzlicher Albtraum.

Eine Viertelstunde später, noch nicht ganz wach und sicherheitshalber den Himmel absuchend, war ich also bereit, Julia zu empfangen, zum zweiten Mal, wie mir schien, mit dem Gefühl, die Szene ihrer Ankunft in gewisser Weise geprobt zu haben, aber doch zuversichtlich, dass ihr Erscheinen vernünftigerweise nicht so betrüblich sein könne, so überspannt wie in diesem Traum, dessen Spuren wegzuwischen mir gleichwohl nicht gelang, Julias Gestalt, ihre Beine und ihr Blick blieben in ihrer Deutlichkeit, als hätte ich sie gerade erst verlassen. Sie gesehen zu haben, wenn ich so sagen kann, bevor sie mich sieht, verlieh mir eine Art Macht, ich würde nicht wie sie den unvermeidlichen kleinen Schock des ersten Kontakts nach einer Trennung von fünf Jahren einstecken, keinerlei Korrektur vornehmen müssen an dem Bild, das ich von ihr bewahrt hatte, ich hatte bereits wieder mit ihren Beinen und Knien, mit der Struktur ihrer Haare, der Farbe ihrer Haut und sogar dem Timbre ihrer Stimme Verbindung aufgenommen, nun konnte sie kommen. Ich setzte mich auf das Sofa, wo ich meinen Kaffee trank, eher gelassen, im Gegensatz zu Danton, der sich von später Hektik ergriffen bemühte, ein wenig Ordnung ringsum zu schaffen. Wir hörten den Wagen nicht. Wir hörten nichts. Die Tür ging auf, und es kam, begleitet von einem Windstoß, ein kleiner blasser Mann mit Mittelscheitel im pomadisierten Haar herein, der mir auf der Stelle den Eindruck eines Stammgastes von Spielhallen oder Pokertischen machte, den man kaum bemerkt, bevor er den Gewinn einheimst, von Geburt an unter Schlaflosigkeit leidend, dachte ich, vielleicht bewaffnet, teurer Seidenanzug, ein Jurist, ein Porzellansammler, ein Zürcher Finanzier, außergewöhnlich zierliche Hände, die ein Lederköfferchen trugen. Tobner, sagte ich mir, noch bevor er sich vorstellte. Der Mann, der sich um alles gekümmert hat. Émile Tobner, sagte der kleine Mann, nachdem er ein paar Schritte getan hatte, ohne einen Blick für die Umgebung, als hätte er gewusst, womit er zu rechnen habe, hätte instinktiv die Situation erfasst, wobei nichts, um die Wahrheit zu sagen, ihn überraschen konnte, dann wandte er sich um, vertiefte sich einen kurzen Moment in die Betrachtung des Feldes, wo hinter dem Lieferwagen von Danton sein Fahrzeug parkte, dessen Karosserie, gleich seinem Besitzer, frisch poliert schien, nichts von einer notwendigerweise schlammigen, wahrscheinlich nächtlichen Reise ahnen ließ, sieh an, es schneit, sagte Tobner, als er sich wieder umdrehte. Sein Blick richtete sich auf Danton, dann auf mich, es schneit, wiederholte er. Julia wird niemals kommen, sagte ich mir. Mit einem unmerklichen Nicken schien Tobner zu bestätigen, was mir gerade als offensichtlich erschienen war, dann bemerkte er den Tisch, erlauben Sie, und legte dort vorsichtig sein Köfferchen ab, bevor er einen Stuhl heranzog, sich setzte und uns mit einer Handbewegung aufforderte, ihm gegenüber Platz zu nehmen.

Einen Kaffee?, schlug Danton vor und griff nach der Kaffeekanne, auf die Tobner einen Blick warf, ohne zu antworten, einen Kaffee oder etwas anderes?, fragte Danton nach, danke, nichts, antwortete Tobner und hob unversehens den Kopf. Sie fragen sich natürlich, wo Julia ist, erklärte er. Er legte beide Hände flach auf das Leder des Köfferchens. Wieder war ich von deren Feinheit erstaunt, die auf häufige Maniküre schließen ließ, und erahnte die Fingerfertigkeit bei der Unterzeichnung erbarmungsloser Verträge, ihre Behändigkeit beim Abwerfen der Spielkarten, wie wird er sich diesmal anstellen, fragte ich mich, ohne meine Frage recht zu verstehen, seltsam zerrissen zwischen dem Bedürfnis nach einer Antwort, worauf auch immer, und dem Bedürfnis, aufzustehen, Tobner am Kragen seines Jacketts zu packen und beide, ihn und sein Köfferchen, zur Tür zu schleifen. Vielleicht spürte Danton meine Anspannung. Die lange Fahrt, die Sie hierher haben machen müssen, sagte er zu Tobner. Fahren stört mich nicht, antwortete Tobner, ich fahre gern, vor allem nachts, nachts ist es ein Vergnügen. Natürlich, stimmte Danton zu. Überdies war ich nicht allein, fügte Tobner hinzu. Julia war bei mir. Seine Daumen legten sich auf die Schließen des Köfferchens. Sie haben sich abgewechselt, wagte sich Danton vor. Möglicherweise lächelte Tobner. Julia hasst Autofahren, rief ich in Erinnerung. Das ist richtig, bestätigte Tobner. Übrigens ist sie auf dem Rücksitz gereist. Aber Sie sind nicht Ihr Chauffeur oder jemand dieser Art, fragte Danton. Ausnahmsweise, antwortete Tobner. Und im Allgemeineren?, fragte ich. Im Allgemeineren, erwiderte Tobner, sagen wir, dass ich bestrebt bin, ihre Anweisungen zu befolgen. Wie immer sie lauten. Was gegebenenfalls gemeinsames Reisen einschließt. Ich verstehe, sagte ich. Das bezweifle ich, sagte Tobner. Gut, sagte ich, und wo ist sie? Ich nehme doch an, dass sie nicht im Auto geblieben ist. Nicht direkt, antwortete Tobner. Ich sah Danton an, der Tobners Hände fixierte, als erwarte er von ihnen irgendeinen Taschenspielertrick. Um die Wahrheit zu sagen, fuhr Tobner fort, ist die Situation, in der Julia sich zurzeit befindet und die meine Anwesenheit hier rechtfertigt, nicht so … einfach. Seine Daumen betätigten den Mechanismus der Metallschließen. Und dann ist sie es eben doch, wie Sie sehen werden. Aus Vorsicht würde ich dennoch gern … Monsieur Tobner, unterbrach ich ihn, ich glaube, Sie werden uns jetzt besser sagen, wo Julia ist. Sie ist hier, antwortete Tobner. Er hob den Deckel des

Köfferchens, aus dem er eine kleine pyramidenförmige Schachtel nahm, die er vorsichtig vor uns hinstellte. Da, präzisierte er und wies mit dem Zeigefinger auf die Spitze der Pyramide. Das, erklärte Tobner, ist eine Urne. Es trat Stille ein. Tobner zog seinen Zeigefinger weg und lehnte sich in seinem Stuhl zurück. Natürlich, fuhr er fort, bin ich in der Lage, Ihnen auf jede Frage zu antworten, die Sie stellen mögen. Ich drehte mich zu Danton. Jede Frage, wiederholte Tobner. Du wusstest es, sagte ich. Wie hätte ich, antwortete Danton und starrte auf die Urne. Er hob den Blick zu Tobner. Ist alles … gut verlaufen?, fragte er. So gelassen wie nur irgend denkbar, versicherte Tobner. Administrativ ist alles in Ordnung, darüber habe ich persönlich gewacht. Ich nehme an, Sie haben über alles gewacht, sagte ich. Tobner nickte langsam. Über alles, bestätigte er. Nun denn, ich vermute, wir haben Ihnen zu danken, sagte Danton und sah mich an. Tobner hob eine Hand. Ich muss noch den Anbau sehen, stellte er klar. Nicht, dass Julia den kleinsten Zweifel hinsichtlich dieses Anbaus geäußert hätte. Aber ich würde mich doch gern vergewissern, dass. Mir die Dinge vor Augen führen, wie sie sind. Natürlich, bemerkte Danton eilig. Wir standen auf. Erlauben Sie, sagte Tobner und nahm die Urne.

Wenn man die undurchdringliche Miene so sah und die Kommentarlosigkeit, mit der Tobner den Ort musterte, hätte man nicht sagen können, welche Gedanken ihn umtrieben. Nachdem er ohne jedes Zeremoniell die Urne auf dem Flügel abgestellt hatte, schritt er in die Mitte des Raumes, wo er stehen blieb, sichtlich weniger darauf konzentriert, Dantons Kommentaren zu folgen, als sich ein Bild des Ensembles zu machen, an das er sich, sagte ich mir, während der Rückreise würde erinnern können, eine Reise, deren Einsamkeit, deren Charakter einer allerletzten Prüfung ich vorausahnte, ich stellte mir das Köfferchen auf dem Rücksitz vor, leer, den Nebel, die Verzweiflung mit der man allein im Nebel fährt, hoffen wir, dass es zu schneien aufhört, dachte ich und bemerkte, dass mein Mitleid sich plötzlich auf Tobner richtete, diesen kleinen, unerschütterlichen und lästigen Mann, was hatte er für Julia empfunden, was hatte sie ihn durchstehen lassen, durch welche Hölle hatte sie ihn geschickt, von der er nichts erkennen ließ, während er sich strikt an seine Mission hielt, als handele es sich um eine einfache Klausel des mit Julia abgeschlossenen Vertrags, in Wahrheit ein mieser Job, sagte ich mir. Thermostatgeregelt, sagte Danton mit der Hand auf einem Heizkörper. Sodass ...

Bei Tobners leichtem Stirnrunzeln hielt er inne. Perfekt, schloss Tobner, der anscheinend die Inspektion dessen beendet hatte, was mir jetzt wie ein düsteres Konservatorium vorkam, zu dessen Wächter Danton verurteilt war. Tobner wandte sich mir zu. Ein nettes Gästehaus, was denken Sie?, schlug er vor. Ich?, sagte ich. Ja, sagte Tobner. Sie. Wie kommen Sie auf so eine Idee?, fragte ich. Ich glaube mich zu erinnern, sagte Tobner, dass Julia eine Möglichkeit dieser Art erwähnte. Wie auch immer, was die Asche betrifft, so weise ich darauf hin, dass nichts Ihnen untersagt, sie zu verstreuen. Sollte Ihnen deren Anwesenheit unangenehm sein. Und schon wandte er sich zur Tür, gefolgt von Danton. Ich schloss mich ihnen mit leichter Verzögerung an, und im Gänsemarsch liefen wir nun draußen durch die Schneeflocken. Nichts zwingt mich zu bleiben, das zu ertragen, es steht mir frei, abzureisen, sagte ich mir, sofort abzureisen, warten Sie eine Minute, sagte ich. Tobner drehte sich um, dann Danton. Ich sah Danton an. Er lächelte mir zu, mit seinem ewigen, noblen, unerträglich milden Lächeln. Sein Bart war voller Schnee. Danton, dachte ich. Mein Freund. Mein einziger Freund. Nein, nichts, sagte ich Tobner. Seien Sie vorsichtig, fahren Sie vorsichtig. Tobner lächelte kurz. Machen Sie sich um mich keine Sorgen, sagte er und ging zu seinem Wagen.

DIE FISCHE

Ich höre, wie man Sie fragt, womit Sie Ihre Zeit verbringen, Sie sagen, Sie malten Fische. Sie seien Fischmaler. Sie sind einundsiebzig Jahre alt, Sie wohnen im fünfzehnten Arrondissement, seit vierzig Jahren in derselben Wohnung, Sie heißen Félix. Vormittags treffen Sie einen gewissen Le Dû im Café-Tabac an der Ecke Rue de Vaugirard und Rue de l'Abbé-Groult. Das Café, knorriges Rüsterimitat, orangefarbenes Licht, schlecht geheizt, wird von Asiaten geführt. Le Dû: Pensionär der Pariser Verkehrsbetriebe, die Hose ein wenig zu kurz, Schuhe mit Kreppsohlen. Eben der Mann, der Sie fragt, womit Sie Ihre Zeit verbringen.

Sie haben nicht immer Fische gemalt, um die Wahrheit zu sagen, haben Sie gar nichts gemalt, bevor Sie in Rente waren. Dreißig Jahre lang sind Sie am Schaufenster des Geschäfts für Künstlerbedarf in der Rue Lecourbe vorbeigegangen, ohne stehen zu bleiben, das Auge auf den Fußgängerüberweg gerichtet, über den Sie dreißig Jahre lang gegangen sind, um zu Ihrer Metrostation und dann zu Ihrer Arbeit zu gelangen. Sie haben, sagen Sie, die Künstlerbohème nicht kennengelernt. Sie haben mehr als ein halbes Jahrhundert ohne das geringste Bewusstsein für Ihre malerische Begabung gelebt. Sie mussten erst das Rentenalter erreichen, um zu spüren, wie eine bis dahin ungeahnte Malereiberufung in Ihnen erwachte. Sie waren nur fünf Jahre verheiratet, Ihre Frau ist verstorben, Sie haben nie versucht, sie sozusagen zu ersetzen. Sie schätzen Ihre Wohnung, die kleine quadratische Küche, in der Sie all Ihre Mahlzeiten einnehmen, und das langgestreckte Wohnzimmer mit einer Tür zum Schlafzimmer. Seit dem Tod Ihrer Frau haben Sie nichts verändert, zweimal in der Woche wischen Sie Staub und saugen gründlich, und Sie vergessen nie zu lüften. Sie sind ein pfleglicher und gepflegter Mann, Sie tragen eine Tweedjacke über einer Cordhose, Sie wechseln alle zwei Tage das Hemd und Ihre Schnürschuhe sind immer gewienert. Sie sind weder sehr sympathisch, noch unbedingt unsympathisch, Sie sind etwas anderes.

Le Dû teilt Ihnen den Tod seines Kanarienvogels mit, Sie wussten nicht, dass er einen Kanarienvogel besaß, macht so ein Vogel nicht ganz schön Dreck? Kommt immer drauf an, sagt Le Dû. Der Gesellschaft von Tieren ziehen Sie persönlich die von Büchern vor, auch wenn Sie wenig lesen. Ihre Bibliothek enthält immerhin ein paar Bände der Pléiade. Sie besitzen ein Büffet, ein Bett und einen Tisch aus Kirschbaumholz, ein paar Porzellanschüsseln und ein Silberbesteck, das von Ihren Großeltern stammt. Sie malen an einer Staffelei, in Ihrem Wohnzimmer, beim Licht einer Halogenstehlampe. Sie verstauen Ihre Malsachen im Wandschrank der Diele. Wenn Sie mit einem Bild fertig sind, fotografieren Sie es mit einer Digitalkamera und stellen es auf Ihre Internetseite. Ach ja? Schau an.

Le Dû ist ein mittelmäßiger Gesprächspartner, aber er hört aufmerksam zu. An den Tagen, an denen Sie nicht ins Café kommen, ist seine Enttäuschung offenkundig. Er setzt sich immer mit dem Blick zur Wand und überlässt Ihnen das Privileg der Sitzbank, passt Ihre Ankunft im getönten Spiegel ab, der über ihr hängt. Seine ganze Art lässt vermuten, Sie seien der einzige Künstler, dem sich zu nähern ihm vergönnt war, und er beneide Sie vor allem um Ihre Beschäftigung. Ganz offensichtlich beeindruckt ihn die Existenz Ihrer Internetseite. Er besitzt keinen Computer, erst recht keinen Internetanschluss, es ist offensichtlich, dass er auf Ihren Vorschlag wartet, bei Ihnen vorbeizukommen, um sich Ihre Werke anzusehen. Ich würde sogar behaupten, dass er nichts gegen eine Einladung zum Abendessen hätte.

Sie haben noch Ihre Mutter, achtundneunzig im nächsten Mai, Sie kennen sie nur als Witwe. Jeden

Freitag begeben Sie sich in das Dorf in der Normandie, in dem sie lebt, Sie nehmen den Zug, den Corail um 16:24 Uhr, Sie steigen um 18:54 Uhr im Bahnhof von D. aus. Von dort aus nehmen Sie den 19-Uhr-Bus, der Sie praktisch gegenüber ihrem Haus absetzt, ein recht nettes mit vier Zimmern, an einem Platz mit schönen, versetzt gepflanzten Bäumen. Sie wissen nicht, was Sie mit diesem Haus anstellen werden, wenn Ihre Mutter nicht mehr ist. Nach vierzig Jahren in Paris sind Sie nicht sicher, ob Sie dort hinziehen wollen, es ist doch ein recht abgelegener Ort, und es verhält sich so, dass Sie da nicht den kleinsten Fisch malen. Sie sind dort nicht inspiriert wie in Ihrer kleinen Pariser Wohnung, auch wenn nicht weit entfernt ein Flüsschen vorbeifließt und es nicht an Anglern mangelt, deren Fang Sie nach Belieben studieren könnten. Aber Sie müssen in Paris sein, und noch dazu in Ihrem Pariser Wohnzimmer, um Inspiration zu finden und all die Farben aus Ihren Pinseln strömen zu lassen. Jeden Freitag tut Le Dû so, als habe er vergessen, dass Sie am Wochenende wegfahren, jeden Freitag verabschiedet er sich mit einem na, also dann, bis morgen, woraufhin Sie antworten, nein, morgen nicht, bestimmt nicht, morgen, am Samstag, bin ich bei meiner Mutter in der Normandie. Die Vorstellung, dass Le Dû darüber verstimmt wäre, dass er in Ihrer Mutter und der Normandie Konkurrenten sehen könnte, scheint Sie nicht zu streifen, es sei denn, Sie wären sich dessen vielmehr völlig bewusst, das ist schwer zu sagen, Ihre unbeteiligte und bedächtige Stimme hält ihn auf jeden Fall in respektvollem Abstand, verbietet ihm, sich die geringste Verstimmung anmerken zu lassen. Was ist jetzt mit der Pferdewette? Dann aber schnell, antworten Sie und kramen in einer Tasche Ihrer Jacke, aus der Sie einen Brief hervorziehen, den Sie langsam entfalten, in dessen Lektüre Sie sich eine gute Minute vertiefen, bevor Sie ihn wieder zusammenfalten und kommentarlos zurückstecken.

Sie stellen fest, dass Sie beide den Silvesterabend allein zu Hause verbracht haben, ach wie blöd, sagt Le Dû, aber Sie haben nichts mit Silvester am Hut, ein Abend wie jeder andere, auch wieder wahr, räumt Le Dû ein, ich persönlich bin nicht scharf auf Gänseleber, meine Nachbarn haben einen Radau veranstaltet, an Schlaf nicht zu denken, junge Leute. Ihr Haus hingegen ist zu jeder Gelegenheit ruhig. Wie an jedem beliebigen Morgen sind Sie früh aufgestanden, um zu malen, stimmt, Sie haben ja Ihre Malerei, sagt Le Dû, Ihre Fische, übrigens, was für

Fische eigentlich? Ganz egal, bunte Arten, exotische, aber nicht nur, nehmen Sie die Karpfen, selbst Karpfen malen Sie farbenfroh, und das Wasser, erkundigt sich Le Dû, ja, das Wasser, das kriegen Sie noch nicht richtig hin, Ihre Fische liegen auf dem Trockenen, da schwimmt nichts, Stillleben in gewisser Weise, versucht Le Dû, Sie ziehen eine Braue hoch, nein, nicht genau, ich verstehe – Le Dû lässt es gut sein.

Sie halten sich gerade, den Hals gestreckt, Sie lehnen den Rücken kaum gegen die Bank. Ihre Stimme trägt weit, Ihre Aussprache ist deutlich. Wäre Le Dû taub, so könnte er ohne Schwierigkeit all die Äußerungen, die Sie ihm zuteil werden lassen, von Ihren Lippen ablesen. Le Dû, der nicht taub ist und ständig nickt, wendet die Augen nicht von Ihnen ab, auch wenn er größte Mühe hat, Ihren Blick auf sich zu ziehen. Über seinen Schädel hinweg fixieren Sie einen unbestimmten Punkt im Raum. Mit Ihrer klangvollen Stimme verkünden Sie, ein vollendetes Bild sei wie eine Stradivari, die man nicht mehr spiele. Mit einem Zungenschnalzen schnappt Le Dû sich dieses Almosen und stopft es in eine Ecke seines Magens, wird später darüber nachdenken oder es vergessen haben. Sie richten das Revers Ihrer Jacke mit einem kräftigen Zug. Sie geben dem Kellner ein Zeichen,

Ihnen die Rechnung zu bringen. Ist Ihnen Le Dûs Ausdauer bewusst?

Sie haben das Angebot erhalten, in der Mediathek von Livry-Gargan auszustellen. Das Gesicht von Le Dû leuchtet auf, mit einer Handbewegung mäßigen Sie seine Begeisterung. Im vergangenen Jahr haben Sie die enttäuschende Erfahrung des Kunstsalons von Roissy-en-France gemacht. Bis auf zwei, drei Ausnahmen jede Menge Pinselei und das dumpfe Herumlaufen eines wenig sachkundigen Publikums. Ein örtlicher Einzelhändler hat eines Ihrer Werke erworben, ohne Sie auch nur zu fragen, ob Sie der Künstler seien, hat die Verpackung abgelehnt und Ihnen drei Scheine in die Hand gedrückt. Sicher, sagt Le Dû, aber immerhin. Sie zucken mit der Schulter, Sie senken den Kopf, Sie rühren langsam mit dem Löffel in Ihrem Milchkaffee. Bei den Verkehrsbetrieben, da kannte ich einen, sagt Le Dû, vielleicht wissen Sie das nicht, aber bei den Verkehrsbetrieben organisieren sie Ausstellungen. Ich könnte versuchen, den wieder aufzutreiben, erkühnt sich Le Dû. Sie vorstellen. Mit dem Blick folgen Sie einem vorbeifahrenden Bus, Sie mustern kurz Ihre Fingernägel. Ich habe noch meine Kontakte, wagt Le Dû sich noch weiter vor. Diesmal sehen Sie ihm klar ins

Gesicht, Sie ziehen eine Braue hoch, Sie zeigen ein schmales Lächeln, womit Sie Le Dû zum Schweigen bringen.

Heute ist es Le Dû, der nicht im Café ist. Sie stellen sofort fest, dass der Platz leer ist, Sie zögern kurz, Sie lassen den Blick durch den Raum schweifen, Sie verweilen auf dem unergründlichen Gesicht des asiatischen Kellners, zwei Mal hintereinander öffnen und schließen Sie den Mund, ein letzter Blick entlang der Bar, und Sie bewegen sich zu der Bank. Sie setzen sich, öffnen einen Knopf Ihrer Jacke, legen die Hände flach auf den Tisch. Der Asiate nähert sich, bleibt in der Erwartung Ihrer Bestellung stehen, einen großen Milchkaffee. Sie scheinen zu denken, allmählich sollte er es wissen, das wäre doch wohl das Mindeste, ein Zeichen des Wiedererkennens, ein bisschen von dieser Wärme, an der es hier fehlt, Ihr Freund ist heut nicht da, ganz allein heute? Sie würden antworten, er komme gleich, Sie seien ein wenig zu früh dran. Sie würden den Mund nicht auf diese Weise öffnen und schließen, wie ich es noch nie an Ihnen gesehen habe. Wie das Ersticken eines Fisches.

DER KONTRABASS

Ich lese, dass der Mann auf einer Bank sitzt. Da ich selbst auf einer Bank sitze, besteht mein erster Reflex darin, das Buch wieder zuzuklappen. Es ist kein Buch, das ich gekauft habe, ich lese schon lange nicht mehr, ich hänge der Auffassung an, dass ein Melancholiker ein Mann ist, der zu viel liest und besser daran täte, seinen Blick ins Leere schweifen zu lassen. Ich habe dieses Buch auf der Bank gefunden, auf der ich sitze. Mir scheint, es war nicht da, als ich mich setzte, aber in der Annahme, dass es nicht vom Baum gefallen sein kann – fast immer ein Baum über einer Bank, aber selten Bücher in Bäumen –, vermute ich, dass ich es einfach nicht bemerkt habe, als ich mich setzte. Es handelt sich um ein sehr kleinformatiges Buch mit kartoniertem Einband, unpraktisch aufzuschlagen, mühsam offen zu halten. Ein unverständlicher Titel. Sofort ist darin die Rede von einem Mann, der auf einer Bank sitzt, was ich unverzüglich bedaure, da ich in meiner Situation weiß, dass von einem Mann, der auf einer Bank sitzt, das Schlimmste zu befürchten ist und folglich auch von einem Buch, das gleich zu Beginn eine solche Position ins Auge fasst. Wie ich, kann der Mann im Buch nur auf einer öffentlichen Bank sitzen. Befände er sich beispielsweise in seinem eigenen Garten oder dem von Freunden, die ihn für einige Tage eingeladen hätten, weil es sich bei diesem Mann um einen hervorragenden Gesellschafter handelt, mit dem man angenehm im Garten sitzend plaudert, hätte ich gelesen: Der Mann sitzt auf einer Bank in seinem Garten, oder: Der Mann sitzt in einem Garten in Gesellschaft hervorragender Freunde. Nichts dergleichen. Ich folgere für diesen Mann, dass er, wie ich selbst, auf einer öffentlichen Bank sitzt, eventuell auf einer Bank in einem Garten, aber einem öffentlichen. In der Stadt also, denn öffentliche Gärten treiben sich nicht auf dem Lande herum. Nehmen wir an, dass es sich um einen Pariser Park handelt, geben wir diesem Park eine dreieckige Form, ein Becken in der Sichtachse der Mittelallee, ein paar Statuen, aber keine Gitter, merken wir uns den morgendlichen Aprilwind, der den Ort durchweht, folglich kalte Sonne und hochgeschlagene Kragen der wenigen Passanten, fragen wir uns dann nach der geheimnisvollen Leistung dieser Kastanie, der Einzigen, die ihre Blätter, wiewohl demselben Klima wie ihre Nachbarn ausgesetzt, entfaltet hat, bemerken wir schließlich, dass ich der Einzige bin, der auf einer Bank sitzt, und wir haben es. Da habe ich dieses Buch auf den Knien, in dem man mir gleich zu Beginn einen Mann präsentiert, der auf einer Bank sitzt, sogleich wird von mir verlangt, mir einen auf einer Bank sitzenden Mann vorzustellen, was mich auf der Stelle das Buch zuklappen lässt, über dessen schmalen Umfang ich mich nicht mehr wundere, höchstens fünfundzwanzig Seiten, wie soll man in der Tat mehr schreiben, frage ich mich, wenn man mit einem auf einer Bank sitzenden Mann beginnt. Gewiss, nichts erlaubt mir, an diesem Punkt meiner Lektüre zu behaupten, dieser Mann sitze wirklich auf einer Bank in einem Park, es werde mir nicht im zweiten Satz mitgeteilt, dass er gerade auf den Bus wartet. Aber hätte es in diesem Fall nicht heißen müssen: Ein Mann wartet auf einer Bank, dass der Bus kommt? Ist nicht der Mann, den man hinsetzt, um ihn auf den Bus warten zu lassen, a priori von größerem Interesse als der, den man uns auf einer Bank sitzend präsentiert? Von einem Mann zu lesen, dass er auf den Bus wartet, lässt doch vermuten, dieser Mann begnüge sich nicht damit, wie ich selbst es tue, auf einer Bank zu sitzen; auch ich könnte, sitzend oder sogar stehend, damit beschäftigt sein, nach dem Bus Ausschau zu halten und mit meinem Einsteigen würde der Lauf meines Lebens auf die eine oder andere Weise korrigiert, nähmen zumindest die Dinge eine andere Wendung, aber lassen wir den Bus beiseite, dieser Bus macht mich nervös, alles macht mich heute Morgen nervös. Ich habe mich in einem gewissen Zustand von Nervosität auf diese Bank gesetzt und von der Bank erhofft, sie werde diesen Zustand dämpfen, dass gegen, sagen wir, Mittag meine Nervosität geschwunden wäre, wie zu dieser Stunde die Brauenfalte schwindet, die von einem nervösen Schlaf kündet, und dann erwartete mich hier dieses kleine, irritierende Buch, fünfundzwanzig Seiten von selbstgefällig dickem Papier, provozierend vom ersten Satz an, obendrein im Präsens geschrieben, wie um mir jeden Ausweg zu versperren, hätte ich gelesen, der Mann *saß* auf einer Bank, aber nein, er sitzt auf der Bank, er tut es gerade jetzt, wir tun es, er und ich, wenn es schon so weit mit uns gekommen ist, sage ich mir, kann ich auch nachsehen, was ihn hergeführt hat.

Als er heute Morgen aufgestanden ist, war das Wetter schön, zumindest hat ihn eine gewisse Anna wissen lassen, es sei schön, und hinzugefügt, er solle es ausnutzen und hinausgehen, Luft schnappen, einen Spaziergang machen, hat sie vorgeschlagen. Ich persönlich bin nicht so alt, dass man mir beim kleinsten Sonnenstrahl nahelegt, ich solle Sauerstoff

tanken – keinerlei Anna zu Hause, die mich dazu
ermuntert –, dennoch bin ich gegen zehn Uhr und
trotz einer möglicherweise beginnenden Nackensteife ebenfalls hinausgegangen, ich bin in diesen
Park gegangen und habe mich auf diese Bank gesetzt, wie ich es genauso gut auf die daneben hätte
tun können, ehrlich gesagt hätte mir jede beliebige
Bank dieses Parks gepasst, nicht so dem Mann aus
dem Buch, ich erfahre, Seite zwei, dass er, kaum aus
dem Haus, den Weg zu dieser Bank eingeschlagen
hat, was ihn betrifft, so wäre keine andere Bank recht
gewesen. Was diesen Mann dazu veranlasst hat, sich
auf diese Bank zu setzen, lese ich, war in keiner Weise
von Masochismus oder Nostalgie diktiert, im Kampf
gegen Masochismus und Nostalgie hat er darauf Platz
genommen, nicht um dort die Vorboten des Früh-
lings zu genießen, einer Jahreszeit, die er nicht son-
derlich schätzt, worin ich ihm nur zustimmen kann,
sondern mit dem klaren Ziel, Anna wieder so vor
sich zu sehen, wie sie ihm vor einundzwanzig Tagen
in diesem Park erschienen war, wieder zu sehen,
wie sie in ihrem grünen Mantel, einen roten Schal
um den Hals, auf ihn zukam, die Zeit fand, ihm zu-
zulächeln, bevor sie etliche Male nieste und sich
dann neben ihn setzte. Was dieser Mann tatsächlich

von dieser Bank aus zu tun gedenkt, ist, die ganze Szene in Zeitlupe Revue passieren zu lassen, sie so oft wie nötig zurückzuspulen, um den Augenblick zu erfassen, da Anna die Geste gemacht hat, die ihm zum Verhängnis wurde, wenn es nicht nur das war, was sie etwas später im Café gesagt hat und was ihm natürlich zum Verhängnis geworden ist, aber das glaubt er nicht, er glaubt, dass eine Geste von Anna, als sie auf dieser Bank saßen oder als sie auf der Allee näher kam, alles ausgelöst hat, im Café war das Unglück schon geschehen. Diese Geste ausmachen, den Augenblick dieser Geste, und sie sich dann solange wiederholen, bis sie ihre Wirkung verliert, sie zur Bedeutungslosigkeit reduzieren, davon befreit sein, anschließend nach Hause zurückgehen, wo Anna sich befindet, von Anna befreit nach Hause gehen.

Dieser Mann, lese ich, hat sich gegen zehn Uhr fünfzehn auf diese Bank gesetzt, genau auf den Platz, den er vor einundzwanzig Tagen in Erwartung Annas eingenommen hat, auf die linke Bankseite nämlich, er hat die Beine übereinandergeschlagen, den Mantelkragen hochgestellt und entschlossen auf den Punkt der Allee gestarrt, wo vor einundzwanzig Tagen Annas Gestalt zwischen zwei Kastanien aufgetaucht war. Ich stelle fest, dass ich von dem Platz, den ich auf der linken Seite meiner eigenen Bank einnehme, Sicht auf die beiden Kastanien habe, die den Anfang der Allee markieren, und wenn ich auch nicht die Beine übereinandergeschlagen habe, was mir der junge, eingebildete, wahrscheinlich inkompetente und hinter EDV verbarrikadierte Arzt untersagt hat, an den mich der alte Puech mit dem, was ihm an aufrechten Patienten blieb, verkauft hat, um sich auf diese savoyardische Alm zurückzuziehen, wo er den, wie ich finde, riesigen Fehler begangen hat, ein Chalet zu erwerben, so habe ich doch ebenfalls den Mantelkragen hochgestellt, bevor ich die rechte Hand vermeintlich auf die Sitzfläche der Bank, tatsächlich aber auf dieses Buch gelegt habe, das übrigens von meinem Gehirn, welches mit meiner Hand verbunden ist, und Gott gebe, dass das so bleibt, nicht sogleich als solches identifiziert wurde, die Hand hat den Gegenstand betastet und ihn dann, wegen der womöglich beginnenden Nackensteife vor die Augen gehoben. Gut, gut, habe ich mir gesagt, da ist ein Buch, das vorher nicht da war, dessen Vorhandensein mir zumindest nicht aufgefallen ist, als ich mich setzte, dessen Farbe wahrscheinlich mit jener der Bank verschmolzen ist, dessen Titel mich nicht nur an nichts erinnert, sondern mir nichts

Sinnvolles sagt, und trotzdem habe ich es aufgeschlagen, ohne lange darin zu blättern, war ich direkt beim ersten Satz, als sei es meine Absicht, es durchzulesen, nun war aber meine Absicht eine ganz andere, das Buch zu öffnen war nur eine Art, Zeit zu gewinnen, den Moment der Entscheidung hinauszuschieben, die zu treffen ich persönlich zu dieser Bank gekommen bin, bezüglich einer Frage, die allzu lange hinausgeschoben wurde, ein Zeichen von Feigheit. Der Mann sitzt auf einer Bank, habe ich gelesen. Etc.

Von dieser Anna muss ich mir jetzt vorstellen, dass sie anscheinend an diesem Morgen nicht die Absicht hatte, mit dem Mann auszugehen, und dass er sich nicht getraut hat, es ihr vorzuschlagen, seit einundzwanzig Tagen traut er sich nichts mit Anna, was erklärt, warum er allein auf seiner Bank ist, allein, aber im Geist heimgesucht von dieser Frau, nicht gänzlich allein also, anders als ich es unbestreitbar bin, vor mir die Aussicht auf diese menschenleere Allee, wo sich ungewollt plötzlich die Erinnerung daran abzeichnet, was mir nie passiert ist, wo ich plötzlich im Begriff bin zu sehen, was ich dort nie gesehen habe, das Auftauchen von Anna, auf Seite drei ist die Szene so beschrieben, eine junge Frau in grünem

Mantel kommt die Allee entlang auf den Mann zu, sie tragen den gleichen roten Schal, sie ist erkältet, dreißig Jahre trennen die beiden, sie ist Pianistin, sie kommt aus Australien, hat dort zwei Tage zuvor geheiratet, am Tag nach ihrer Hochzeit ist sie allein ins Flugzeug nach Paris gestiegen, wo sie ein Konzert geben soll, ihr erstes richtiges Konzert, er war Cellist, ein recht berühmter Cellist – bei diesem Wort halte ich kurz inne, ich selbst war Kontrabassist, ein recht berühmter Kontrabassist –, er aber besitzt noch andere Instrumente neben seinem Cello, vor allem ein Klavier, sagt er zu Anna, und ein Gästezimmer, fügt er auch gleich hinzu, sie wird nicht in ihrem Hotel bleiben, zusammen werden sie dort ihren Koffer abholen, den er ins Gästezimmer tragen wird, er wird ihren Schnupfen behandeln, er wird den Proben und dann dem Konzert beiwohnen, danach wird er warten, dass sie ihm ihre Abreise nach Australien ankündigt. Aber sie reist nicht ab, der Grund, weshalb sie nicht dorthin aufbricht, wo sie ein frischgebackener und zwangsläufig ungeduldiger Ehemann erwartet, ist höchst geheimnisvoll und schließlich quälend, sie gibt keinerlei Erklärung, er hütet sich, eine solche einzufordern, einundzwanzig Tage später finden wir unseren Mann auf einer Bank wieder, wo er sich fragt, wie er diese Frau verlassen soll, die, frisch mit einem anderen verheiratet, zu ihm gekommen ist, die, kaum verheiratet, in seine Richtung geflogen ist, diese Heirat anscheinend ganz und gar vergessen hat und auch den Ehemann, der zwangsläufig zu dieser Heirat dazugehört.

Kurzum, sage ich mir, da ist ein Mann, der auf einer Bank sitzt und über die Art und Weise nachdenkt, wie er die Frau eines anderen verlassen wird. Ein Mann, dem zu raten ich meinerseits ganz ungeeignet wäre, da ich immer verlassen wurde und nicht die geringste Vorstellung von dem habe, was sich einer Frau, auf die man nur verzichten kann, zu sagen schickt außer, Ich gehe. Ich gehe wäre gewiss die eleganteste Formulierung, aber es ist seine Wohnung, er ist darin geboren, er gedachte darin zu sterben, das ist der Ort, wo er vorgesehen hat zu sterben, der am meisten seiner Vorstellung von einer anständigen Agonie entspricht, er besitzt dort, lese ich, all jene Bücher, die er nicht mehr liest, aber von denen umgeben zu siechen ihm angenehm wäre, ein langer, düsterer Flur, sein Samtsofa, das Cello, auf dem er nicht mehr spielt, ebenso wie ich – mir entfährt ein kleines nervöses Lachen – nicht mehr auf meinem Kontrabass spiele. Man könnte meinen, dieser

Mann befände sich bei mir, sage ich mir und denke an mein eigenes Samtsofa, meinen düsteren Flur und meine Bibliothek. Es sei denn, ich wäre bei diesem Mann zu Hause, es sei denn, ich sähe mich eher bei diesem Mann als bei mir, bei mir ertrage ich mich tatsächlich ziemlich schlecht, aber deshalb die Illusion zu nähren, dass mich Anna dort erwartet. Fahren wir fort.

Da, im folgenden Absatz, denkt er jetzt an die wenigen Frauen, die Anna in dieser Wohnung vorangegangen sind, deren Auszug er sich fast sogleich nach dem Einzug gewünscht hat, außerstande, dauerhaft mit einer ebenso gefürchteten wie ersehnten Einsamkeit zu brechen, die er mal als den besten aller Zustände und mal als den schlimmsten empfunden hat, aber in Treue zu der er schließlich dieses unbestimmbare Alter erreicht hat, in dem er sich ohne Skrupel ausschließlich der Zuneigung zu seinem alten Sofa, seinen teuren und unnützen Büchern, seinem teuren und sperrigen Cello hingeben kann. Alle diese Frauen sind schließlich gegangen, mit der Begründung, er liebe sie nicht, nicht genug, nicht so sehr, wie geliebt zu werden ihnen zustünde, da sie zweifellos erkannt hatten, dass er sie nie stärker denn als Gegangene lieben würde, er hielt sie nicht zurück, woraufhin er sie friedlich auf seinem Sofa sitzend, im Schweigen seiner Bücher, in der Stille seines Cellos ohne Reue beweinen konnte. Mir fällt auf, dass auch ich immer die Stille gesucht habe und niemals zufrieden war mit ihr. Kaum habe ich sie hergestellt, ermesse ich plötzlich all ihre Gefahren, ohne zu verstehen, welche Geistesverirrung mich so nach ihr hat verlangen lassen, und ich will ihr nur noch entkommen, ich habe mich von stürmischen Frauen verwirren lassen, die eine stürmische Liebe praktizierten, auf die ich nur mit wachsender Stille habe antworten können, und am Ende Spektakel, Vorwürfe und dieses Kofferpacken, das ich von der Schwelle zum Schlafzimmer aus beobachtete. Und jetzt Anna. So wenig vorwurfsvoll, still bis in ihr Lächeln, jeden Moment imstande, nach Australien davonzufliegen. Ich für meinen Teil bin nie in Australien gewesen, und wäre ich dort gewesen, wüsste ich so gut wie nichts davon, wie von allen Orten auf der Welt, an die mich mein Beruf geführt hat, ich könnte höchstens ein Wort über die Flughäfen verlieren, wobei auch die sich in meiner Erinnerung vermischen, abgesehen vielleicht von dem in Istanbul, wo ich dank einem verspäteten Flug die besten gebratenen Nudeln der Welt gegessen habe, und natürlich Berlin, in Berlin hat man mir einen Kontrabass ausgehändigt, der nicht meiner war, meiner ist den Mäandern von Anschlussflügen gefolgt, die nie eindeutig identifiziert wurden, ebenso wenig wie der Kontrabassist sich meldete, der meinen Kontrabass geerbt hat, ich habe daraus gefolgert, dass er meinen Kontrabass gespielt hat, wie ich seinen in Berlin gespielt habe, idealerweise hatte dieser unbekannte Kontrabass, den ich auf dem Flughafen in Berlin geerbt habe und dessentwegen ich den ganzen Flughafen in Berlin zusammengebrüllt habe, großen Anteil an dem triumphalen Erfolg, den wir in Berlin feierten. Von allen Städten, in denen wir, meine Musikerkollegen und ich, für Auftritte engagiert wurden, habe ich letztendlich nur die hundert Meter Fußweg zwischen Hotel und Konzertsaal gesehen, das also, was uns die Einladenden davon sehen lassen, die sich aus Erfahrung mit uns Künstlern schließlich mit unserer fehlenden Neugier, mit unserer zuweilen an Flegelhaftigkeit grenzenden Gleichgültigkeit und Lakonie abgefunden haben und fortan darauf achten, uns in unmittelbarer Nähe unseres Leistungsorts unterzubringen und zu versorgen. Ich würde Anna gern erklären, dass dieses Arrangement uns Musikern absolut entgegenkommt – und ich glaube zu wissen, für Profisportler gilt das Gleiche –, dass wir, ist unsere Leistung einmal erbracht, sind die Ovationen erst einmal kassiert, nicht danach trachten, uns in mehr oder weniger kulturellen Spaziergängen oder Besichtigungen zu verlieren, sondern so schnell wie möglich zum Flughafen zurückgebracht zu werden, dass wir fortwährend von Organisatoren die Bestätigung unseres Rückflugs erbitten und gar nicht selten mit dem Flugticket in der Innentasche unseres Jacketts oder gar im Instrumentenkasten auftreten, wenn das möglich ist, was bei Kontrabassisten der Fall ist, aber das ist etwas, das Anna schnell erfahren wird, falls sie ihre Laufbahn als Pianistin fortsetzt.

Ohne dieses Konzert, das zu geben sie nach Paris gekommen ist und von dem das Buch nichts verrät, hätte dieser Mann niemals vor einundzwanzig Tagen auf dieser Bank gesessen und nach Anna Ausschau gehalten, die am Vortag von Sydney ein Flugzeug nach Paris und dann ein Hotelzimmer genommen hatte, in dem sie ein paar Stunden geschlafen hatte, bevor sie zu ihm in diesen Park gekommen war, genau an den Ort, den er für ihre Verabredung angegeben hatte. In dem Augenblick, da sie zwischen den beiden Kastanien auftaucht, weiß er noch nichts von ihr außer dem, was ihm dieser befreundete Dirigent über sie gesagt hat, der ihn angerufen hat, um ihm Anna anzuempfehlen, eine junge Musikerin also, die in Paris niemanden kennt, und ob er so freundlich wäre. Er hat gezögert und dann ziemlich widerwillig ein Treffen in diesem Park vorgeschlagen, das er rasch hinter sich bringen würde. Vielleicht nicht der beste Ort, sagte er sich, als er Anna auf sich zukommen sah und feststellte, je weiter sie sich, eingehüllt in diesen roten, mit seinem identischen Schal, die Allee entlangbewegte, dass sie erkältet schien, sehr erkältet sogar, stellte er fest, als sie vor ihm stand und Zeit fand, ihn anzulächeln, bevor sie zu niesen begann. Sie setzten sich auf die Bank, dann, bloß weg hier, sagte er, Sie holen sich den Tod, gehen wir lieber in ein Café. Sie gingen in ein Café, bestellten warme Getränke, Anna holte eine Packung Taschentücher aus ihrer Handtasche, putzte sich die Nase, lächelte ihn erneut an, er erwiderte ihr Lächeln, ein paar Sekunden Pause und: Ich habe vorgestern geheiratet, teilte sie zwischen zwei Niesern mit. Aha, sagte er. Dieser Schnupfen ist eine Katastrophe, fügte sie hinzu. Ausgerechnet vor meinem ersten richtigen Konzert. Wir werden Sie gesund pflegen, sagte er. Sie gingen in ihr Hotel, ihren Koffer holen, den sie nicht ausgepackt hatte, den er durch seinen Flur bis zum Gästezimmer rollte, Anna wollte nicht ins Bett, auch nicht das Klavier sehen, Anna setzte sich auf sein Sofa, legte sich auf sein Sofa, sagte komische Hochzeitsreise und schlief ein. Er sah ihr beim Schlafen zu, verschwendete keine Gedanken an ihren Mann, keinen irgendwie gearteten Gedanken, höchstens verfluchte er an diesem Tag, als er sie auf seinem Sofa ausgestreckt schlafen sah, den Dirigenten dafür, ihm die verschnupfte, niesende Anna geschickt zu haben, diese Pianistin in ihrem taillierten grünen Mantel, in ihren roten Schal gehüllt, frisch verheiratet – die auf ihn zukam.

Bei Annas Ankunft erhob er sich von seiner Bank, Anna lächelte ihn an, kurz, ehe sie sich abwandte und ihm ihren schmalen Rücken und eine dunkle und bauschende, halbwegs von einer Spange zusammengehaltene Haarmasse präsentierte, die Spange sehe ich vor mir, weniger die Haare, die ich mir blond vorgestellt hatte. Als sie aufhörte zu niesen, stellte er fest, dass er den Namen dieser Frau vollkommen vergessen hatte, er nannte also seinen, denn obwohl sie allein in diesem Park waren und sie mit sicherem Schritt auf ihn zugekommen war, waren sie doch nicht gänzlich gefeit vor einem Irrtum. Anna legte ihm eine Hand auf den Arm und sagte: Ich weiß, ich weiß, dass Sie es sind, ich kenne Ihr Gesicht auswendig, ich war bei fast all Ihren Konzerten. Sie setzten sich auf die Bank, auf der sich Anna nicht anlehnte, ihm ist, als habe sie sich, nachdem sie die Beine übereinandergeschlagen hatte, leicht nach vorn gebeugt und auf einen Fleck auf dem Boden geschaut, jedenfalls erinnert er sich an das winzige Steinchen, das sie ganz unerwartet mit der Fußspitze wegschleuderte, aber davor, ja, genau davor, hatte sie mit einer Hand den Schal des Mannes gestreift, der jenem Schal glich, den sie an diesem Tag trug. Ich habe gewusst, dass er rot ist, sagte sie über diesen Schal, der auf den meisten Bildern von ihm zu sehen war, die hier und da in Umlauf waren – tatsächlich werden wir Musiker, mit Ausnahme gewisser Tenöre, fast immer nur in Schwarz-Weiß fotografiert, höchstens noch in Sepia, weshalb wir so streng, unscheinbar und überaus abweisend aussehen, der ganze Glanz kommt unseren Instrumenten zu, auf die Musikerfotografen, die nahezu nichts von Musik verstehen, den größten Teil ihres Lichts richten, um den Instrumenten, vermute ich, jenes Strahlen zu verleihen, an dem es uns, ihren bescheidenen Interpreten, gänzlich gebricht, jedenfalls auf Fotos und, das ist schon wahr, meistens auch im Leben. Aber lassen wir das, ich bin fast sicher, dass weder die Geste noch die Schlichtheit, mit der Anna ihre lange Kenntnis dieses Schals erwähnt hat, diesem Mann den entscheidenden Schlag versetzt hat, ebenso wenig die Art, wie sie danach den Kopf abwandte und ein eher geschwungenes als kantiges Profil offenbarte, wie mit dem Stilett geschnitten, betont durch das deutliche Hervortreten des Wangenknochens über der eingesunkenen Wange. Dieser Augenblick, der ihm zum Verhängnis wurde, ich persönlich denke, dass er mit Sicherheit fast nichts enthält, nur ein winziges Detail – immer ein winziges Detail, das uns ins Verhängnis stürzt. Er verfolgte die Flugbahn des kleinen, von Annas Fuß zurückgewiesenen Steinchens, bloß weg hier, sagte er und stand plötzlich auf. Anna folgte ihm gehorsam ins Café, dann in seine Wohnung, wo er seither jeden Morgen mit der Angst vor ihrer Abwesenheit erwacht und jeden Abend mit der Furcht vor ihrer Abreise zu Bett geht, wo er jetzt in der beständigen Erwartung des Tages lebt, da sie abreisen, oder vielmehr abgereist sein wird, ihnen den Abschied ersparend, ihn der Stille seiner Bücher überlassend, dem Schweigen seines Cellos, der Zeit, die ihm bleibt.

Ich habe aufgehört zu lesen. Es ist überhaupt nicht mehr wichtig, sage ich mir, ob wir diese Geste wiederfinden oder nicht, die Anna vor einundzwanzig Tagen auf dieser Bank gemacht hat und bei der es sich vielleicht nicht mal um eine Geste handelt, nur um eine Bewegung, oder weniger noch, eine winzige Ader, die sich in dem Moment auf ihrer Schläfe abzeichnet, als sie sich nach vorn beugt, die Haarsträhne, die auf ihr Augenlid fällt und die zurückzuschieben sie unterlässt, das leichte Zucken ihrer Wange, als sie das Steinchen mit der Schuhspitze berührt, bevor sie es zum Teufel schickt. Wichtig ist nur die Geste, sage ich mir, die der Mann Anna gegenüber unterlässt. Ich bin bereit zu behaupten, dass sie in dem Augenblick, wo sie dieses Steinchen zum Teufel schickt, bereits die Entscheidung getroffen hat, sich ihm anzuvertrauen. Sie wundert sich nicht darüber, sorgt sich nicht darum, jetzt, da sie ihn endlich getroffen hat, sieht sie nicht, was sie anderes tun könnte, ihr ist wohl bewusst, dass sie spät in sein Dasein tritt und dass dieses Dasein keine Improvisation und keine Störung mehr erlaubt, zwanzig Tage erwartet sie von diesem Mann, dass er versteht, die Geste macht, die er nicht macht, nicht zu machen wagt, am einundzwanzigsten Tag legt sie ihm nahe rauszugehen, und er geht raus, ahnt, dass sie bei seiner Rückkehr nicht mehr da sein wird, trotz der Angst, die er vor ihrer Abreise hat, schlägt er den Weg zu dieser Bank ein, wo er sich verbissen ihre Begegnung ins Gedächtnis ruft, denn er hat immer in der Erinnerung der Liebe gelebt, in ihrer Nichterfüllung und ihrem angekündigten Verlust, ich aber kann an diesem Punkt meines Daseins, das keine Improvisation und keine Störung mehr erlaubt, immerhin von dieser Bank aufstehen und nach Hause gehen, um der Frau aus einem Buch zu begegnen, der Frau aus einem Buch zu sagen, was sie von mir zu hören erwartet, was die Fiktion angeht, so fürchte ich niemanden.